後宮の星詠み妃
平安の呪われた姫と宿命の東宮

鈴木しぐれ　Shigure Suzuki

アルファポリス文庫

https://www.alphapolis.co.jp/

第一章　朔の姫と冬の宮

星の降る夜だった。

あまたの流星が、天から地上に向けて落ちている。濃い藍色の空を覆いつくすほどの流星は、数日前まで降り続いていた秋雨のよう。

「見事な流星雨ね」

呟いた言葉に答える者はいない。この平安の世で、星が落ちるのは不吉なこと。地上の人々と対になるのが、天に浮かぶ星々である。星が落ちることは、地上の人の命が一つ失われることを暗示すると言われている。

そんな夜に殿舎《でんしゃ》の外へ出て、空を見上げている者は、彼女――藤原宵子《ふじわらのしょうこ》以外にはいなかった。周りから呪われた姫だとか言われる宵子にとっては、流星など今さら恐れるものではない。

宵子の身に纏《まと》っている青紅葉《あおもみじ》の襲《かさね》は、外側から青、淡青《うすあお》、黄、淡朽葉《うすくちば》、紅《くれない》、蘇芳《すおう》と並ぶ、もうすぐ色付く紅葉を表したもの。神無月《かんなづき》半ばの今は、小袿《こうちぎ》を一番上に羽織れば、寒さは気にならない。

ふいに、板張りの床が軋《きし》む音がした。宵子のいる場所まで続く渡殿《わたどの》を誰かが歩いてくるようだ。音が聞こえた辺りは暗く、ここからではよく見えない。慌てて檜扇《ひおうぎ》で顔を隠して、平静を装って尋ねる。

「どなたですか」

足音が近付き、星明かりが作り出した影から人がゆっくりと出てきて、その姿が見えた。宵子は思わず息をのんだ。その人が身に纏っているのは黄丹色《おうにいろ》、東宮《とうぐう》のみに許された禁色《きんじき》だったから。

「やあ、こんばんは。君の夫になる者だよ」

彼は、にこやかに手を上げながらそう言った。宵子は、東宮妃《とうぐうひ》になるために宮中にやってきた。目の前にいる人がその相手、彰胤《あきつぐ》親王らしい。

彰胤はお互いの顔が見える距離まで来て、足を止めた。背が高く、宵子は檜扇越しにわずかに見上げる形になる。流星に照らされた顔には華やかな笑みが浮かんでいて、夜なのにその場が明るくなったと錯覚するほどだ。ふわりと少し癖のある髪も、大きな黒橡《くろつるばみ》色の瞳も、人を惹きつける。

まるで太陽のような人だと思った。同時に、檜扇を持つ手が強張る。

——わたしは、この太陽のような方を、殺さなくてはならないのだわ。

＊＊＊

宵子は呪われている。

宵子が生まれた時、空には深紅の月が浮かんでいた。月蝕《げっしょく》である。羅睺星《らごうせい》と呼ばれる悪星によって引き起こされる月蝕は、穢《けが》れや凶兆の証。何もせず、過ぎ去るのを待つべきとされている。宵子はそんな月蝕の最中に生まれた。

「月蝕に生まれた子など、呪われておる」

父はそう言って、自分の腕に赤子を抱くことはなかったらしい。そして、出産の数日後に母が亡くなった。元々、出産は死と隣り合わせの危険なものだが、母が亡くなったことも、すべては呪われた宵子のせいだと言われた。宵子は、生まれてすぐに母と死に別れ、父に見放された。

母が亡くなり身寄りがなかったが、生まれてすぐの幼子を放置するのは外聞が悪いと、父は別の妻——正妻の家に宵子を連れていった。しかし、呪われた子なんて恐ろしい、と正妻によって離れに隔離されてしまう。憐《あわ》れに思った数人の侍女が世話をしてくれていた。けれど、彼女たちすらいなくなる事件が起こる。

三歳になった宵子は、さすがに袴着《はかまぎ》の儀式をしたほうがいいと考えた侍女によって、母屋に連れていかれた。子どもの死亡率が高い平安の世で、子どもの成長を願う儀式はたくさんある。生まれてすぐに行う産養《うぶやしない》、子どもが生まれて五十日目、百日目には、五十日《いか》の祝《いわい》、百日《ももか》の祝《いわい》。

そして、三歳から五歳の頃に初めて袴を着ける袴着。これは父親が自分の子を世間にお披露目する意味合いもあった。

「どこいくの」

「中納言様《ちゅうなごん》――御父上のところでございますよ」

この頃には少しずつ話せるようになっていた。そして、母屋には侍女や従者などたくさんの人がいる。それが、良くなかった。

「あのひと、ちかい。こっち、それとね、こっちのひとも。えっとね、あのひとも」

幼い宵子は、母屋にいた人たちを次々と指さした。指された人たちは、首を傾げたり、特に気にしたりもせず去っていた。

その意味は徐々に明らかになる。宵子が指をさした者たちに、大なり小なり災いが起こったのだ。一人として例外なく。

「やはり、呪われた子だ」

報告を受けた父はそう言って、名のある僧を呼び寄せた。宵子は僧にいろいろと質問をされ、特に目を何度も診察された。

「この姫様には、人の目の中に星が視《み》えるようじゃ。その輝く星によって、物事の前兆が分かるとな。まだ幼く、すべてを言葉にすることは難しいようじゃが」

「未来が分かると申すか」

「うむ。ただし、凶兆だけじゃな」

凶兆だけ、という僧の言葉を聞き、父は化けものでも見るような、嫌悪と蔑《さげす》みが混ざった表情を宵子へ向ける。

「ちちうえ……」

「寄るな、呪いめが」

伸ばした小さな手は、袂《たもと》で邪険に払いのけられた。

その日を境に、宵子のいる離れに近付く者は誰もいなくなる。宵子は、この家で存在しない者とされた。

宵子には二人の姉がいる。通常、長女を大姫《おおひめ》、次女を中《なか》の姫《ひめ》と呼び、その下の娘は三《さん》の姫《ひめ》、四《よん》の姫《ひめ》と続く。ただ、姉たちは正妻の子で、宵子は妾《めかけ》の子。正妻と姉たちは母屋で暮らし、宵子は離れで隔離されている。待遇に大きな差があるものの、宵子は三の姫、と呼ばれるはずなのだが、誰が言い出したのか、『朔《さく》の姫《ひめ》』と呼ばれるようになった。

朔――新月のようにいるかも分からぬ存在感のない姫、と。

「姫、できたかのう」

誰も世話をしなくなった宵子の面倒を見てくれたのは、あの時の僧だった。流れで世話を押しつけられた僧は、月に二度やってくるかどうか。親代わりとは思えなかったけれど、さまざまなことを教えてくれていたから、老師《せんせい》と呼んでいる。

「うん。せんせいできたよ。これでいい？」

「ふむ。ここの字が間違っておるのう。それ以外はよくできておる」

「よかったー」

「次はこの冊子を読んでみるのじゃ」

老師は、幼い宵子に多くのことを叩き込んだ。たくさんの冊子で知識を、炊事や洗濯の仕方を、そして空の星を読み解く技術を。老師は宮中に出入りできる宿曜師《すくようし》らしい。宿曜師は、陰陽師《おんみょうじ》と並び立ち、空にある星を観測して国や個人の吉凶を占う技術を持つ者だ。他にも、貴族が日々の行動の指針とする暦《こよみ》を作ったり、祈祷《きとう》をしたりと重要な役割を担う。ただし、国政を左右するため空の星を読み解き未来を占うことは、限られた者にしか許されない。それをしている老師はただ者ではない、と思うのだけれど、詳しく聞こうとしてもいつもはぐらかされてしまう。

ふと、宵子は老師の目の中に、星が輝くのを視た。

「あ、せんせい、寅《とら》（東北東）の方角に――」

「待て、『星詠み』は口にしてはならぬと言ったであろう」

「でも……」

「口にすれば、災いを招きかねんのじゃ。何度も言うたであろう。分かっておくれ」

宵子は俯くように頷いた。だが、あまり納得はしていなかった。老師は災いを招くと言うけれど、宵子にとっては、凶星《まがつぼし》はすでにそこにあるもの。口にしようがしまいが、近い未来で起こることに変わりないのに、と思っている。

口にしてはならないと、口酸っぱく言われているが、老師はきちんと目の中にある星の詠み方――星詠みも教えてくれた。凶星の輝く位置が災いの起こる方角を示し、その大きさで日付が分かる。星が大きければ大きいほど、それは近い未来であることを示す。

「星詠みは口にしてはならないのに、老師はどうしてわたしに詠み方を教えてくれたの」

十歳になった頃だったか、そう聞いてみたことがあった。老師はすぐに答えた。

「そりゃあ、自分の持つ力のことを知らないままのほうが良くないからじゃよ。知ったうえで、口にせぬことが――」

「大丈夫、分かっているわ」

「うむ」


老師がいない間は、離れに迷い込んでくる動物たちが唯一の友だちだ。ある日、怪我をしたうさぎが離れの傍に倒れていた。

「痛そう……すぐに手当てをするわね」

慣れない手付きながらも、宵子はうさぎに手当てを施した。数日経つと、うさぎは飛び回れるくらいに回復した。ぴょんと、元気よく離れから外に出て、小さな口で草を食べている。自分はあのうさぎのように自由に外を駆け回ることは叶わない。つい、そんな考えに落ちていく。はっと切り替えて、笑顔でうさぎに手を振った。

「怪我が治って良かったわ。元気でね」

宵子はうさぎの後ろ姿を見送った。だが、しばらくしてうさぎは離れに戻ってきた。それからも、食事のために外へ出るものの、必ず宵子のいる離れに戻ってくる。人の感情が分かるのか、宵子が落ち込んでいる時は膝に乗って好きなだけ撫でさせてくれる。すっかり懐いたうさぎと、離れでともに過ごすことが癒やしとなっていた。

うさぎを飼っていると父の耳に入ると、父が大きな足音を立てながら離れにやってきた。顔を見るのは何年振りだろう。もしかして、父は動物が好きなのか。そうなら、こうして話す機会が増えるかもしれない。宵子は淡い期待を持っていたが、それはすぐに打ち砕かれる。

「この家に汚らわしい獣を入れるな！　この呪いめ」

宵子は気が付くと、床に倒れ込んでいた。ひりひりと痛む頬と、憎々しげにこちらを見下ろす父を見て、ようやく怒号とともに頬を叩かれたのだと理解した。そして、父の視線がうさぎへ向いていることに気付く。

「お待ちください。この子は何も悪くありません……！」

倒れ込んだまま、父の袴を引いて必死に止めようとした。

「ええい、黙れ。呪われた朔の姫のくせに」

容赦なく足蹴にされて、振り払われてしまう。新たな痛みに呻《うめ》いたが、宵子は何とか体を起こした。うさぎが怯えるように細かく震えている。宵子は手を伸ばして、外へと続く戸を細く開けた。うさぎならば、ぎりぎり通れる幅。

「逃げて」

宵子の言葉を理解したのか、危険を回避する本能か、うさぎは素早い動きで戸をすり抜け、遠くへ駆けていった。頭上で父が呪い、汚らわしい、と何度も言っていたが、それに答える気力はもうない。うさぎの姿が見えなくなったことにほっとして、意識を手放した。

次に目覚めた時には、父も、うさぎも、誰もいなかった。

宵子が十五歳になったある日、老師が大量の冊子を持ってやってきた。最近は、体の節々が痛むと言っていたのに、重労働は体に障ってしまう。

「老師、お体を労わってください。こんなにたくさんの冊子を、一度に持ってきていただかなくて大丈夫です」

「いや、まだあるからのう。ちょいと待っていておくれ」

「それはわたしが運びますから。老師は座っていてください」

離れの前には荷車が置いてあり、そこには老師が持っていた分の五倍は冊子が積んであった。さすがにここまで運ぶのは従者に任せたのだろうけど、それでも老師がかなり無茶をして持ってきたことは分かる。

「老師、こんなにたくさんの冊子、次にいらっしゃる時までにはとても読み切れません」

「よいよい。ゆっくりと読めばいいのじゃ」

「いつもは早く読んで知識をたくさん取り入れなさいと、おっしゃっているのに」

「そうじゃったのう。姫は、ずいぶん読むのが速くなったし、字を間違えることもなくなって偉いのじゃ」

「もう、いつの話をしておられるのですか」

老師はいつまでも宵子のことを幼子《おさなご》扱いする。ほっほほと笑う老師の目に、凶星が視えた。まだ小さく、それは少し先のことのようだけれど、決して消えることのない強い光。宵子は一度口を開いたが、何も言わずにまた閉じた。ここで口にすれば、また老師から口酸っぱく言われてしまう。

「さて、前回渡した冊子は読み終えたかのう」

「ええ、もちろんです」

「よろしい。博識といえば漢詩をよく知っていることであるが、近頃は宮仕えの女房たちが書いたものにも精通していることが、宮中での常識となりつつあるのじゃ」

老師は朗々と世の流れを説いてくれる。けれど、もう聞き飽きるくらいに聞いた。だからこそ、老師の言う通り、彼女たちの作品を何度も読み返してきた。

「老師、問答をお願いします」

「やる気があってよろしい。では、問いに答えてみせるのじゃ」

宵子は居住まいを正す。何度やっても、この試される感覚には緊張する。息をゆっくりと吐いて心を落ち着かせる。

「まず、枕草子《まくらのそうし》の冒頭を述べよ」

「春はあけぼの。やうやう白くなりゆく、山際すこし明かりて、紫立ちたる雲の細くたなびきたる」

「続けて、夏、秋、冬は何が良いとされるか」

「夏は夜、秋は夕暮れ、冬は早朝《つとめて》、です」

かの有名な随筆、枕草子。宮中で見聞きしたあらゆるものが、瑞々《みずみず》しい視点と言葉で綴られている。

宵子はすらすらと答えた。きちんと読んだことが頭に入っている。ただ、老師はまだ表情を崩さない。これはまだ序の口といったところらしい。

「次に、あてなるもの、の項を述べるのじゃ」

「あてなるもの――上品なもの、薄色《うすいろ》に白襲《しらがさね》の汗衫《かざみ》。雁《かり》の子。削り氷《ひ》に甘葛《あまづら》入れて、新しき鋺《かなまり》に入れたる。水晶の数珠《じゅず》。藤の花。梅の花に雪の降りかかりたる。いみじううつくしき児《ちご》のいちごなど食いたる」

これも、きちんと覚えていたから、宵子は詰まることなく答える。

枕草子で、上品なものと称されるものたちを、宵子はほとんど見たことがない。特に、削った氷に甘い蜜をかけて新しい金の器に入れたもの、なんてどんなに素敵なものだろうと思う。

「うむ。よくできておるのう」

「ありがとうございます」

老師はゆったりと笑って褒めてくれた。宵子はくすぐったい嬉しさを感じる。頑張って、老師にもっと褒めてもらいたい。それに、姫としての教養が身につけば、いつかは父にも認めてもらえるかもしれない。

その後も問答を続け、今日の分が終わると老師は満足そうに頷いた。老師は膝に手をつきながら立ち上がった。離れを出る時には、一度振り返って宵子を見つめる。

「どうしたのですか、老師」

「……いいや。渡したものは、しっかりと読むのじゃぞ」

「はい。次にいらっしゃる時までに、できるだけたくさん読んでおきます」

「ではな、姫」

老師の背中を見送ってから、宵子は離れに戻る。改めて見ても、渡された冊子の膨大さに驚いてしまう。今から少しずつ読んでおかなければ、と早速一冊に手を伸ばした。

老師の訪問から少し経った頃、老師が亡くなったと、侍女たちが話しているのを聞いた。宵子は信じられなかった。たまにしかここへやってこないのが常だから実感がない。

「…………老師」

それでも、一か月、二か月と経つうちに、老師はもういないのだと理解した。どれだけ待っても、あの優しい口調で姫と呼ばれることも、褒めてくれることもないのだと。老師が、朔の姫と呼ばれ放置される宵子にとってどれほど大きな存在であったか、今さら思い知る。

あの時、視えた凶星は、死を示していた。

「わたしが、凶星を口にしていれば――」

そう呟いて、宵子は自分の口を覆った。老師にあれほど言われていたのに。

おそらく口にしたとしても、その未来は変わらなかった。そもそも、老師自身が自分の死期を悟っていたからこそ、あんなに膨大な冊子を渡したのだろう。

そうだったとしても。

「もう一度、会うことはできたかもしれないわ……」

思わず出た言葉とともに、涙が頬を流れ落ちる。老師は最後と思ってここへ来たのだろうが、宵子はそうではなかった。また会えると思っていた。

涙が枯れてから、冊子を読み始めた。この膨大な冊子がある限り、老師との問答は終わっていない、そう思えたから。老師が言ったように、何日も何か月もかけてゆっくりと読み進める。

「あら、これは……」

半分ほど読んだところで、一冊の冊子に、紙が挟まっているのを見つけた。年季が入った冊子とは違い、その紙は新しい。墨が滲んでいるのが見えて、宵子はその紙を取り出して裏返す。そこには老師の字でこう書かれていた。

『認められる日が来る。試練を越えよ』

空の星を読み、未来を知ることのできた老師の、最後の言葉。
宵子は、涙で紙を濡らさないよう、自分の胸にぐっと押し当てる。もう一度、老師の言葉を聞くことができたかのようだった。

そして、三年が経った。宵子は十八歳になっていた。
平安の世の姫君というのは、炊事や掃除はもちろん、着替えすら自分ではせず、侍女たちが行うのが普通である。だが、離れを訪れる者は誰もいない。宵子は、食事も掃除も身の回りのことはすべて自分でやっていた。老師はこうなることを見越して、普通は必要のない炊事や掃除も教えてくれたのだろう。
困ってはいなかった。……でも、何もなかった。朔の姫という呼び名の通り、いてもいなくても変わらない。時々、本当に自分はここに存在しているのか、分からなくなる。

この日もいつもと変わらない、何もない日になるはずだった。

「中納言様がお呼びです」

戸の外側でそう呼びかけられた。まさか自分に向けられたものとは思わず、返答までに時間がかかってしまった。久しぶりに交わす侍女との会話に喉が張りついて、たどたどしくなってしまう。

「ち、父上が……？　どうして」

「早くおいでください」

言葉自体は丁寧だけれど、言い方は嫌々させられた役割だということが伝わってくる、ぞんざいなものだ。

母屋に行くのは何年振りだろうか。父と御簾《みす》を隔てて向かい合う。御簾ではっきりと顔は見えないが、険しい雰囲気は伝わってくる。何を言われるのかと、宵子は身を硬くする。

「お前の、東宮様への入内《じゅだい》が決まった」

「――え」

「すぐに出立《しゅったつ》となる。準備をして待て」

姉たちを差し置いて、宵子が入内をする。東宮は次の帝《みかど》の地位にある人、国の頂《いただき》に立つことが約束された人だ。そんな人のもとへの嫁入りだなんて、一体どういうことなのか。宵子にとってあり得ない、降って湧いたような話に困惑してしまう。

「お姉様、お聞きになりました？　朔の姫が入内するというお話」

「まさか、嘘でしょう」

部屋の横を通る姉たちの声がする。すぐ近くに宵子がいることには気が付いていないようだ。

「それが、本当らしいですわ。……あの東宮様のところへ」

「冬の宮様、と宮中で呼ばれているのでしょう？　妃候補を何人も追い返しているという冷酷な御方だとか」

東宮は『春宮』と表すことができ、春の宮と呼ばれることもよくある。だが、春ではなく、冬と表される方。それが今の東宮らしい。

「きっと朔の姫なんて、すぐに追い返されるに決まっているわよ」

「そうですわね。では、この家に戻ってくるのでしょうか」

「突き返された姫を置いておくわけがないわ。出家でもさせるのでしょう」

「まあ！　ということは離れが空くのですわね。袿が増えて置き場に困っていたところですわ」

「それはいい考えだわ」

父がわざとらしく大きな咳払いをした。姉たちは慌てたように足早に去っていく。

追い返されることが予想できるから、大事な姉たちではなく、宵子を送り出すということらしい。

「これを」

御簾と床の間を滑って、布に包まれた細長いものが放られた。形と大きさからして、布に包まれているのは小刀だと分かる。そして、それはかすかに見覚えがあった。母の形見だ。初めは宵子が持っていたけれど、いつだったか父に取り上げられた。

小刀とともに一枚の紙が添えられている。二つに折られたそれを開くと、父の字でこう書かれていた。

『これで、東宮様を暗殺せよ』

入内するという話よりも、さらに衝撃的なことを告げられて、宵子は声も出なかった。なんと、恐ろしいことを。父は何でもないように話を続ける。

「東宮様は御年《おんとし》十八であらせられる。お前も十八だったな？　入内する年齢としては遅いが、まあ仕方がない。呪いのせいで貰い手などなかったわけだしな」

「どうして、東宮様を」

暗殺、の言葉までは口にできなかった。呼び出されて初めて、宵子は父に問いかけた。

「知る必要はない」

返ってきたのは、温度のないものだった。まるで、道端の石に向かって言うような無機質な声。

「――だがまあ、もしもやり遂げたのなら、認めてやろう。母屋にも置いてやってもいい」

父が、宵子のことを認めると、そう口にした。とても信じられない思いだった。

これが、老師の言う試練なのか。宵子はぐっと拳を握りしめた。なんと重い試練なのだろう。

すぐに父からの話は切り上げられ、宵子の意思などは置き去りに準備は進み、宮中へと向かった。

＊＊＊

「何か、考えごとかい」

彰胤の声で、宵子は思考から戻ってきた。

小刀は今も宵子の懐に入っている。暗殺のことは気取られてはいけない。決行の頃合いは、父の遣わした女房から指示があるという。それまでは決して追い返されることはあってはならない、疑われることがあってはならない、と。

「申し訳ございません。緊張、しておりまして」

「緊張？」

今、宵子と彰胤は向かい合って座っている。

唐突な訪問ではあったが、東宮を外に立たせたままにするわけにはいかない。桐壺《きりつぼ》の中へと入ってもらった。宮中に来て、宵子に与えられたのは、北東に位置する淑景《しげい》舎《しゃ》。庭に桐が植えられていることから、一般的に桐壺と呼ばれるところだ。

帝の住む清涼殿《せいりょうでん》から最も遠く、不遇の場所と言われるが、東宮が住む梨壺《なしつぼ》には一番近く、東宮妃の住まう場所としては妥当である。

「今日、東宮様が桐壺へいらっしゃるなんて、思いがけないことでしたので」

婚姻の儀の日取りは、占いによって吉日が選ばれる。追って通達があるから、それまで待て、と言われていた。今日は星が降り、不吉だから部屋に籠る人がほとんど。何も起こらないと安心していたのに。彰胤は臣下を一人だけ連れてやってきた。

「あの、どうして、東宮様はいらっしゃったのですか。星が降る夜ですのに」

「どうしてって、そりゃあ、妻になる人の顔を見に来たのだよ」

彰胤は、にこにこと笑顔でそう言ってのける。人当たりよく、楽しげに話す様子を見て、一体どこが冷酷な冬の宮なのだろう、と疑問に思った。

彰胤の手が、宵子の持つ檜扇に伸びてきた。強い力ではないが、ゆっくりと檜扇を下げさせられた。顔を見に来た、というのは会いに来たという意味ではなく、本当に顔を見るためのようだ。

「綺麗な顔をしているね。星明かりによく映える」

「お、恐れ多いことでございます」

人を惹きつける見た目をしている彰胤に、そんなことを言われて戸惑ってしまう。しかも、宵子の頬に指を添わせて言うものだから、彰胤の手から逃れるように思わず俯いた。彰胤は気を悪くした様子もなく、明るく宵子に話しかけてくる。

「いやあ、実は宮中には君の噂がいろいろとあってね」

「噂、でございますか」

「中納言が自邸に隠している姫、それはもう宮中での噂の恰好の的《まと》だよ。顔に大きな傷がある、髪が老婆のように白い、ひどくわがまま、気が触れている、などなど。まあ、全部嘘だったみたいだけど」

彰胤はどこか満足そうに宵子を見つめる。確かに、父が宵子を見放したのはそんな理由ではない。噂はあてにならない。何より星詠みのことは噂でも知られていないようで、安心した。

「ああ、それから、未来を知ることができる、とかね」

宵子は息をのむ。今まさに考えていたことを言い当てられたかと思った。しかし、何とか平静を保って聞き返した。

「そのような不思議な噂もあるのですか」

「いいや。これは優秀な臣下に調べさせた話だ。よくやったぞー」

彰胤はひらひらと手を振り、背後に控える男性を労《ねぎら》っている。宵子は視線を彰胤から横にずらして、その男性を見た。彼は宵子と目が合うと、口を真一文字に結んだまま、控えめに礼を返してきた。宵子はこの人と会ったことはない。調べた、と言っても正確なことまでは知られていないかもしれない。宵子は分からないふりを続ける。

「未来を知るなんて、陰陽師や宿曜師の方々でなければ、できないことでございましょう。そのようなことは、とても――」

「俺の目の中には、どんな星が視えるかい？」

目の中に星。はっきりとそう言った。本当に星詠みのことを調べ上げたらしい。宵子は、自分の体がひどく重くなっていくのを感じた。これ以上、知らないで通すことは厳しそうだ。追い返されてしまうかもしれない。それに、こんなに綺麗で太陽みたいな人に蔑まれるのは、苦しい。会ったばかりだというのに。こんな呪いのことなど、知られないままでいたかった。

「……わたしが視ることができるのは、凶兆だけでございます。呪われたものです。口にするなと、育ての老師からも言われております」

「どうして、言ってはならないんだい」

「誰かに言われたから、ではなく、君が言わない理由は」

「そ、れは……」

言葉に詰まってしまった。災いを招くから、という理由は宵子自身が納得していない。今まで言わなかったのは、恩のある老師がそう言ったから。ただそれだけだった。

「俺は、知りたい。言ってくれないかい」

「どうか、お許しを」

「そうだなあ、じゃあ、東宮からの命令ってことで」

そう言われたら断れるはずがない。いたずらっ子のように、笑顔で東宮の地位を使ってくるなんて、ずるい人だ。でも、不思議と嫌な感じはしなかった。

宵子は正面から彰胤と向かい合い、その目をじっと見つめる。深い黒橡色の瞳は、吸い込まれそうなほど美しい。

「東宮様には、子《ね》（北）の方角に凶星がございます。はっきりとは大きさが分からないので、まだ日付は定まっていないようですが」

「ほう。方角というのは？」

「その方の基準となる場所から見た方角になります。普通は住んでいるところが基準になるかと」

「なるほどな」

彰胤は凶兆を聞いたにもかかわらず、楽しそうに頷いている。ここまで言ったのなら、と思い、先ほどから気になっていた臣下の凶星も、口にした。

「あなたにも、凶星が視えます。明日、乾《いぬい》（北西）の方角にお気をつけください」

「え、あぁはい……」

彰胤とは違い、戸惑った返事だった。あなたに良くないことが起こる、と言われて喜ぶ者などいるわけがない。当然の反応だ。臣下は彰胤に声をかけた。

「東宮様、そろそろお戻りにならないと。正式なご訪問ではないのですから」

「えー、もうだめか」

「だめでございます」

「仕方ないかぁ。ではまたな。婚姻の儀の日程が決まれば知らせるよ」

「はい。ありがとうございます」

彰胤は立ち上がり、臣下が持ち上げた御簾をくぐって渡殿へ出た。宵子も、見送りのために渡殿へ出る。空には、少なくなっているものの今も星が降り注いでいる。

「君は、星が好きかい」

「はい。いつでも空にあり、美しいものでございますから」

「流星は、『よばひ星』とも言う。尾がないほうが良いとされるが、君はどう思う？」

口元には笑みを浮かべていて、穏やかさに変わりはないけれど、試すような少し鋭い空気を肌で感じた。この試される感覚を宵子はよく知っている。一つ息を吸ってから答えた。

「流星よりも、噂の尾のほうが、なくて良いものと思います」

「ははっ、うん、それは俺も同感だな」

彰胤の纏う空気が柔らかくなり、満足げな笑顔で帰っていった。笑顔の種類が多い人だ。

今のやり取りは、枕草子の『星はすばる』から始まる一節に掛けたもの。流星に尾はいらない、と書かれていることについて聞かれたから、先ほど話題にあがった宵子の噂の尾ひれのほうがいらない、という返しをしたのだ。どうやらお気に召したようで、老師との問答が役に立った。

「何とか、追い返されなかったわ……」

宵子はへたりと座り込み、星空を見上げる。流星雨を見ていただけだったのに、想定外の客人で何とも慌ただしい夜になってしまった。彼は、妃を追い返す冷酷な冬の宮、という前評判とはだいぶ違っているように感じる。

いろいろと考えなきゃいけないけれど、どっと疲れが襲ってきて、宵子は部屋の中に戻って早々に眠りについた。

＊

「本当に当たったぞ！」

彰胤が嬉しそうに桐壺にやってきたのは、翌日の夕方のことだった。またしても、いきなりやってきたことに驚いたけれど、そんな宵子にはお構いなしに彰胤は話し始める。

「宗征《むねゆき》が、さっき派手に転んだんだ。いやー、あんなに見事にすてーんと転ぶとはな。怪我がなくて良かった」

「あの、宗征様とは……」

「ああ、そうか、紹介していなかったな。こいつは源《みなもとの》宗征。東宮学士、東宮に儒教を教える教育係、といった立場だが、まあ簡単に言えば俺の臣下だ」

昨日と同じく、彰胤の後ろに控えている男性が軽く会釈をした。宗征は黒色の衣を身に纏っている。

平安の内裏《だいり》に勤める臣下たちは、位によって許されている衣の色が違う。そのため、衣の色を見ればその人の位がある程度分かってしまう。黒色は全部で八つある中の一つ目から四つ目、つまり一位から四位《しい》の者が身につける色。

「学士殿、でしたか。でも衣の色は……」

宵子は少し戸惑っていた。冊子で学んだ東宮学士の位は、五位《ごい》。許される色は深緋《こきあけ》色のはず。衣の色と位が合っていない。

「おお、鋭いね。宗征は学士だけれど、東宮大夫《だいぶ》の代理をしているからね。衣は四位の大夫のものを着ているんだ。実質、東宮の臣下で一番偉いってわけ。もういっそ東宮大夫と名乗ればいいのに」

「私はあくまでも学士でございますゆえ」

「生真面目だなあ。まあ、そこがいいところでもあるけど」

恐縮です、と宗征が答えてから、微妙な間が生まれた。何の話をしていたのだったか、と彰胤が首を傾げて、はっと思い出したように口を開いた。

「そう！　そんなことより、君の未来視が見事に当たったんだ！　君の言った乾の方角で、宗征が階段に躓《つまず》いてな、持っていた冊子を落として、それに足を取られて、すてーんと。いやあ、君はすごいな」

「……不気味ではないのでございますか。呪われた力なのに、凶兆が真実になったのに」

凶兆しか視えないと知り、父が宵子を見たあの表情は、忘れたくても忘れられない。

また、あの表情を向けられると思っていた。

「どうして？」

彰胤は、宵子の言うことが心底分からない、という顔をしている。宵子は確かめるようにもう一度問うた。

「凶兆を視る、呪われた力なんて、不気味でございましょう?」

「未来を事前に知ることができるなんて、素晴らしいじゃないか」

「それが凶兆でも、でございますか」

「知っていれば、それを回避するための対処ができるだろう。まあ、宗征が信じていなくて、今回は防げなかったが」

彰胤がにやりと、宗征に視線を送る。宗征は無言だったが、ぶすっと不満そうな顔をしていた。

彰胤は穏やかな表情になって、宵子に向き直った。

「俺は、君のその力を呪いとは思わない。素晴らしい力だと思うよ」

宵子の頬を、ほろりと一筋の涙が滑り落ちた。星詠みの力を肯定されたのは、初めてだった。老師ですら口にしてはならないと言ったこの力を、素晴らしいと。災いを招くからという理由に納得していなかったのではなく、ただ、それで良いと言ってもらいたかっただけなのかもしれない。

それだけで、こんなにも心が軽くなって嬉しくなれるなんて、知らなかった。

「これは、悲しい涙?」

彰胤の指先が、宵子の涙を掬《すく》い取った。柔らかくそう聞かれて、宵子はふるふると首を横に振った。すると、彰胤はほっとしたように笑った。暖かな日差しのような笑みだ。

「ねえ、もう一度、俺の目の星を視てくれないかい」

「分かりました」

宵子は素直に頷く。この人になら、星詠みのことを伝えても大丈夫かもしれないと、そう思ったから。彰胤の目の中の星は昨日とは違い、はっきりと輝いていた。

「四日後、子の方角に凶星がございます。どうか、お気をつけください」

「四日後と言えば、二十日か。それは少し困ったな」

「何か、あるのですか」

「二十一日に、婚姻の儀を行うと占いで決まってね。その前日には、衣装合わせをすることになっているんだ。今日はそれを伝えようと思ってね。まあ、儀式の当日は吉なのだから、問題ないか」

あっけらかんとそう言う彰胤に、宗征が後ろで頭を抱えていた。日付は一致している、もう一つは方角だ。宵子は気になって彰胤に聞いた。

「その、衣装合わせをする場所は、どちらでございますか」

「桐壺らしい。君も一緒にすることになると思うよ」

宵子はぞっとした。桐壺は、彰胤の住まう梨壺のちょうど子の方角に位置する。おそらく、その衣装合わせの際に、暗殺を実行させられる。女房からの伝言よりも先に知ることになるなんて。どこか現実味のなかった暗殺の話が、すぐ傍まで迫っていることを、ひしひしと感じた。

四日後、この方に災いをもたらすのは、わたし。

*

神無月二十日。桐壺には、たくさんの人がやってきていた。藤原家の女房が宵子のためにたくさん来ているが、父に仕えている者ばかりで顔も名前も分からない。皆、体裁として宵子にかしずいているが、敬うような様子は微塵もなく、誰一人目を合わせようとはしない。

東宮側も大勢の女房が来ている。几帳《きちょう》を隔てて、衣装合わせを同時に行っている。彼女たちの会話が少し聞こえてきた。

「衣装合わせなんて普通は別々にやるものなのに」

「まとめてやったほうが人も時間も削減できるから、ですって」

「まったく、冬の宮様だからって」

少し怒っているようにも聞こえる口調だった。宮中とは人と時間をふんだんに使う豪奢《ごうしゃ》な場所であると、老師が言っていたけれど、彰胤が同時にやることを提案したのだろうか。

宵子は、藤原の家にいた時には着たことのない、豪華な衣装を着せられている。祝いの時に用いられる、紅の匂《におい》の襲は、外側から濃紅《こいくれない》、紅、紅、淡紅《うすくれない》、より淡い淡紅、紅梅《こうばい》と、濃い色から順に薄くしていく華やかな色合わせ。一枚の着物を取ってみても、上等な布や糸を使っていることが分かる。

「……朔の姫には、もったいない」

そう呟く女房の声が聞こえた。必要以上に強く着物を引っ張られて、宵子はよろけてしまうが、女房は謝ることはしない。存在しない姫なのだから、当然と言わんばかりに。宵子は、下唇を噛んでぐっと堪える。ぞんざいな扱いはいつものことだが、やはり息がしづらくて苦しい。

宵子の着付けが終わった頃、几帳の向こう側から彰胤がひょこっと顔を出した。宵子の姿を見て、にっこりと笑った。

「うん、とても綺麗だ」

決して目を合わせない女房たちとは対照的に、彰胤は真っすぐに目を合わせてくる。ふっと力が抜けて、息がしやすくなる。だが、彰胤の目には変わらず凶星が輝いていた。

「東宮様、まだ動かないでください」

彰胤の着付けはまだ済んでいないらしく、女房に引き戻されていった。几帳の向こうに見えなくなる。

藤原家の女房が近付き、声を潜めて宵子に話しかけてきた。

「着付けが終われば、どちらの女房も一度下がることになっております。その時に決行しろと、中納言様からの御言葉です」

「……そう」

「殿舎の近くに兵も控えておりますので」

「兵?」

思わず聞き返したが、女房は答えるつもりはないらしく、聞こえていないかのような態度を取る。暗殺を命じておいて、兵まで用意するなんて。宵子が失敗すれば、数で押し切るつもりなのか。どうしてそこまでして、彰胤を殺したいのか。

あの、太陽のような方を。

「余計なことはせぬように。ただ命じられたことをすればよいのです。――役に立たない呪いなのですから」

吐き捨てるように、女房はそう言った。父の口調を思い起こさせる、石ころ相手のようなあの無機質さ。これが済めば、認めてもらえる、笑いかけてくれるかもしれない。

やがて、彰胤の着付けも終わり、女房が言った通り、宵子と彰胤以外の者は下がっていく。

「ん、おいで」

彰胤は、宵子に向かって手のひらを差し出してくる。戸惑っていると、掬い取るようにして手を取られた。宵子よりも大きい手のひらは少し冷たくて、でもそれが心地よいと思った。

「やっぱり綺麗だね。よく似合っている」

「恐れ多いことでございます」

「俺はどう？　かっこいい？」

彰胤は、着物を見せびらかすように、両手を広げてみせた。身に纏っているのは、唐綾《からあや》の直衣《のうし》だ。豪奢な文様が使われている舶来品《はくらいひん》で、高貴な者しか身につけられない。それを見事に着こなしている。

「はい、かっこいいです」

自分の口から素直にそういう言葉が出たことに驚いた。聞いてきた彰胤本人も少し虚を衝かれたような表情をしてから、声を上げて笑った。

「ははっ、言わせたみたいになっちゃったな」

背後からの視線が背中に刺さる。女房からの、ひいては父からの圧を感じる。彰胤を見上げると、目が合った。

「凶星は視えるかい？」

「はい」

「そうか。教えてくれてありがとう」

ありがとう、だなんて。どうしてこの人は、宵子の欲しかった言葉をいとも簡単に口にするのだろう。彰胤の笑顔は、穏やかな声はとても安心する。藤原の家で存在しない者として過ごしてきたのが嘘のように、宵子を星詠みの力ごと認めてくれる。

この太陽をわたしが殺す？　できるわけがない。そんなこと、絶対にしたくない。

宵子は、袖で隠して小刀を取り出すふりをしてから、彰胤の胸に飛び込んだ。そのまま二人して倒れ込むかと思ったけれど、彰胤はびくともしなかった。

「大丈夫かい？」

彰胤はよろけてぶつかったと思っているらしい。心配する声がすぐ耳元に聞こえた。宵子は女房たちには聞こえないように、彰胤に囁いた。

「東宮様、お逃げくださいませ」

精一杯の力を込めて彰胤を突き放した。目を見開いて驚いている彰胤の顔を見ながら、宵子は反動で後ろに倒れ込んだ。

「行きなさい！」

その時、女房の鋭い声が響いた。どたどたと無粋な足音がいくつも聞こえてきた。

しかし、彰胤はその場から動こうとしない。このままでは彰胤が逃げきれない。

「不届き者を捕らえよ！」

しかし、兵が向けられているのは、彰胤ではなく宵子のほうだった。どうして、と思う間もなく腕をねじり上げられた。

「うっ」

痛みに呻きながら、宵子は女房を見た。変わらず、宵子のことを見もしない。

「出てきていいよ。で、こいつら捕まえて」

彰胤の先ほどまでと変わらない穏やかな声を合図に、別の兵がなだれ込んできた。

突如として兵が入り乱れる混戦状態になった。その混乱に乗じて、一人の兵が彰胤に迫る。

「危ない！」

宵子が思わず声を上げると、彰胤はその存在に気付き、体を半回転させて攻撃を避ける。流れるような動きで、兵の足を払って床に伸した。別の兵がやってくるが、腕をねじり上げて他の兵を巻き込むように突き返す。

「その手を放せ」

宵子の背後にいる兵に、静かにそう言った。怒鳴られたわけでもないのに、兵は怯えた声を上げて手を放した。

宵子は腕の痛みから解放され、呆然と目の前で起こっていることを見つめる。

「腕は大丈夫かい？」

彰胤に問われて、こくんと頷いた。この場の喧騒にそぐわず、彰胤は穏やかに微笑んでいる。

後から来た兵は藤原側の倍はいて、すぐに制圧された。

「一体、何が……」

宵子の口から零れた呟きをかき消すように、女房が声を荒らげた。床に押さえつけられた体をよじりながら、彰胤へ訴えかける。

「東宮様！　なぜ我々を捕らえるのでございますか！　我々藤原の者は、東宮様を殺そうとした不届き者を捕らえようと――」

「姫が、俺を？　一体、何を言っているのやら」

彰胤が、両手を広げて一切傷ついていない唐綾を見せつけた。

「なっ……」

女房は反射的に宵子のほうを見て、小刀がそもそも抜かれていないことを認識し、ようやく状況を理解したようだった。激しい怒りの目で睨んできた。余計なことを、と目が語っている。ここで初めて目が合った女房には、凶星が煌々と輝いているのが視えた。

「このっ、役立たずが！　呪いめ！」

その後は、口を塞がれて女房が何と言っているのか、聞き取れなかった。しかし、睨みつける目だけで女房の恨みと蔑みの念が充分に伝わってきて、宵子は視線から逃げるように顔を逸らした。

「連れていけ。東宮と、妃候補への狼藉《ろうぜき》、許されるものではないからね」

女房は抵抗を続けていたが、結局は藤原の兵とともに連行されていった。

再び、桐壺が静かになった。

「はあーやれやれ、そんなに冬の宮が邪魔なんだなあ、まったく」

「どう、して……」

宵子は上手く声が出せないまま、そう呟いた。妃候補を追い返す冷酷な冬の宮、それが藤原にとって邪魔な存在である、とはいまいち結びつかない。

「君、俺がどうして冬の宮、って呼ばれているか、理由を知っているかい？」

「えっ……それは」

「構わないから、言ってごらん」

「……妃候補の姫君を何人も追い返している冷酷な御方だから、春ではなく冬の宮だと」

姉たちが話していた内容をそのまま答えた。彰胤は怒る様子は見せず、ため息混じりにやっぱりか、と呟いた。

「何も知らずに、中納言に送り出されたんだね。そんなところだろうと思ったけれど」

彰胤は、手招きをして宵子を目の前に座るように示した。宵子はそれに従った。

「今上帝《きんじょうてい》は俺の腹違いの兄上で、俺は東宮の地位にいるが、父も母も亡くなっていて後ろ盾が弱くてな。藤原たち摂関家は、俺の従弟にあたる若宮を東宮に推している。若宮が東宮になるまでの繋ぎ——本来の春の宮までの繋ぎの、冬の宮だそうだ」

春の前だから、冬であると。帝の弟であるというのに、まるでお前は東宮ではない、望まれていない存在だと、言っているようなものではないか。宵子は、衝撃とともに怒りを覚えた。この人に、そんな失礼な名を与えた顔も知らない者への。華やかな袿をくしゃりと握りしめる。

「宮中だと割と知られていることなんだけどね。宮中の外だと妃候補の話と絡めたり、いろいろと尾ひれが付いたりしているんだ。君と一緒でね」

宵子は、はっと胸をつかれた。思えば彰胤は、一度も宵子のことを朔の姫とは呼ばなかった。きっと知っていたのだろう、そう呼ばれている理由を。

「ああ、そうそう。宗征が学士の身分なのに、東宮大夫なのは、冬の宮の下だと出世が見込めなくて誰もやりたがらなくてね、こうなっているんだ」

「そのようなこと、東宮様の口からおっしゃらないでください」

宗征が少し怒ったような口調で言いながら、桐壺に入ってきた。彰胤は、宗征の言葉をさらりと流した。

「戻ってくるのが早かったな。もう分かったのか」

「はい。向こうの兵の一人が口を割りました。姫を入内させ、東宮様を殺せればこれ幸い。そうでなくとも、お荷物な姫を亡き者にする口実にと考えていたそうです」

「まったく。そのように簡単に口を割る者は伏兵に向いていないだろうに。中納言の人選はいまいちだな」

「東宮様、注目すべきはそこではございません……」

自分の命が狙われる計画があったと知ってなお、彰胤の様子は変わらなかった。穏やかな笑顔のまま。

宵子は、じんわりと宗征の報告の内容を理解し始めた。宵子が彰胤を殺せるかは、どうでも良かったのだ。父はどちらにしても、宵子を殺すつもりだったのだろう。運が良ければ摂関家の邪魔になる東宮を殺せるかもしれない、その程度の期待。いや、期待ですらない。

「わたし、は……」

ただの使い捨ての駒じゃないか。

認めてやるなんて、母屋に置いてやるなんて、嘘だった。その事実に失望している自分に気が付いた。殺されそうになった相手に、認めてほしいと願っていた。なんて、滑稽なのだろう。自分の愚かさに涙も出ない。

宵子は、ぼんやりと彰胤を見つめる。その目にはもう凶星はなかった。老師の手紙にあった、試練を越えることはできなかった。でも、この人を殺さずに済んで良かったと思う。後悔はしていない。

「君は、その様子だと、本当に何も知らされていなかったようだけど、どうして暗殺の計画に入っていたんだい」

「……父に命じられました。わたしは藤原の家で存在しないも同然でした。逆らうことはできません」

「衣装合わせの時に、自分の家の女房との距離感がおかしかった。冷遇されていたのは確かなようだね。ひどいことをする。目が行き届かなくて、すまない」

彰胤が、申し訳なさそうな顔をして目礼した。宵子は慌てて何度も首を振る。

「東宮様が謝ることではございません……！」

「中納言には、成功すれば認めてやる、とでも言われたのかい」

「どうして、それを」

言い当てられて、宵子は目を見開いて彰胤を見つめた。彰胤は苦々しい顔をしている。

「あの男が言いそうなことだ。自分の娘にまで言うほど腐っていたとはな」

何も言わない宗征も、ここにはいない父への軽蔑の表情を浮かべていた。内裏の仕事で会う機会はあるだろう。もしかしたら、宵子よりも父のことを知っているかもしれない。

「認めてほしい、その想い自体は間違えていない。ただ、やり方と相手を間違えている。この綺麗な手に、刀を持つ必要はない。それから、君を尊重しない相手に認めてもらう必要はない」

彰胤は、宵子の顔を覗き込んで、にっこりと笑った。安心させるような穏やかな笑み。

「まあ、もう分かっているみたいだけどね」

「え」

「だって、君は俺を逃がそうとしただろう。中納言からの命令を放棄して、認められることを諦めて、逃げろと言ったんだ。だから、君は大丈夫だよ」

大丈夫、その言葉が宵子の中に染み込んできた。宵子はすでに、父に逆らうことを選んでいた。

「わたしは、大丈夫……」

「ああ、大丈夫だよ」

堰《せき》を切ったように、ぽろぽろと涙が溢れ出てきた。どうしてこんなに泣いているのか、よく分からなかった。さっきまでの緊張からの解放なのか、父に逆らうことができた喜びなのか、この人の声に安心したのか。どれも合っているようで、違うような気もする。

宵子は今さら檜扇で顔を隠す。流した涙の分だけ、心が軽くなっていくような気がした。

涙がひいてから、宵子は彰胤に向き直って頭を下げた。

「ご迷惑をおかけして、申し訳ございませんでした」

「いや、君のおかげで助かったのは事実なんだよ。中納言が何かしてくるとは思っていたんだ。でも、いつどこで、何を仕掛けてくるかは分からなかった。だから、君の星詠みのおかげで日付と場所が絞り込めて助かった」

「わたしの星詠みを、信じておられたのですか。父、中納言が送り込んできたわたしの言うことを……?」

「ああ。宗征が転んだ日付と方角が一致していたし、この計画を示す凶星の方角も、衣装合わせの場が桐壺だと伝える前に当てていただろう? だから本当だと思った」

この人は、とても冷静に正確に、状況を見ている。東宮として上に立つ者だからできることなのだろうか。

「東宮様、そろそろ」

　宗征が声をかけた。視線が宵子のほうに向いているのは、女房たちのように宵子も連行されるからだろう。暗殺の計画の中にいたのだから当然だ。

「君が、中納言の暗殺計画に加担していたことは事実だ。この世には知っているだけで罪になることがある」

「はい。承知しております」

　彰胤は、淡々と事実を並べた。宵子も理解しているから、その言葉に頷いて立ち上がろうとした。

「それを、不問にする。俺の妻になってほしい」

「え」

「え」

　聞き間違いかと思った。だが、同じように驚いている宗征を見るに、聞き間違いではないらしい。

「東宮様、一体何をおっしゃっているのですか！　東宮様を殺そうとした者を不問にするどころか、妃に迎えるなど、あり得ません」

「だって、姫は殺そうとしてないし、巻き込まれただけだし。それに未来が分かるなんて、面白いじゃないか」

「不問の対価が面白い、ではさすがに……」

「お前も、早く妃を迎えてうるさい爺どもを黙らせろと言っていただろう」

「そのような言い方はしておりませんが、東宮様が姫君を追い返すからでございましょう」

「摂関家に近い姫を迎えたら、面倒になることは目に見えている。それに、揃いも揃って嫌々やってくるし」

「それは、そうでございますが……」

宵子は、彰胤と宗征のやり取りを、はらはらしながら聞いていた。彰胤がこちらに向き直ったから、宵子は自然と背筋が伸びる。

「姫」

「はい」

「俺には、やらなければならないことがある。星詠みの力があると助かるんだ。君は牢に入ることはなくなる。だから、取引ってことでどうかな?」

これを断れば、牢に入ることになる。それは避けられるなら、避けたい。でも、それ以上に彰胤の言った『面白い』という言葉に惹かれていた。呪いと言われ続けてきた星詠みは、この人にとっては面白いものらしい。

太陽の傍に新月だなんて、とても似つかわしくないけれど。手を差し伸べてくれるなら、その手を取りたいと思った。

「よろしくお願いいたします」

「こちらこそ、よろしく」

頭を抱える宗征を横目に、彰胤はいたずらが成功した子どものように、楽しそうに笑っていた。

第二章　桐壺と澪標

あの騒動の翌日、宵子は彰胤の住まう殿舎、梨壺に呼ばれていた。

「君に紹介したい者がいてな」

彰胤に促されて、一人の女房が進み出た。

「本日より、姫様にお仕えします。弁命婦《べんのみょうぶ》、もしくは単に命婦とお呼びくださいませ」

「あの、この女房は東宮様付きの者ではございませんか」

昨日の衣装合わせの時に、東宮の着付けをしていたうちの一人だったはず。彰胤にまだ動くなと言っていた、あの女房だ。

「ああ。俺に仕えていた、信用のできる者だよ。君のところの女房頭にと思ってな」

「よろしいのですか」

「先日の件で藤原の者は信用できないから、こちらから付けたほうが安心だ。この命婦の母は、俺の乳母《めのと》の一人でな。命婦のほうが七歳上で、姉弟のように育っていた仲だな」

「さようでございますねー」

命婦――清原仲子《きよはらのなかこ》は、彰胤の頭を撫でるような仕草をしてみせ、にこにこと笑っている。

「命婦、東宮様に馴れ馴れしいぞ。慎め」

宗征が注意をするけれど。

「いつものことじゃないか」

「いつものことではありませんか」

彰胤と仲子は同じ調子で返していた。本当に姉弟のようで微笑ましい。

ただ、宵子は女房というものにいい思い出がない。三歳以前は世話をしてくれた者がいると、老師から聞いているけれど、幼くてまったく覚えていない。朔の姫は無視して当然、そうでなければ見下し、蔑む。そういう女房しかいなかった。誰かを自分の近くに置くことは、気が進まない。

「あの、わたしに女房は必要ありません。大抵のことは一人でできますので」

「まあ！　そんな寂しいことを言わないでくださいませ。姫様のお世話をするのが、女房の仕事でございます。あたしの仕事を取らないでくださいませ」

怒る、というより拗ねるような可愛らしい口調で、仲子はそう言うと宵子の前にかしずいた。

「姫様にとっては、あたしはいらないものでしょうか」

「……っ、違うわ。朔の姫に仕えるなんて、誰だって嫌でしょう？　だから、誰も必要ないと」

喉に言葉をつっかえながらそう言うと、なぜか仲子は泣きそうな顔になった。

「誰が、そのようなことを申したのですか。そんな、ひどいことを」

「皆、そうだったわ。呪われた姫に仕えるなんて、凶事でしょう」

「あたしは違います！　そもそも、朔の姫の噂は、すべてでたらめだったではありませんか。未来が視えることだって、素敵なことです」

仲子が星詠みのことを口にして、思わず彰胤を見ると、静かに頷いた。

「命婦には話してある。大丈夫、他の者に話すつもりはないよ。君の一番近くに置く信頼のおける者だから、君が隠しごとで気負う必要のないようにね。もちろん、婚姻の取引のことも知っている」

仲子は、お任せください、と自分の胸を打った。宗征が、はしたない、と注意している。仲子は気を取り直して口を開いた。

「姫様は、凶兆が視えるのでございますよね。では、あたしの目を視てくださいませ。姫様に仕えることが、あたしにとって凶事なんかじゃないって、分かっていただけると思います」

ずいっと顔を寄せてくる仲子の目を視る。

宵子は目を疑った。そこには、凶星が一切なかったのだ。大なり小なり、人の目の中には凶星が必ずある。宗征のように、少し躓くだとか、ほんの些細な凶兆でも星となって現れる。仲子には、それすらない。

「こんなことが……」

「どうでございますか？」

「ないわ。一切、凶星がない。こんなに強運な人がいるなんて驚いたわ」

「えへへ、あたし、運はものすごくいいんですよ。自慢じゃないですけど」

仲子は胸を張って、言葉とは反対に、自慢げににっこり笑った。そして、宵子の手を取って静かに続けた。

「姫様に仕えることは、凶事などではございません。今も、これから先も」

「本当に、命婦はいいの？　元々、東宮様にお仕えしていたというのに……」

「それが命令でございますから。ですが、こうして姫様にお会いして、姫様付きになれることが嬉しいのです」

「どうして」

「だって、東宮様よりも、姫様のほうが可愛いんですもの！」

当然と言わんばかりの勢いでそう言われたが、答えになっていないような気がする。

助けを求めて彰胤を見ると、苦笑いを浮かべていた。

「こいつの価値基準は『可愛い』ことなんだ。変わっているが、悪いやつじゃないよ」

「可愛いことは正義でございますよ！　人も動物も、草木も花も、可愛いことは素晴らしいことです。東宮様もお生まれの時はもう、この世にこんなに可愛らしいものがあるとは！　と思いましたが、最近は可愛いというところからは離れているような気がいたします」

確かに、とうに元服《げんぷく》した男性を相手に可愛いを求めるのは違うと思う。東宮様が可愛くないとは愚弄《ぐろう》か！　と見当違いなことを言っている宗征の言葉を聞かなかったことにしたらしい仲子は、宵子の傍にぐっと寄ってきた。

「本当に可愛らしい御方でございますね。長く艶やかな黒髪、白く透き通った肌、切れ長の目は可愛いと言っては失礼なほどお美しく、紅を差した唇も頬も可愛らしく――」

「待って。急に、恥ずかしいわ」

仲子が恥ずかしげもなく真っすぐに褒めてくるから、宵子は顔を覆った。きっと顔が赤くなっている。

「あら、本当のことでございますのに。ねえ、東宮様？」

「そうだね」

間髪を容れずにそう言う彰胤のせいで、より一層、顔が熱くなった。赤い顔を隠しながら彰胤をちらりと見る。彰胤は、この状況を面白がっているのか、ずっと楽しそうな笑みを浮かべて仲子と宵子のやり取りを見ていた。一方、宗征はずっと険しい顔をしている。

仲子は、少し改まって宵子に問いかけた。

「あたしを、姫様の傍に置いていただけますか」

女房は皆、朔の姫を嫌うと勝手に思い込んでいたのは宵子のほうだった。そうではない人もいるのかもしれないと、少し期待を持った。

「ええ。こちらこそ、よろしくね」

「ありがとうございます！　また婚姻の儀の後には女房が増えるので、今のうちに準備を進めておかなくてはなりませんね」

「えっ、女房が増えるのでございますか」

宵子は彰胤に問いかけた。ここまでの宵子の様子を見ていた彰胤が、少し言いにくそうに口を開いた。

「そうなんだよね。東宮の妃になると、ある程度の人数の女房は必要でね。命婦と同じく、俺に仕えていた信頼できる者を置くから、不安には思わないで」

「分かり、ました」

これも、取引の一環と思うことにした。暗殺計画の件を不問にしてもらうのだから、わがままは言えない。

「そうそう、命婦を紹介するのと、もう一つ話があってね」

彰胤の顔には、少し険しさが見える。あまり良くない話なのかと宵子は身構える。

「実は、中納言が、君を返せと言ってきているんだ」

「え……」

「相応しくないからとか、きちんと妃教育ができていないからとか、先日の件で迷惑をかけたから、とかいろいろと理由を並べ立ててね」

そういえば、昨日のことで中納言である父にも咎《とが》が及ぶことになったのでは、と思い至る。彰胤は宵子の考えていることを察したようで、宗征に説明を、と短く指示をした。

「昨日、女房や兵がしたことは、東宮様をお守りしなければ、と気負った末の勘違いゆえ、と釈明していました。中納言は、あくまで配下の独断と暴走ということにしたいようです」

暗殺や襲撃を命じておきながら、父は何も知らないとしらを切り通すつもりらしい。

「まあ、相応しくない、という点においては、中納言と同意見ですね。この婚姻には反対です。藤原の家に返すのがよろしいかと存じます」

宗征が淡々と、そう彰胤へ進言した。ちらりと宵子を見た宗征の眼差しは冷たく軽視するものだった。仲子とは正反対の視線に、宵子は身を硬くする。何度向けられても慣れない、朔の姫への蔑み。

「それはお前が決めることではないよ」

彰胤の口調は穏やかなままだが、なぜか圧を感じる。宗征は一瞬、気まずそうに視線を逸らしたが、意見を変えようとはしなかった。

「東宮妃は、東宮様に相応しい相手でなくてはなりません。足手まといになります。私は認めません」

きっぱりと言うと、彰胤にだけ礼をして梨壺を後にしてしまった。彰胤はため息とともに宗征の背中を見送っていた。

「もう！　学士殿は何を言っているのですか！　こんなに可愛らしい姫様のどこに不満があるというのでございましょう。それに、東宮様のお選びになった御方じゃないですか。主人の決めたことに文句を言うなんて」

仲子は、頬を膨らませながら怒っていた。宵子や彰胤の七歳上と言っていたから、二十五歳。仲子のほうが可愛らしいと思う。

「姫様だって怒ってよろしいのですよ、あんな失礼な男！」

朔の姫への蔑みなどで、怒ることはもう長年していない。その言葉の鋭さや怒気に怯えることはあっても、怒りにはならない。きっとどこかで諦めてしまっている。

「学士殿の言うことは、正しいわ。わたしは、東宮妃にはとても相応しくないもの」

「だめだよ」

彰胤が短い言葉で、はっきりと言った。

「自分を下げるような言葉を言ってはだめだよ。婚姻の儀は、この中納言の問題を解決してからにするけれど、俺は君を追い返すつもりは一切ないからね」

彰胤は、眩しく思うほどの真っすぐな笑みを浮かべている。宵子は太陽のような笑みに微笑み返せるほど、自分に自信などなかった。頷くふりをして、俯いた。

＊

宵子は、仲子とともに桐壺へ帰る渡殿を歩いていた。前を歩く仲子は、まだ宗征に対してちくちく言っていたが、ふいに立ち止まった。

「どうしたの？」

「お召し物が汚れてしまいますので、お下がりください」

仲子の肩越しに見えたのは、渡殿の幅めいっぱいに広がっている汚れだった。土を撒《ま》き散らしたようで、確かにこのまま進めば引きずって歩いている着物の裾《すそ》が汚れてしまう。

「もう！　一体誰がこんなことを」

「まるで、源氏物語のようだわ」

宵子は思わずそう感想を零した。

源氏物語。枕草子と並んで有名な、宮仕えの女房が書いた長編小説だ。帝の息子の光源氏《ひかるげんじ》を主人公とした、宮中での恋模様、権力争いが描かれている。老師との問答でもたびたび出てきていた。

帝から類まれなる寵愛を受けていた桐壺の更衣《こうい》という女性は、その寵愛と身分の低さゆえに、他の妃から嫌がらせを受けていた。妃たちは、帝に召されて清涼殿に向かう桐壺の更衣が通る道に、汚物を撒き散らして妨害したのだ。

「姫様、物語のようだなんて、呑気なことをおっしゃらないでくださいませ」

「でも呼ばれた先ではなく、帰る時だなんてずれているわね」

「確かに源氏物語では、帝に呼ばれているから急がなきゃいけないのに、通れないっていう話でしたけど。そういうことではなく！　ともかく、東宮様にご報告しなくては」

仲子は、憤りをあらわにしているけれど、宵子は怒りよりも、感動すら覚える。物語のようなことが、宮中では本当に起こるらしい。

言い終わらないうちに、仲子は足早に梨壺へ引き返そうとした。宵子は、着物を掴んでそれを止める。

「待って、命婦。そんな大げさよ」

「大げさではございません。東宮妃に、嫌がらせをした者がいるのですよ！」

「正式に妃になったわけでもないし、ただの取引で妃になる予定のわたしが、迷惑をかけるわけにはいかないわ」

「でも……」

「床が汚れていただけよ。わたしに向けた嫌がらせかどうか分からないわ。お願い、命婦」

「姫様がそう、おっしゃるのなら……」

渋々だが、仲子は承知した。宵子は再び目の前の汚れに目を向ける。

「これが、物語のように汚物だったら、異臭がして大変だったわね。乾いた土が散っているだけだから、掃除もすぐに終わりそうね。早くしてしまうわね」

宵子は、掃除をするのに邪魔になりそうな着物を持ち上げたのだが、目を丸くした仲子に素早く戻されてしまった。

「何をなさっているのです！」

「え？　ここを掃除しようと思ったのよ。さすがにこのままじゃ、着物が汚れてしまうもの」

「そのようなこと、姫様がする必要はございません。そういう仕事をする者がおりますので。食事や、洗濯など、着付けも含めて姫様に仕える者の仕事でございます」

「じゃあ、わたしは何をすればいいの……？」

今まですべて自分でやってきたのに。誰かに自分のことをしてもらうなんて、想像がつかない。

「そうですねー、桐壺の主《あるじ》として、堂々としていらしてください。後は、顔と名前を覚えてくださると、女房たちは喜びます」

仲子はにっこりと笑って言った。たくさんの女房の顔と名前を覚える、今までほとんど人との関わりがなかった宵子にとっては、なかなか難しいことだ。宵子は、ぐっと力を入れた。

「分かったわ、頑張るわ」

「少しずつで大丈夫ですよ。――あ、そこの二人、ここの掃除をお願いできる？」

仲子は近くを通った女性二人に声をかけた。質素な服を着ている二人は、仲子に呼ばれると、かなり急いで駆けてきた。宵子よりも少し年上だろうか。

「かしこまりました」

二人は床に膝をついて、拝礼している。汚れている床に着物が少し触れてしまっている。

「着物が汚れてしまうわ。立って、土を払わないと」

思わずそう声をかけたが、目を見開いて固まってしまっている二人を見て、さあっと血の気が引いていくのを感じた。朔の姫などに声をかけられるのは、迷惑なだけなのに。直前まで仲子と話していたから、失念していた。

「えっと……」

「あの……」

二人とも困惑した表情を浮かべて、お互いに顔を見合わせている。やはり、呪われた姫なんて、災いの元だ。

「姫様」

「あ、ごめんなさい。わたしなんかが声をかけてしまって」

仲子の呼びかけで、宵子ははっとして謝った。すると、さらに二人の顔が困惑に包まれた。少し慌てた仲子が、早口で教えてくれた。

「そうではないんです。この者たちは、雑仕女《ぞうしめ》でございます。姫様とは身分が違いすぎるので、普通は声をかけられることなどございません。恐れ多くて、固まっているだけなんです」

雑仕女とは、仲子のように誰か個人に仕えるのではなく、宮中全体で働く身分の低い女性たち、だったはず。冊子で読んだ知識を引っ張り出した。

「話しかけて、迷惑だったわけじゃないのね」

「相当、驚いたとは思いますが」

仲子の言葉に、二人はこくこくと頷いている。そうなると、少し不思議に思えてくる。

「話しかけることはないって、普通の姫君はどうしているのかしら」

「ただ通り過ぎるだけでございますよ。彼女たちは拝礼のまま、姫君が立ち去るのを待つのが、慣習ですから」

頭を下げたまま、声をかけられることもなく、過ぎるのを待つ。それは、あまりに存在を無視した対応ではないか。役立たずの宵子とは違って、宮中で皆のために働いてくれているのに。

「ねえ、命婦。雑仕女には名前を聞いてはいけないの？」

「雑仕女の名、でございますか」

仲子は、少し困惑したような表情を浮かべた。仲子の言った、女房たちの名前を覚えてほしいという第一歩として、二人の名前を聞きたいと思った。でも、それが姫君として普通なのか、分からない。

「いけない、ということはございませんよ」

仲子は少し考えた後、そう言って微笑んだ。きっと、その反応からして普通ではないのだろう。けれど、存在しないように扱われることが辛いことを、宵子は知っている。

「二人の名前を、聞いてもいいかしら」

雑仕女の二人は、恐縮しながらもそれぞれに答えた。

「その、高貴な方々のように、特別な呼び名は持っておりません。呼ばれる際には、ただ、茅《かや》と」

「ええっと、わたしは、苗《なえ》と呼ばれております」

背の高いほうが茅、小柄なほうが苗、と宵子はそれぞれ覚えた。自分でするはずの掃除を頼むのは、何だか違和感があるけれど、それは飲み込んで茅と苗に言った。

「茅と苗。ありがとう、ここの掃除をお願いしていいかしら」

「は、はい。仰せのままに」

「すぐに掃除をいたします……！」

二人は、勢いよく一礼すると、掃除道具を取りにぱたぱたと走っていった。

「やっぱり、迷惑だったかしら」

「いえ、慣れていなくて驚いただけかと。姫様は、身分の低い者にも声をおかけになって、お優しいのですね」

そう仲子から、きらきらとした目で見つめられたけれど、宵子は緩く首を振った。

そんな大層なものじゃない。

「……優しくは、ないわ。無視されることが辛いのは充分に知っているから。だから、それを誰かにしたくないだけなの」

「お優しいだけでなく、お強いのですね。ご自分にとっての苦しさを他の者にぶつけることはなさらない。強くなければできないことです」

「ありがとう……」

そうやって言ってくれる仲子のほうが優しく、強いと思う。この人に仕えてもらって、せめて恥ずかしくないようになりたい。


桐壺に戻ると、女官が宵子たちを待っていた。

「客人がお見えでございますが、いかがいたしましょう」

宮中まで宵子のことを訪ねてくる人なんて、いないと思うのだけれど。

「どなたがいらっしゃっているのかしら」

「中納言様の遣いの方でございます」

宵子は反射的に身を硬くした。父がわざわざ遣いを送り込んでくるなんて。いい話ではないことは、容易に想像ができる。あまり、会いたくはない。怖い。でも、逆らうことはできない。

「分かったわ……」

女官が、呼んで参りますと下がってから、すぐに御簾の向こうに遣いがやってきた。

女房ではなく、男性の従者が来たことから、父がすぐにでも連れ戻したがっているこ

「一刻も早く、お戻りください」

とが分かる。

「姫様、中納言様が藤原の家に戻ってきて良い、との仰せでございます。一刻も早く、お戻りください」

戻ってきて『良い』なんて、嫌味な言い方だ。宵子が暗殺の計画を知っているから、父の指示があったことを知っているから、早く宮中から引き離したいのだろう。もしも、家に戻ったりしたら、殺されてしまう。彰胤の暗殺の成否に関係なく、宵子を殺そうとしていたのだから。宵子は、ぐっと両腕を抱きしめる。何枚にも重ねた着物の上からなのに、その爪が腕に食い込むような錯覚さえした。恐ろしい……

「姫様、大丈夫でございますか」

隣にいる仲子が、心配そうに声をかけてくれた。仲子は、宵子の代わりに従者に問いかけた。

「中納言様は、他に何と仰せでございましたか」

「姫様を心配しておいででした。箱入り娘がいきなり宮中に出ては、さぞ苦労しているることであろうと。悪意も混在する場所であるからと」

従者の口調も言葉も、外向きの取り繕ったもの。本気で宵子を心配してなどいない。ただ、言葉の中に少し引っ掛かるものがある。悪意、とは渡殿が汚されていた嫌がらせのことを指しているのだろうか。宵子が宮中を離れたいと思うよう、仕向けられたのかと、勘ぐった。

考えすぎかと思ったが、仲子も同じように考えたらしく、あからさまに従者に向けて顔をしかめている。

「この御方は、東宮様が妃にと所望しておられる方でございますよ。東宮様のお許しもなしに、連れ帰れるとお思いですか」

仲子は、言葉の上ではぎりぎり礼儀を保っているが、声音が怒っていると言っているようなものだ。従者はそそくさとその場を後にした。また来ますと言っていたが、それにも仲子は相手が去ってから小声で言い返していた。

「二度と来るなー！」

子どもの喧嘩のように言うものだから、可愛らしい。少し気持ちが和らいだ。

「姫様はもっと怒っていいんですよ、あんな失礼なやつ」

「いいのよ、いつものことだから」

「よくありませんよ。あんなのばっかりなんですか。姫様のご実家って」

「そうねえ、あまり母屋の人たちとは話さなかったから、分からないわ」

「はっ、つい、ご実家のことを悪く言ってしまいました。姫様は、帰りたいとお思いですか……？　でしたら、余計なことを申しました」

仲子が、恐る恐るそう聞いてきた。

帰りたい？　老師が来ることのない、あの離れに？　自分に問いかけて、答えはすぐに出る。

「帰りたいとは思わないわ」

「そうでございますか」

仲子は、ほっとした表情になった。対照的に宵子の顔は曇る。帰りたいとは思わない。でも、他に帰る場所なんて、宵子にはない。ここにいられるのも取引のおかげで、いつまでいられるか分からない。第一、宗征に認められていないのだし。

「姫様？」

「いえ、何でもないわ」

不安を押し殺して、宵子は返事をした。ここにずっといたい、そう思うことも、口にすることもできない。そんな勇気なんてない。

＊

翌日も、宵子は梨壺に呼ばれていた。朝日が差し込む渡殿を歩いていく。

昨日の雑仕女の二人が庭を掃除しているのが見えた。仲子は、宵子が朔の姫だからではなく、中納言の姫君だから恐れ多く、あんな反応だったと言っていた。それを疑っているわけではないが、もう一度、声をかけることを躊躇《ちゅうちょ》してしまう。

でも、無視はしたくはない。

「大丈夫ですよ、姫様」

隣を歩く仲子が小さな声でそう言った。にっこりと笑うその顔を見たら、大丈夫だと思えてきた。

「茅、苗、おはよう」

茅と苗は、はっと宵子のほうへと向き直り、深々と頭を下げた。

「おはようございます、三の姫様」

「おはようございます」

宵子は、もう一言だけ付け加えた。

「お掃除、ありがとう」

「いえ、とんでもございません」

「いってらっしゃいませ」

拝礼のままだったが、顔を上げさせるのは慣習に反するとは聞いたから、宵子はそのまま歩き出した。少し見えた横顔は、やはり戸惑いの表情だった。

「やっぱり、迷惑だったかしら……」

「昨日と同じく、慣れていないだけでございましょう。ただ……少し気になりはしますね」

「気になる？」

「あ、いえ、大したことではございませ――あれ？」

仲子は、戸に手をかけて、首を傾げた。梨壺へ向かうには、この戸を通って向かう。昨日は開いていたはずなのに、今は閉じているうえに、仲子が手をかけても動かない。

「閂《かんぬき》が下ろされているようでございます」

「これも、源氏物語と同じね」

源氏物語の、桐壺の更衣への嫌がらせはいくつかある。その一つが、帝に召された時に通り道の戸を閉められ、仕方なく戻ろうとすると、戻った先の戸も閉められていて、閉じ込められてしまうというもの。

「もしかして」

仲子は、早足で来た道を戻っていった。おそらく、源氏物語から連想して、もう一方の戸を確認しにいったのだろう。

「まあ！」

「戸は閉まっていたの？」

仲子は、早足で宵子のいるところへ帰ってきた。眉間に皺が寄っているところを見ると、その通りだったらしい。

「でも、少し回り道をすれば、戸を通らなくても梨壺には行けるわ。急ぎましょう」

「そうですが！　これは明らかに姫様に向けた嫌がらせでございます。やはり、東宮様に相談を」

「東宮様は、今は父上のことでお忙しいはずよ。余計なことをお耳に入れるべきではないわ」

取引で結ばれただけの関係だ。彰胤に迷惑はかけたくない。

「承知、いたしました」

不服そうだが、仲子は宵子に従ってくれた。心配してくれていることは分かるが、それも身に余ることと思っているから、受け止めきれない。


梨壺に着くと、彰胤が檜扇で手招きをしていた。

「遅くなり申し訳ございません」

「そう待ってはいないけど、何かあったのかい」

「いいえ、何も」

仲子が何かを言う前に、宵子は短くそう答えた。

「じゃあ、さっそく呼び出した本題を。中納言がしつこく君を返せと言ってきてな。計画を知っているからだと思っていたけど、あまりにもしつこいし、少し様子が変でね。もしかして、何か、中納言が不利になる証拠を持っていたりしないかい？」

「証拠、でございますか……あっ」

小刀とともに渡された、暗殺の指示が書かれた紙を、宵子はまだ手元に持っていた。迂闊《うかつ》にも紙に書いたのは、宵子を殺した後にいつでも回収できると思っていたからだろう。

でも、そうはならずに、宵子が持ったままになっている。父の字で書かれた、決定的な証拠。

「心当たりがあるみたいだね。それで中納言はあんなに必死なわけかー」

彰胤はどこか楽しそうにそう言った。そして、考え込むように視線を落とした。集中している様子で、宵子は声をかけずに静かにしていた。しばらくすると考えがまとまったらしく、彰胤は笑みを浮かべた。

「よし！　これでいこう。その証拠、今も持っているかい？」

「はい。小刀と一緒に置いてあります」

仲子が、すぐに取って参ります、と桐壺へと駆けていった。

彰胤は、手招きをして宵子を近くに呼んだ。膝を突き合わせている状態で、彰胤は、宵子の手の上に、そっと手を置いた。宵子が反射で引き抜こうとしても、優しく包まれたまま、動かせない。

「姫」

「は、はい」

彰胤の手からほのかに伝わってくる温もり。つい顔が赤くなりそうで俯いた。だが、次の彰胤の言葉で弾かれるように顔を上げる。

「藤原の家を捨てると言ってくれ」

「何を、おっしゃっているのですか。わたしが、藤原家に捨てられたのでございます」

「違う。君が、藤原家を捨てるんだ」

食い気味に、彰胤はそう言った。父に見放され、挙句、殺されそうになったのに、そんなこと。それでも、嘘だったとしても、捨てられたのではなく、宵子が捨てたのだと口にすることで、少し楽になるのかもしれない。宵子はゆっくりと口を開く。

「分かりました。……わたしは、藤原家を、捨てます」

「よし」

彰胤は満足そうな笑顔で頷いた。いたずらを思いついたような表情で、宵子の手をようやく解放した。

「お持ちいたしました」

仲子が、例の紙を持って戻ってきた。宵子はそれを受け取って、改めてその中身を確認した。確かに、あの時の指示が書かれている。宵子はそれを彰胤に手渡した。

「ははっ、何とまあ直接的な指示だな。歌に紛れ込ませたものを想像していたけど、ここまではっきり書いてあれば、必死にもなるか」

「あら、本当に無粋な指示でございますね。もっと雅やかに言えないのですかね。中納言様は感性がいまいちでいらっしゃいます？」

彰胤に見せられた紙を見て、仲子がそんなことを言う。暗殺の指示を雅やかにするのもどうかと思うけれど、宵子はわざわざ口にしなかった。

「これがあれば、交渉も上手くいくだろうな」

「何をなさるおつもりですか」

仲子が、訝しげに尋ねた。彰胤はその質問を待っていたかのように、にんまりと笑みを浮かべて答えた。

「君には、姉上の養女になってもらう」

「養女ですか……⁉」

「女二の宮様のご養女⁉」

宵子と仲子は同時に声を上げた。予想以上の反応に、彰胤はご満悦のようだった。

彰胤の姉、女二の宮は彰胤と母を同じくする内親王である。当然、帝とも腹違いの姉弟になる。夫に先立たれて出家したと聞いたことがあるけれど。

「姉上は出家なさっているから、一緒に住むとか、特別な儀式をするというわけではないよ。姫と藤原家の縁を切るっていうのが、一番の目的」

「……そのために、わたしに藤原家を捨てよとおっしゃったのですか」

宵子は、少し声を震わせながらそう聞いた。

「そう。いらないだろう、君を蔑ろにする家との縁なんて。俺にとっても、妃に迎えるにあたって摂関家との関わりはないほうがいい」

彰胤にしてみれば、摂関家との繋がりを排するという理由だけでいいのに、宵子にとって藤原家はいらないとはっきりと言った。宵子が今まで縛られていたものから解放するように。

宵子は、目の奥が熱くなるのを感じた。この人は、星詠みを認める言葉だけじゃなくて、あの場所からも救い出そうとしてくれている。嬉しいと伝えたくて笑おうとしたけれど、涙を止められなくて、泣き笑いのような表情になってしまった。

「ありがとうございます。東宮様」

仲子が、東宮様が姫様を泣かした！　なんて言うものだから、彰胤が困った顔をして、宵子の目元を袖で拭う。心配そうに覗き込んでくる顔が、少し幼くて可愛らしくて、宵子はもう大丈夫と、頷き返した。

「中納言も、皇族の一員には手が出せないだろうから安心して。だめ押しで、この紙を返すから手を引けって言うつもり」

宵子は、改めて父の字で書かれた紙を見つめる。

「あの、これがあれば、父上を失脚させることもできるのではありませんか。父上が東宮様を暗殺しようとした、唯一の証拠ですから」

「うーん、五分五分だと思うんだ。冬の宮に味方する者は少ないからね。それに、君が主犯として担ぎ上げられて、最悪の場合、中納言は関係なくて、姫が女房たちを先導してやった、なんて筋書きにされるかもしれない」

「それは……」

宮中でいろいろな噂が飛び交う朔の姫ならば、なすりつけるのは簡単なことかもしれない。宵子が反論したところで、聞いてもらえないことは想像できる。

「君が欲しいと言ったのは俺だからね。心配の種は取り除くよ」

「本当に、ありがとうございます」

「じゃあ、早速取り掛かるよ。ある程度の準備はしてあるから、早く済むと思う」

宵子は、本当にすぐに動き出した彰胤を見送ってから、桐壺に戻った。まだ昼にもなっていない時間で、仲子がお茶の用意をしてくれるという。

養女なんて大それたことが可能なのか、父との交渉が上手くいくのか、いろいろと考えてしまう。お茶を口にしてもあまり落ち着かない。

＊

彰胤は、牛車《ぎっしゃ》に揺られていた。目的地は四条にある屋敷。彼女は滅多に宮中にはやってこない人だから、会うのは久しぶりになる。

「彰胤、久しいね」

屋敷に着いて通された先で、前に会った時と変わらない声で話しかけられた。彰胤は、御簾の向こうにいる人へ微笑みかける。

「お久しぶりです、姉上」

女二の宮、そう呼ばれる彰胤の姉。夫が亡くなってからは、出家して内裏から離れた四条の屋敷でゆったりと暮らしている。別の者との再婚の話も出ていたらしいのだが、それを一蹴して、出家した。それを聞いた時は驚いたが、姉らしいとも思った。

「また襲われたらしいけど、その様子だと問題ないね。たくましいこと」

「それほどでも」

「褒めてない、呆れているの」

姉は、内裏や宮中で起こる権力のごたごたが嫌いなのだ。さっさと出家したのも飽き飽きしたからだと言っていた。

「実は、姉上にお願いしたいことがありまして」

「珍しく追い返さない姫に関わること？」

「騒動のことといい、お耳が早い」

「私ではなく、侍女たちがね。噂好きな者が多いから、ここにいても宮中のことはすぐに知ることができる」

彰胤は、一つ息をついて、改まってそれを口にした。

「姫を、姉上の養女にしていただきたいのです」

「養女？　朔の姫と呼ばれる姫をか」

彰胤は、宵子が藤原の家で冷遇されてきたことや、今回の騒動に巻き込まれて殺されかけ、今は中納言から返せと催促が来ていることなどを簡潔に話した。星詠みのことは伏せておいたほうがいいと思い、言わないことにした。そこまで話せば、姉を権力闘争に引きずり込んでしまいかねない。

「なるほど。私が断れば一人の姫の命が危ない、というわけね。それは心苦しいこと。彰胤、私がそう言うと見越しての提案ね？」

さっぱりとした性格の姉だが、情に厚いことは知っている。

「その姫は、信用できるの……いや、言い方を換える、惚れているのか」

彰胤の脳裏には、流星雨の日がよみがえる。新しい妃候補が来たと聞いて、あえて星の降る中、訪ねることにした。どうせまた嫌々やってきて、冬の宮なんてと、こちらを軽視するどこぞの姫だろうと、うんざりしていた。

なのに。その美しさに目を奪われてしまった。藍色の空に降るあまたの星、それを見上げる少女、その瞳に映る星の描いた軌跡。どんな素晴らしい景色もどんな傑作と称された絵も、目の前の光景に勝るものはないと思った。早く触れたいと、思わず強く足を踏み込んだせいで、渡殿に床板が軋む音が響いてしまった時は自分で自分に呆れた。

宵子は、星詠みの力を極度に恐れている。素晴らしいと率直な感想を言っただけで泣いてしまうほどに。かと思えば、彰胤を逃がそうとした時の目は揺るぎないものだった。

冬の宮の意味を教えた時には、怒りをあらわにしていた。自分のほうが不遇な扱いをされてきただろうに、彰胤のために怒ってくれる。それが、冬の宮を背負わされた彰胤にとってどれほど嬉しいことか。

「……助けたいだけです。命が危ないのに見過ごせない、姉上と同じですよ」

彰胤は、たくさんの言葉を飲み込んで、そう答えた。

はあ、と姉の大袈裟なため息が聞こえてきた。

「その顔で充分に分かった」

「え」

「彰胤にそんな顔をさせる姫に興味が出た。東宮になってから人を内側に入れなくなったあなたが、傍に置きたいと思ったのなら、いいんじゃない」

「では、養女の件は」

「構わないわ。そのうち、私にも会わせてちょうだいよ」

楽しそうにそう言う姉に、彰胤は深々と頭を下げた。これで、宵子をあんな家から救い出せる。


彰胤は、四条から戻って、その足で中納言を呼び出すつもりだった。だが、着いて早々に中納言のほうから話がしたいと遣いを寄こしてきた。好都合だ。

宗征はというと、宵子の関わることだけ何かと理由を付けて動こうとしない。まあ、宗征の言いたいことも分かるが、彰胤としても譲れないところだ。宵子を離すつもりはないのだから。

「東宮様、お時間をいただき、恐縮でございます」

「前置きはいい。話とは何だい」

「朔の姫のことでございます。娘は引き取ります。あの娘は東宮様には相応しくありませんし、妃教育も不十分でございますし、どうか」

昨日も聞いた文言だった。無駄に媚びた口調にも、正直飽き飽きしている。敬ってなどないくせに。宵子は、宮中で生きるための知識、教養は身についている。おそらく、何度か話に出てくる老師が教えたのだろう。中納言はそれすら知らない、知ろうとしなかった。

「無用な気遣いだ。今のままで姫は充分であるし、予定通り結婚もするつもりだ」

「……婚姻の儀は、親の承諾がなければできません。私は承諾いたしかねますが」

中納言は、少し顎を上げて得意げな声音でそう言ってきた。高位の貴族特有の相手を見下す所作。彰胤は冷たい視線を返す。嫌いだ。

そもそも、入内させた時点で承諾していると同義だ。ただの屁理屈ではあるが、それを盾にするなら、こちらとしては都合がいい。

「それも無用だ。姫は藤原家を出て、女二の宮様の養女になった。中納言の承諾は必要ない。手を引け」

「は」

中納言の顔が強張った。予想だにしていない返しだったのだろう。そして、みるみる表情が険しくなっていった。

「本気で妻に迎えるおつもりでございますか。あれの恐ろしい本性を知ったら、きっと後悔なさるでしょうな。少しお考えになったほうがよろしいかと存じますが、本気であらせられるなら、今日は吉日でございます、今日のうちに婚姻の儀をなされればよろしいのではないでしょうか」

急によく喋ることだと、呆れた。中納言の言う宵子の恐ろしい本性というのは、星詠みのことだろう。不安を煽るようなことをちらつかせて、先延ばしにさせて、その間に手を打とうという腹づもりなのだ。

「——浅はかな」

「今、何とおっしゃいましたかな」

「いや、何でもない。そうだな、今日のうちに儀式を行うとしよう」

売り言葉に買い言葉だが、準備はほとんどできているから、女房たちに頑張ってもらおう。宵子も驚きそうではあるが、その顔も見てみたい。

「あのような、呪いの一体何が」

中納言が慣れた口調で『呪い』と口にした瞬間に、彰胤の表情が抜け落ちた。

宵子自身に自覚があるかは分からないが、父と口にする時、いつも顔を曇らせるのだ。この男のせいで、宵子は苦しんできた。今も囚われて苦しんでいる。

「お前が返してほしいのは、娘ではなくこの紙切れだろう」

彰胤は、宵子から譲り受けた、東宮の暗殺を命じた紙を、中納言の眼前に突きつけた。

中納言はそのますべての血がなくなるのではないかと思うほど、顔面蒼白になった。

「あの、これは、何かの間違いで……そう、朔の姫の呪いで」

「俺にはこんな紙切れなどどうでもいい」

彰胤は、紙を手放した。ひらひらと床に落ちたそれを、中納言は素早く拾い上げる。取り返すや否や、得意げに笑い声を上げた。

「決定的な証拠を手放すとは、東宮様のほうがよほど浅はかでございますな」

先ほどの呟きは聞こえていたらしい。どうでもいいが。

「東宮様のおっしゃる通りでございます。この紙さえ戻れば、あんな娘などどうでもよい。我が藤原家から姿も名も消えるのであれば、好都合でございます」

「もう一度言う。手を引け」

「仰せのままに」

中納言は、わざとらしく、恭《うやうや》しい礼をしてみせた。

すべてが解決したわけではないが、少なくとも宵子が藤原家に囚われることはなくなった。充分だろう。

＊

「終わったよ」

「えっ、もう交渉が済んだのでございますか」

「ああ。姉上に養女に迎えることを了承していただき、中納言に手を引かせてきたよ」

彰胤が桐壺にやってきたのは、まだ日が傾き始めたばかりの頃だった。空が赤く染まるよりも早く、彰胤はすべてを終わらせてきたという。

「こんなに早く……。ありがとうございます、東宮様」

「こういうのは早いほうがいいからね。それと、今日は吉日らしいから、婚姻の儀も行うことになったんだ。急いで準備に取り掛かるよ」

「え、ええ⁉」

彰胤が、一緒に来ていた東宮付き女房たちを桐壺に呼び、目まぐるしく婚姻の儀の準備が進んでいく。宵子も、一度衣装合わせをした紅の匂の襲を着せてもらう。日が悪かったり、例の騒動があったりで、延期に延期を重ねていたのに、いきなり行うことになったから、とても慌ただしい。

言われるがまま、されるがままになっている間に、あっという間に婚姻の儀が終わった。

「今後は、東宮女御《にょうご》様とお呼びするように」

女官が厳《おごそ》かにそう告げた。

妃は、実質的な正妻を示す中宮《ちゅうぐう》、それに次ぐ女御、更衣、と出自や身分によって定められている。時には上位の女官が妃の扱いを受けることもある。

女御や更衣は複数人いることが多いため、通常、妃の呼び名は、弘徽殿《こきでん》の女御、梅壺《うめつぼ》の更衣、といった具合に、与えられた殿舎と位を組み合わせたものとなる。

ただ、今は東宮の妃は宵子一人だけ。呼び分ける必要はなく、何よりあの東宮が追い返さなかった妃、という印象が強いようで、東宮女御と称された。

その日の夜、慌ただしかった日中とは対照的に、桐壺にはゆったりとした時間が流れている。宵子と彰胤の二人だけでの星見酒《ほしみざけ》だ。

「じゃあ、改めて女御、これからよろしく」

取引の結果だとしても、彰胤から『女御』と呼ばれることに照れてしまう。帝や東宮が自分の妻を呼ぶ時に使う呼び名であるから、この人の妻になったのだと、実感させられる。

「よろしくお願いいたします。藤原の家から助けていただいて、本当にありがとうございました」

「妻になってほしいと言ったのは俺だからね。当然だよ」

「東宮様のお役に立てるよう、励みます」

お互いに持った盃《さかずき》を傾けて、静かに乾杯をする。ゆらゆらと揺れる酒の表面には、空の星が映り込んで、酒そのものが輝いているように見える。

ともに用意された菓子は、亥《い》の子餅《こもち》。亥の月、亥の日、亥の刻に食べることで、万病を除くことができるという縁起ものだ。大豆や小豆《あずき》、胡麻、栗などの粉を混ぜて、猪の子であるうり坊の形に似せて作られる。今、出されているものには、きな粉がまぶしてある。

「今日は亥の日ではないけれど、お祝いには違いないからね。用意してもらったんだ」

「とても美味しそうです。これも、源氏物語に登場いたしますね」

源氏物語の主人公、光源氏と紫《むらさき》の上《うえ》の婚姻の際に亥の子餅を持ってくる場面がある。最近は源氏物語を連想する出来事が多く、ついそう口にしてしまった。けれど、これでは光源氏と、その生涯において最愛の人と言ってもいい紫の上、それぞれに彰胤と宵子を重ね合わせたように聞こえてしまう。亥の子餅と源氏物語を並べて語るのは、さりげなく、けれど熱烈に恋心を相手に伝えていると同義だ。宵子はそれに気が付いて、慌てて言い足した。

「あの、えっと、物語に出てくるような、立派な亥の子餅だと、言いたかったのでございます」

「うん、そうだね」

言葉少なに微笑む彰胤。こちらが慌てているのが恥ずかしくなるくらい彰胤は穏やかな態度で、宵子の胸の鼓動がいやにうるさくなる。どきどきしているのは宵子だけのようで、それもまた恥ずかしく思えて顔が赤くなってしまう。

それを誤魔化すように、亥の子餅を口に運ぶ。ほのかな甘さが染み渡って、顔がほころんでしまう。

「美味しいかい」

「はい、とても」

菓子でころりと気分が変わってしまう自分にも呆れるけれど、でもそれくらい、この亥の子餅は美味しい。藤原の家では、菓子なんてめったに食べられなかった。まれに老師が余りを持ってきてくれた時くらいだ。

「さっき、これも、と言っていたけど、他にも源氏物語に出てくるものを食べたのかい？」

別の意味で、鼓動が早鐘を打つ。桐壺の更衣になぞらえた嫌がらせのことは、彰胤には話していないし、話すつもりはない。なのに、無意識に『これも』なんて言ってしまった。

「いいえ、命婦と源氏物語の話をしたので、つい、そのように」

「そうか、命婦と仲良くやっているようで、何よりだよ」

彰胤はそれ以上の追及はせず、亥の子餅を頬張った。もう一つどうぞ、と勧められて、宵子も二つ目を口にする。

「女御、少し長くなるが、今の宮中の状況を話しておこうと思うんだ」

「状況……、東宮に推されているという、若宮様のことでございますか」

彰胤が以前言っていた、自身が冬の宮と呼ばれている理由のことかと思い、宵子は小首を傾げた。

「ああ。それから、兄上――主上《おかみ》のことも。三年前に起こったことは知っているかい？」

「いえ。たまに宮中のことを話して聞かせてくれた老師が、その頃に亡くなり、知るすべがありませんでした」

「そうか。じゃあ、そこから話そう」

取引とはいえ、東宮妃の立場になる宵子には、知っておかなくてはならないこと。亥の子餅を食べ終えて、宵子は姿勢を正した。

「まず、三年前に先帝が崩御《ほうぎょ》した。俺の父にあたる人だ。そして、その時に東宮だった異母兄が即位して、今上帝になった。兄上の母は内親王で高貴な血筋、当然の流れだったよ。まあ、摂関家は自分たちから権力が遠のいて悔しがったらしいけどね」

あっけらかんと笑って彰胤はそう言い、ここまではいいかい？　と宵子の様子を窺う。老師から、三年前の当時の帝と東宮は親子で仲が良いと聞いたことがあったから、話についていけた。宵子が頷くと、彰胤は続けて語り出す。

「兄上の即位で空席になった東宮に、俺がなったんだ。でも、母は更衣で、その時すでに亡くなっていたから、後ろ盾も弱かった。まあ、他に男児がいなくて仕方なく受け入れられたよ」

「仕方なく……」

　また、彰胤を軽んじるような話に、宵子は憤りを感じる。こんなにいい人なのに、と誰に訴えるでもないことを言ってしまいそうになる。

「そう、仕方なく。俺は兄上とは腹違いだし、おまけに性格も正反対でねー。主上は真面目できっちりとしていて、多くの者から慕われている。だから、主上派の者たちから俺は好かれていなくてな。こんなのが主上の後継というのが気に食わないんだろう」

　彰胤は、盃を傾けた。空になったようだったので、酒を注ぐと彰胤は嬉しそうに笑った。楽しくはないだろう自分の状況を話しているというのに、笑顔も口調もいつもと変わらない。

「もう一つ、若宮のことだ。若宮の父は、先々帝でね。先々帝は先帝の兄、つまりは俺の伯父上にあたる御方だ。若宮が生まれたのは、三年前、といっても兄上の即位などがすべて終わってからのことだった。若宮の母は摂関家の娘だから、摂関家は自分たちと近しい若宮を是が非でも帝にしたいってわけだね」

「若宮様は、まだ三歳でいらっしゃるのですか」

宵子は驚いた。三歳といえば、宵子が初めて母屋に連れていかれたくらいの年齢で、言葉もたどたどしくて、周りのことなんて何も分かっていない頃だ。摂関家が春と主張するのが、そんな袴着を済ませたかどうかの幼子だなんて。

「そう、たった三歳の従弟が帝位を望むわけがない。周囲の大人たちが権力を欲しがっているだけ。さて、若宮が帝になるにはどうしたらいいと思う？」

「時が来るのを待ち、東宮の地位につき、そして帝に即位すること、でございましょうか」

「時をかけたくなければ、邪魔になるのは？」

彰胤の問いかけの答えはすぐに分かったが、それを口にするのは憚《はばか》られた。でも、黙っている宵子へ、彰胤は笑顔のまま首を傾げて促してくる。結局、圧に負けて宵子は口を開いた。

「東宮様です……。そして、主上、でしょうか」

「その通り。ただし、主上は父が亡くなっているとはいえ、母方の後ろ盾はきちんとあるから、摂関家も手は出せない。でも、俺は違う」

彰胤の笑みが少し弱まった。いつも真っすぐに宵子を見つめる瞳に影が落ちる。

「摂関家は、東宮の地位を手にするためには手荒なこともしてくる。この前の中納言の件も、その一つだな」

　宵子は、そんなことのために使われて、捨てられたのか。ふつふつと怒りが沸いてくる。でも、それ以上にこの人を苦しめるような計画に加担していたことへの、申し訳なさのほうが勝っていた。なんということをしてしまったのか、後悔が押し寄せてくる。宵子は彰胤へ深々と頭を下げた。

「申し訳ございません。東宮様……」

「すまない、女御に謝らせるつもりはなかったんだ。宗征や命婦もこのことは知っているから、女御にも知っておいてもらいたかった、それだけだよ。顔を上げて」

　彰胤に両手で頬を包み込まれて、そっと顔を上げさせられた。宵子を安心させる、陽だまりのような笑顔がすぐ近くにあった。

「こんな状況だから、星詠みで未来が分かるのなら、俺はとても心強いんだ」

「お力になれるよう、頑張ります。……ので、お手を離していただけませんか」

　頬に触れる両手があまりにも優しくて、壊れものを扱うかのようにするものだから、さっき収まった恥ずかしさが再来してしまう。

「嫌かい？」

　彰胤が、急にしょんぼりとした顔になって、首を傾げて聞いてくる。宵子の胸がまたうるさくなる。すぐ近くに彰胤の顔があって、その手が宵子の頬に触れていて、こんな状況、平然としていられるほうがおかしい。

「嫌、ではなく、その、恥ずかしいのです……」

小声でやっとそう言ったのだけれど、なぜか彰胤は満足そうに笑っている。しかも、手は離してくれない。

「じゃあ、星詠みをしてくれるかい？」

彰胤の手が少し温かくなってきたのは、宵子の顔の熱が移ったせいかもしれない。恥ずかしさで気絶してしまう前に、宵子は早く答えてしまおうと、彰胤の目を視ることに集中する。

「――三日後、酉《とり》（西）の方角にございます」

「三日後、二十五日といえば、ああ、あれか」

「何かございますか？」

「その日は鷹狩《たかがり》があるんだ」

鷹狩とは、飼い慣らした鷹を使って獲物を捕らえる狩りのこと。捕らえた獲物を献上することも多くあり、狩りではあるが儀式的な面が強く、貴族や帝も愛好するものであった。

狩りの場であるから、訓練された鷹はもちろん、弓や刀を持った者たちがいる。彰胤を狙う者が武器を持ってその場にいても、怪しまれることはない。宵子はその状況を想像して、身震いをした。あまりにも危険だ。

「鷹狩を避けることは、できないのですか」

「うーん、主上も若宮も出席する行事だからね。その中で東宮だけ欠席ってわけにはいかないいかな」

「でも」

「心配いらないよ。こうして女御が未来を教えてくれたんだから」

彰胤は、ようやく手を離したかと思うと、幼子にするように、宵子の頭を撫でた。いいように言いくるめられている気がするけれど、どうしたらいいのか分からず、ただ頷いた。

*

宮中の朝はとても冷える。桐壺に限らず、どの殿舎も部屋に壁はほとんどなく、几帳や屏風《びょうぶ》で区切っている。だから、風の通りが良く、夏は涼しいのだけれど、冬が近付くと寒さが身に染みる。

「今日は冷えるわね」

宵子は、ちょうど桐壺の前を通った茅と苗に話しかけた。時折、二人がここを通るのを見かけると声をかけている。

「はい。神無月も下旬の頃でございますから」

「女御様も、お体を冷やさぬようお過ごしください」

「ありがとう」

離れで暮らしていた時は部屋が狭かったため、寒さはそこまで厳しくはなかった。

宮中では皆、この寒さの中で冬を越しているのだ。

「女御様、炭櫃《すびつ》はこちらでよろしいでしょうか」

炭櫃とは木をくり抜いた本体に金属製の炉《ろ》を入れて炭火を焚《た》く暖房具である。これがあれば、いくらか寒さがしのげるから、と彰胤が用意してくれたものだ。

「ええ。ありがとう、小少将《こしょうしょう》、周防《すおう》」

婚姻の儀を終えてから、桐壺にいる女房が増えたが、皆優しく穏やかでほっとした。顔と名前を覚えることは難題だけれど、少しずつ声をかけるようにしている。よほど親しい間柄でなければ、女性の実の名を呼ぶことは憚られるものだから、名前といっても便宜上の呼び名になる。

二人がかりで炭櫃を持ってきてくれた女房たちも、一人は、父が近衛少将《このえのしょうしょう》という役職を務めていることから小少将と呼ばれ、もう一人は兄の赴任先が周防国であることからそのまま周防と呼ばれている。二人ともよく働いてくれている。もう炭櫃は設置し終えたようで、次のものを運ぶために殿舎を出ていった。

「あら、何の音かしら」

軽い足音のような音が、こちらへ近付いてくる。子どもの足音にしても、かなり幼いように思える。

「ここまで来れば安心じゃ――って人間がおるのじゃ！」

「狐が喋ったわ！」

御簾の間を滑り込んできたのは、一匹の狐だった。黄金の毛並みで、額の毛はほんのり渦を巻いている。まん丸の瞳と目が合った。

「どうしましたー、女御様」

仲子がのんびりとした口調で、小さめの炭櫃を持ってやってきた。

「あら、狐が迷い込んできたのですね」

「迷っておらぬわ。ここは少し前まで誰もおらぬ場所だったはずじゃ」

「最近、入内された東宮女御様の住まいですから……って狐が喋ってる！」

仲子も同じ流れで驚いていた。危うく炭櫃を落としそうになっていて、宵子ははらはらする。

「もしかして、妖《あやかし》でございますか」

「そうじゃ。匿《かくま》ってくれんか、追われているのじゃ」

「追われている？つまみ食いでもしたの？」

「そんなわけあるか。陰陽師どもに腕試しとか言って祓《はら》われかけたのじゃ。まったく、いい迷惑じゃ」

狐の妖は不機嫌そうに、そう言い捨てた。ふいに、狐がやってきたのと同じ方向から、話し声が聞こえてきた。

「どこへ行ったんだ」

「おい、ここは宮中だろう、まずいんじゃないか」

「あの妖を見つけてすぐに立ち去れば大丈夫だって」

「いや、でも」

「文句言ってないで早く捜せって」

どうやら、狐を捜している陰陽師たちのようだ。狐は、毛を逆立てて威嚇している。その姿が、昔、離れで少しの間一緒に暮らしたうさぎを思い出させた。父からかろうじて逃がすことしかできなかった、あの頃の友だち。今、この子を放り出すことはしたくない。宵子は狐に手招きする。

「もっと奥へ。見つかってしまうわ」

「こちらから言っておいてじゃが、いいのか」

「悪いことはしていないんでしょう」

「もちろんじゃ」

「なら、助けるわ」

彰胤が助けてくれたように、宵子もそうしたいと思った。この小さな妖を助けたいと。自分が、誰かの役に立てるようになりたいと。

陰陽師は、桐壺のあたりをうろうろしている。しばらくしても去っていかない。

「このあたりにいると、分かっているのかしら」

「それはあるかもしれんな。陰陽師は妖の気配を察知することができるらしいのじゃ」

唐突に、陰陽師の一人が、御簾越しに話しかけてきた。

「いきなり申し訳ございません、こちらで狐を見かけてはおられませぬか」

仲子は、心得ていると頷いてから御簾の近くまで進み出た。狐を匿うと言った宵子の意を汲んで答える。

「狐ですか、見ておりませんよ」

「確かにこのあたりに逃げたのですが」

「狩りの獲物でしょうか。このようなところにまで押しかけてくるなんて、いかがなものでしょう」

「そ、それは……」

仲子にそう言われて、ばつが悪そうな様子で言葉に詰まる陰陽師。もう一押し、と小さな声で仲子が呟き、助言するような口ぶりで話しかけた。

「もうすぐ東宮様がこちらにいらっしゃいます。不審な動きは、怪しまれてしまいますよ？」

「くっ」

「おい、早く行こう」

陰陽師たちは、使い古された深縹《こきはなだ》色の着物をひるがえして立ち去っていった。

彰胤に怪しまれるという意味なのか、冬の宮と近しいと摂関家から怪しまれるということなのか、仲子はぼかして言ったが、どちらでも好きに取ればいいということだろう。あの短時間で上手く言葉と言い方を選んで話す様子に、素直に感心した。

「ふう。衣の色からしても、見習いでしょう。あれくらい脅かせばもう来ないと思います」

「ありがとう、命婦」

「助かったのじゃ」

狐は口をぱかっと開けて笑っているように見える。そして、人懐っこく続けた。

「このまま、ここに置いてはくれないかのう。ここ、ものすごく暖かいのじゃ」

もふもふとした毛並みが、さっき出したばかりの炭櫃にすり寄っている。

動物と一緒に暮らすのは久しぶりのことで、宵子の胸が躍る。けれど、うさぎと暮らしていたことによって、父に殴られ、蹴られたことも同時に思い出す。さっきはただ助けたい一心だったけれど、冷静になると、彰胤に迷惑をかけはしないかと不安になってしまった。

「どういたしますか、女御様」

「……東宮様は、動物はお嫌いかしら」

「えっと、東宮様は大丈夫だと思いますよ」

仲子は、宵子の顔を覗き込んで、安心させるようににっこりと笑った。

「飼うかどうか、女御様が決めてよろしいのですよ。だって、女御様は桐壺の主であらせられるのですから」

「わたしが、決める」

桐壺の主として、何かを決めることができる。それが許されていることの責任を感じる。好き勝手にしていいわけじゃないけれど、自分が助けたいと思った、一緒に暮らしたいと思った子を迎え入れることは、きっとできる。宵子自身が、そう決めたのなら。

宵子は、きちんと座り直して、狐を近くに呼び寄せた。狐はとことこと肉球で床を踏みしめながら歩いて、ちょこんと座った。

「あなた、狐の妖なのよね。別の姿に化けることはできるかしら」

「条件はあるが、できるのじゃ」

「なら、猫に化けてみてちょうだい」

ぼふん、と煙のようなものが出ると同時に、狐は体を一回転させた。もう一度床についた足は、狐のものではなかった。黒と白の毛が不規則に交ざった猫の姿。瞳は黄色から黄緑色の間の色をしていて、とても綺麗だ。額の渦だけは狐の姿と変わらないまま。可愛らしい姿に、宵子は思わず微笑んだ。

「どうじゃ、上手いものじゃ――」

「まあー！　可愛い猫ちゃん！」

仲子が甲高い声を上げた。どうやら猫の姿は仲子の可愛い基準に刺さったらしい。

「触ってもいい？　いいですか？」

「別に良いが。……ぬわあ、くすぐったいのじゃ」

仲子は両腕で猫を抱きしめて、頬をすりすりして満面の笑みを浮かべる。反対に猫は仲子の想像以上の勢いに押され気味だった。

「ああー、本当に可愛い。もふもふと可愛さの掛け合わせは、もはや罪深いですー」

「ぬう、もう良いじゃろう、離れるのじゃ」

「ええー」

仲子は不満そうだったが、猫を解放した。すると猫はさっと宵子の後ろに避難してきた。一瞬でへとへとになっている。宵子はそっと、猫を抱きかかえてみる。見た目以上にふわふわした毛並みと、人よりも高い体温に癒やされる。

「あなた、名前は何て言うの？」

「特にないのじゃ。付けてくれんか」

「わたしが付けていいの」

「うむ。助けてもらった恩人じゃしな」

宵子は、猫を見つめながら考える。やはり、目がいくのは額の渦。毛並みが描くそれはとても可愛らしい。渦から連想して、宵子は思いついた名を口にした。

「巴《ともえ》はどうかしら」

「うむ、気に入ったのじゃ。主」

「主？」

「そこの賑やか娘がそう呼んでおったじゃろう」

仲子が、宵子を桐壺の主、と言ったことを指しているらしい。可愛らしい見た目から発せられるその呼び方は、言葉自体の印象よりも柔らかくて、嫌な気はしない。

「いいわよ、その呼び方で。よろしくね、巴」

「こちらこそじゃ」

巴の話し方は少し老師に似ていて、懐かしい気持ちになる。この後の予定はないことだし、老師のくれた冊子をまた読み返すのもいいだろう。

「さて、東宮様がいらっしゃる前に、暖房具の用意は終わらせないといけませんね」

「え？　陰陽師たちを追い返すための口実ではなくて、本当にいらっしゃるの？」

「はい。あれ、言ってませんでしたか」

宵子は、くつろぐ気分になっていたのを、慌てて立て直した。彰胤が来るなら、きちんと出迎えなければ。他の女房たちも驚いて、慌てて作業を進め出した。もっと早く言ってください、と同僚から怒られつつ、仲子も作業に加わった。


女房たちが頑張ってくれたおかげで、彰胤がやってきたのは桐壺が片付いた後だった。宗征もともに来ているが、相変わらず宵子への視線は険しい。宵子の膝の上に乗る巴の姿を見つけてから、さらに眉間の皺が深くなった。

彰胤も巴に気付き、おお、と面白そうに笑った。

「見慣れない猫がいるね」

「さっき、桐壺へ迷い込んできまして、そのままここで飼うことにいたしました」

「いいじゃないか」

「それで、この猫なんですが」

宵子は、巴がただの猫ではなく妖であることを、きちんと説明しようと慎重に切り出す。驚かせないように、怖がらせないように、どう言おうかと考えていたのに、巴が先に口を開いてしまった。

「よろしくなのじゃ」

「喋った！」

「何者ですか！」

彰胤と宗征が揃って驚きの声を上げる。巴は、苦笑いをしながら呟いた。

「この流れ、三回目じゃな」

喋るところを見てしまったのだから、妖の説明はもはや必要ない。宵子は恐る恐る聞いてみる。

「あの、妖を飼うのは、だめでしょうか。宮中では猫を飼う妃や姫君も多いと聞きますし。他では話さないよう、言い聞かせますから」

巴は、分かったのじゃ、と頷いてくれた。彰胤はじーっと巴の様子を観察している。巴は、なんじゃこいつは、と言いつつ目を逸らすことなく見つめ返している。

「うん、別にいいんじゃないか。女御によく懐いているようだし」

猫を飼うと言った時と変わらない調子で言われ、宵子は安心するとともに少し拍子抜けした。妖と分かったらもっと反対されるかと思っていた。宵子に懐いているという理由付きなら、少しは信用してもらえているということだろうか。

「よくありません！　猫を飼う妃はいても、妖を飼う妃なんて聞いたことがありません」

「冬の宮の妃なのだから、それくらいでいいだろう」

一方で、やはりというか、宗征は納得していない。諦めの気持ちもあるけれど、宵子としては、宗征にも取引上の妃として認めてもらいたい。妖を飼うと言ったことで、余計に敵視されてしまったかもしれないけれど。

特に気にしていなさそうな彰胤は、宵子の前に座ると、自分の目を指さした。

「今も凶星があるか、視てもらいたくてね」

星詠みは自分のやるべき仕事と気持ちを切り替えて、じっと彰胤の目を視る。二日前に見た凶星は大きさを増してそこにある。

「はい。明日、酉の方角の凶星は変わらずございます。それから、もう一つ、ございます」

「もう一つ？」

「小さいですが、戌《いぬ》（西北西）の方角にも凶星がございます。重なっていて見えづらいですが、大きなものの手前にあるようなので、先に小さな災いがあると思います」

「なるほどねー」

仲子が少し考えた後で、ぽつりと零した。

「属星祭《ぞくしょうさい》の中で、何かが起こるということでしょうか」

「属星祭もあるの？」

　そう尋ねると、宗征が険しい顔で答えた。

「属星祭の行事の一つとして、鷹狩が行われるのです。そのようなことも知らずに、東宮様に恐れ多くも助言をしておられたのですか」

「そ、れは」

　宵子は思わず言葉に詰まるが、仲子がさっと隣に来て、噛み付くように宗征に言い返す。

「学士殿が何も説明しないからでしょう！」

　頬を膨らませて抗議している様子が可愛らしいと勝手に和んでしまう。宗征は反論してこなかった。

　少しひりつく空気を一切気にしていない巴が、宵子の膝の上でくつろぎながらのんびりとした口調で聞いてきた。

「祭は知っておるが、属星ってなんじゃ？」

「属星っていうのは、生まれ年の干支によって属する星が決まることよ。その星を祭ることで、幸運や健康を願うの。朝起きて一番に星の名前を唱えることを習慣にする人も多いわよ」

　宵子は、空気を柔らかくするためにも、穏やかな口調を意識してそう答えた。横でうんうんと頷いていた仲子が、手を挙げてにっこりと言う。

「あたしもやってます！」

「へー、干支ってことは十二種類あるってことかのう」

巴はこてんと首を傾げつつ、そう聞いてきた。これには彰胤が答えてくれた。

「北斗七星になぞらえるから、七つだね。子年は貪狼星《どんろうしょう》。丑《うし》年と亥年は巨門星《こもんしょう》。寅年と戌年は禄存星《ろくぞんしょう》。卯《う》年と酉年は文曲星《もんごくしょう》。辰《たつ》年と申《さる》年は廉貞星《れんていしょう》。巳《み》年と未《ひつじ》年は武曲星《ぶごくしょう》。午《うま》年は破軍星《はぐんしょう》」

すらすらと噛むこともなく、すべての属星を言い終えてどこか得意げな彰胤に、宵子は素直にすごいです、と拍手を送る。褒められると思っていなかったのか、彰胤は少し照れたように頬をかいていた。

ちなみに、子年と午年が単独で一つの星に属するのは、子と午が北と南を示すもので、天地を繋ぐからとされている。北辰（北極星）が入らないのは、天の頂にいる星は帝のものとされているからだ。

聞いてきた巴はというと、多すぎて覚えられないのじゃ、と言って興味をなくしてしまった。彰胤は巴の態度に気を悪くした様子もなく、自分と宵子を指さして言った。

「俺は、破軍星。女御も同じだね」

「はい」

同い年は干支が同じであるから、必然的に属星も同じになる。そんな当たり前のことだけれど、彰胤ににっこりとそう言われると、何か特別なことのように思えてくるから不思議だ。

「あたしは、巨門星でございますよ。学士殿は、廉貞星ですね」

仲子は自分と宗征を指さしてそう言う。そして、転がる巴を持ち上げて、巴はどの属星なのか、妖だから関係ないのかと、問いかけていた。巴自身は興味がなさそうだ。

「今回の属星祭は、どの星を祭るのでございますか」

宵子は、そう彰胤に問いかけた。すると、宗征の視線がまた鋭くなったのが見えた。またそんなことも知らぬとは、と指摘されてしまうかも、と身構えたが、今度はため息だった。

「はあ……。文曲星、つまり主役は若宮様です」

なんということだろう。鷹狩には、帝も若宮も出席すると言っていたが、まさか主催が若宮側だったとは。誰を呼ぶかも、どれほどの弓矢を用意するかも、会場をどこにするかも、すべて若宮派に決定権がある。彰胤に何かを仕掛けるのだとしたら、若宮派に好都合すぎる。こんなの、危険すぎる。

「東宮様、やはり明日の参加は控えたほうがよろしいかと」

「大丈夫だよ。災いが起こると知ったうえで臨めるのだから、心強い」

また、やんわりと忠告を流されてしまった。ただ、彰胤の身が心配なだけなのに。

「凶星を教えてくれてありがとう」

彰胤は明日の準備があるからと、梨壺に戻っていった。

＊

属星祭の日の朝。鷹狩を行うのは午後からだが、彰胤は鷹の調子を見るために鷹飼《たかがい》のもとへやってきた。事前に伝えた時間通りに来たはずなのだが、何やら騒がしい。彰胤が来たことにも気が付いていない。

「東宮様のお着きである」

宗征の声がけで、弾かれたように鷹飼たちがこちらを見て、そしてさあっと顔を青くする。そのまま卒倒しそうな者までいた。

「何があった」

さすがに不審に思った宗征が、近くにいた鷹飼に尋ねると、怯えた様子でたどたどしく答えた。

「じ、実は、東宮様の鷹が、早朝から見当たらないのでございます。どこにも」

「逃がしたと？」

「まさかそんな！　昨日の夜にはおりましたし、足枷《あしかせ》も確認いたしました。監視もきちんと」

監視、と言った途端に肩を震わせた者がいた。鷹飼の見習いであろう少年。体を縮こませて怯えた様子だが、口は固く閉じられている。おそらくは、誰かに脅されたか褒美に目がくらんだかで、指示に従ったのだろう。

「……問い詰めますか」

「いい。あの少年を追及しても、首謀者に繋がるものは出ないだろう」

「かしこまりました」

宗征にそう指示したはいいものの、鷹がいないこと自体はかなり困る。鷹狩を欠席するわけにはいかない。

命の危険はないものの、東宮の立場上、こういう嫌がらせは厄介だ。もし仮に、鷹狩で命を狙おうとしているのなら、こんな手前で足止めはするべきではないと思うのだが。帝のいる前で評判が下がるのなら、それはそれでいいということなのか。そこまで考えて、彰胤は首を振る。

「……いや、ただ単に若宮派が一枚岩ではないというだけだろうな」

各々が好き勝手に、彰胤を失脚もしくは亡き者にしようと動いているのだろう。そして、それを知りつつも静観しているのが、主上派。真面目で慕われる帝とは性格がるらしい。

正反対の彰胤のことが気に入らない、少しくらい評判が下がればいい、とか思ってい

「ある意味では人気者だな」

「そんな言い方をなさらないでください」

独り言に対して、宗征から小言を返されてしまった。何も言っていないのに、宗征には彰胤が何を考えていたか、分かるようだった。さすがだ。とはいえ、この話を掘り下げる気はないから、目の前の問題に話を戻す。

「代わりの鷹は用意できそうか？」

「……いえ。午後までの鷹狩にはとても間に合いません」

「まあ、そうだよなあ」

一羽の鷹を、鷹狩を行えるように訓練するにはかなりの手間と時間を要する。だからこそ、貴族が好む高尚な趣味になっているのだが。

彰胤は、ぽりぽりと頭を掻いた。どうしようもない。

「宗征、ここは梨壺から見ると、どの方角になる？」

「戌の方角でございましょうか……まさか」

「女御の言っていた一つ目の小さい凶星ってわけだね。さすがの的中だよね」

「そんな呑気なことを言っている場合ではございません」

「そうは言っても、どうするかなあ」

　宗征は、鷹飼たちに訓練途中でも使えそうな鷹がいないか、探すように指示をしていた。使える鷹がいるのであれば、とっくに持ってきている。いないことは彰胤も宗征も分かってはいるが、今は他に手がない。

「東宮様、今からでもあの姫君を返しましょう」

「なぜ今その話になるんだ」

「東宮様にとって、足手まといになります。……お役目をお忘れですか」

　宗征は彰胤に近付き、小声でそう続けた。彰胤も声は抑えたが、強い口調で返す。

「忘れるわけがない。だからこそ、女御がいたほうが助かるだろう」

「未来視と称して、このような企てを起こしているやもしれません」

　彰胤は内側から怒りが湧いてくるのを感じた。宵子が、この嫌がらせを？　あり得ない。そもそも、宮中に人脈がほとんどない宵子にできることではない。それは宗征も分かっている。だから、真意はそこにない。

「何が言いたい」

　宗征は、彰胤の声の圧に口を真一文字に結んだ。そのまま待っていると、素直に答えた。

「足を引っ張ると思っているのは事実でございます。ただ、一番の問題は東宮様が姫君を気に入っているということです」

宗征の言いたいことが分からなくて、彰胤は眉をひそめた。

「いざという時に、切り捨てられますか」

「な――」

宗征の言葉に、彰胤は思わず息が詰まった。そんなことを言われるなんて、思ってもいなかった。

「もしもお役目の状況が動いた時、あの姫君を切り捨てられなければ、東宮様が危ういのでございます」

「待て。澪標《みおつくし》において、俺は女御も、もろちん宗征も命婦も、切り捨てるつもりなどない」

「いいえ、切り捨てるようにしてください」

彰胤が無言でいるのは、決して納得したからではない。ただ、宗征の考えを改めさせる言葉がすぐに出てこないだけだ。

その時、一人の鷹飼が急いでこちらに駆けてくるのが見えた。その腕には大きな籠を抱えていた。

「も、申し上げます！」

弾んだ息を整える間もなく、鷹飼は彰胤に跪《ひざまず》いた。息を吸ってから話してくれ、と言うと、鷹飼は二度深呼吸をしてから、改めて話し出した。

「東宮女御様から、鷹の献上がございました。充分に訓練を受けていると判断いたしましたゆえ、こちらを鷹狩にお連れくださいませ」

籠の中には、大人しく収まっている一匹の鷹がいた。体躯《たいく》は大きく、くちばしも鋭く、羽も申し分なく立派なものだった。ぎょろりとした目が彰胤を見据えたが、しばしば鷹に感じる恐怖感はなかった。小さな額に渦のような模様が珍しい。

「立派な鷹でございますね。一体、どこから調達を……」

「逃げた鷹を偶然捕まえた、などということはさすがにあり得ないだろうし」

鷹は籠から出ないまま、彰胤と宗征に近寄り、ぱかっと口を開けた。

「助っ人に来てやったのじゃ、感謝せい」

彰胤たちにしか聞こえないであろう小さな声だったが、衝撃はとても大きかった。彰胤は驚きの声を自らの口の中で押し留めた自分と宗征を心の中で称えた。鷹から巴の声がした。

つまり、これは巴の変化《へんげ》した姿だ。

＊

慌ただしい足音が聞こえたかと思うと、彰胤が桐壺にやってきた。鷹狩は午後からと聞いていたけれど、忙しいだろうからそのまま狩り場へ向かうと思っていた。

「東宮様、こちらへ来てよろしいのですか」

「まあ、すぐに戻らないといけないんだけどね。用意は宗征に任せて、少しだけ」

鷹の姿の巴も一緒だった。他に誰も見ていないことを確認して、巴は猫の姿に戻った。

「ふいー、疲れたのう。肩が凝るのじゃ」

「ありがとう、巴。この後もよろしくね」

巴は、床に猫の手をついてぐっと体を伸ばしている。どういう仕組みなのかはよく分からないが、鷹に化けると肩が凝るらしい。

「女御、鷹を献上してくれて助かったよ。まさか、巴が化けてくるとは思わなかった」

「お役に立てましたでしょうか」

「ああ、どうしようもないと思っていたところだったよ。それにしても、随分と耳が早いね。俺も鷹飼のところに行って初めて知ったのに」

「猫の姿で散歩していた巴が、鷹がいなくなったと大騒ぎしている人たちを見かけて、わたしに知らせてくれました。それで、どうにかできないかと」

鷹に化けてほしいと巴に頼んだら、本来の狐以外では変化できるのは二つの姿までらしく、鷹に化けると、しばらくは猫か鷹以外の姿にはなれないと言われた。最初に言っていた条件とはこのことだったらしい。普段は猫として桐壺で暮らすから、猫に戻れるなら大丈夫だと判断した。

「巴、助かったよ」

「主に頼まれたから、仕方なくじゃ。それより、もっと居心地のよい籠はないのかのう、疲れるのじゃ」

「うーん、指定の籠を使うことになっているから、あれで我慢してもらうしかないかな」

「むう……」

不満そうな巴だったが、彰胤が後で特別なご飯を用意させる、という交渉で何とかまとまったようだ。

「東宮様、鷹がいなくなった原因は分かったのですか」

「いいや」

彰胤は短く答えて首を振った。あまり深刻そうに聞こえないから、もしかしたらそこを追及する気はないのかもしれない。

「じゃあ、そろそろ」

「もう行かれるのですか」

「女御に礼を言いにきただけだからね。巴、行くよ」

「分かっているのじゃ、急かすでない」

巴は再び鷹の姿に変化した。彰胤の持っている籠の中へ、大人しく入っていく。

「東宮様」

「ん？」

振り向いた彰胤と、目が合う。強く輝く凶星は消えてはいない。鷹が逃げたことよりも、もっと重大な危機が彰胤に迫っている。

「凶星は消えておりません。本当に、行かれるのですか」

「教えてくれてありがとう。でも、行かなきゃいけないんだ」

宵子をなだめるように微笑んでから、彰胤は桐壺を後にした。

どうして、危険だと分かっているのに、彰胤は行ってしまうのだろう。やっぱり、宵子の星詠みは信じてもらえていないのかもしれない。素晴らしい力だと言ったのに。凶兆であっても、未来が分かればそれを避けられると言ったのに。……信じると言ったのに。そう言った彰胤の笑顔を思い出しながら、宵子は無意識に頬を膨らませている。

「嬉しかったのに」

拗ねた子どものような自分の声に、驚いてしまう。拗ねている場合ではない。狩り場には、彰胤を狙う者がいるのだ。弓矢で狙っているかもしれないし、訓練した鷹が襲ってくることも考えられるし、草むらに潜んで奇襲を仕掛けてくる可能性もある。考え出せばきりがない。そんな中に身を投じる彰胤が心配でならない。どうか無事であってほしい。

やはり、もっと強く止めるべきだった。星詠みのことをもっと強く主張して、行ってはならないと、言うべきだった。なのに、強く言って星詠みを否定されたり、宵子自身が蔑まれたりすることが怖くて、どこかで歯止めをかけていた。藤原の家と縁を切って、取引で婚姻までしたのに、何も変わっていないじゃないか。

「わたしは結局、役立たずの朔の姫のままだわ……」

落ち込んで庭を眺めていたら、桐壺の外で掃除をしている茅と苗の姿を見つけた。いつも通りにしなくては、と落ち込んでいる気持ちを追い出して声をかけた。

「いつもありがとう。茅、苗」

「あっ、女御様」

「とんでもございません」

少し慌てた様子の二人だったが、宵子を見て返事をした。ふと、その二人の目の中に凶星が視えた。日付は明日、差し迫っている凶星だ。でも、いつもと違って不規則に点滅をしていて、不思議に思った。

茅と苗の二人はお互いに顔を見合わせて、深く頷いた。何かを決意したような表情で再びこちらを向いた時には、凶星は——なくなっていた。

「えっ……」

二人の身に何かあったわけでもないのに、凶星が消えた。どうして。

「女御様、お伝えしたいことが、ございます」

＊

属星祭につらなる、鷹狩が始まった。

場所は宮中の西側に位置する、北野。ここは帝専用の狩り場である。そんな場所を若宮が主催の鷹狩で借りることができるのだと権威を示したいのだろう。

「馬鹿馬鹿しいよなあ」

誰にも聞こえないよう、彰胤は呟いた。

彰胤は、狩衣《かりぎぬ》を身に纏っている。その名の通り、鷹狩をする際に用いられる装束である。脇の部分が縫い合わされていないため、動きやすいのが特徴だ。動きやすいという点から、中級、下級貴族は普段着として用いている。

近頃は上級貴族も外出時には着ているようだが、東宮の立場ではさすがに許されない。彰胤が着るのは、本来の目的通り、鷹狩の時くらいだろう。

左手には手首まで覆う、鹿の皮で作られた手袋を付けている。鷹を止まらせるためのもので、今は巴がしっかりとその前足で掴んでいる。もちろん、鷹の姿で。

「この姿じゃと、遥か遠くの動きまわる人やら動物やらが見えすぎて目が疲れるのじゃ」

「体の能力まで化けた姿に影響されるのか、面白いね」

「むう、他人事じゃと思って」

「まあね」

さらりと返すと、巴は不満を表すように羽を広げてばたばたさせた。文句を言いつつも鷹の姿のままでいてくれるから、このまま協力してもらおう。

宵子は、何度も行かないほうがいいと進言していた。それを無下にすることは心苦しいが、宵子が巴を貸さなければ、彰胤は鷹狩に参加できなかった。本当に行かせたくないなら、巴を貸さなければよかったのに――

「いや、俺が困るから、それはしないのか」

鷹狩を欠席できないと彰胤が繰り返し言ったから、宵子は彰胤が困ることのないように巴を貸した。だが、心配ではあるから、行くなと言う。

「いじらしいなあ」

「いじらしいって何じゃ？」

「んー、健気で可愛いってこと」

「鷹の姿が可愛いとは、変わっておるのう」

「いや、巴のことじゃないからな」

巴と話している横で、宗征はずっと眉間に深く皺が寄った、険しい顔をしている。獲物になる鳥が怯えてさっさと逃げてしまいそうだ。

「おい、妖」

「巴じゃ。主が付けてくれた名で呼ぶのじゃ」

「……巴、どこで誰が聞いているか分からん。必要な時以外は口を閉じておけ」

「こやつが喋るから、喋ってやっておるのじゃ」

「東宮様をこやつ呼ばわりなど、無礼な！」

宗征の大きな声で、小さな鳥たちが驚いて本当に木から飛び去っていった。

「宗征、落ち着け。巴は妖だ、人の位階に収める必要はないだろう」

「しかし、飼い主はあの姫君です」

結局、宗征が不満を持っているのはそこらしい。彰胤はため息を漏らす。

鐘の音が北野に響いた。狩りを始める合図だ。宗征は、周囲の警戒にあたります、と言って少しだけ距離を取り、一切の隙もなくあたりを見回している。

「さて、頼んだよ、巴。ほどほどの獲物を取ってきてくれ」

「ほどほどって何じゃ。一番のものを取ってこられるのじゃ」

「いや、それだとまずいんだ。主上よりも小さく、さりとて小さすぎないものを頼む」

「人って面倒じゃな」

巴は翼を大きく広げて、その場で何度か羽ばたきを繰り返してから高く飛び上がった。他の鷹の様子を見るように、高い位置で飛んでいる。

その後、勢子《せこ》に向かって飛んでいくのが見えた。勢子とは、狩りの時に獲物を追い込む役割を担う者たちのこと。帝が参加する鷹狩とあって、勢子の数も多い。

「おい、見たか。勢子に寄っていった鷹がいるぞ」

「やはり、急ごしらえの鷹だと、使えないんだろう。気の毒に」

他の参加者が話しているのが聞こえてくる。というか、こちらに聞かせるように言っている。ちらちらと視線をこちらに向けて、様子を窺っている。この程度で怒り出すとでも思われているのか。

「ふあーあ」

これ見よがしにあくびをしてやると、彼らは悔しそうに去っていった。こんなくだらない悪口が宵子の言っていた凶星なわけはない。気を抜くな、と自分に言い聞かせる。

その時、鷹がこちらに向かって全速力で迫ってきた。彰胤は、足を半歩後ろに引いて警戒したが、巴が戻ってきたと理解して力を抜いた。まだ獲物を持っていないから、辺りを見て回って戻ってきたのだろう。

「偵察はできたかい」

「主からの伝言じゃ。刺客は若宮派の従者。青朽葉《あおくちば》色の着物の人に注意して、だそうじゃ」

「は？」

巴の言うことが理解できなくて、彰胤は固まった。巴の言う『主』は宵子のことだろうが、属星祭に参加しない彼女は桐壺にいるはず。宵子からの伝言？　どういう意味だ。

「おーい、聞いておるか」

「……どうして、女御からの伝言を」

「主はここに来ておるのじゃ。男装しておったが、すぐに分かったのじゃ。見知った者は、匂いや気配で分かるからのう」

巴は得意げにそう言って、ふさふさの鷹の胸を張る。

どうして、宵子がここに来ているのか。彰胤は混乱して頭を抱える。

「東宮様、いかがされましたか」

彰胤の様子がおかしいことに気付いた宗征が駆け寄ってきた。宗征に巴の言ったことをそのまま説明した。

「男装しているのなら、命婦が関わっていますね。まったく、何をしているのだ」

「捜しにいかなくては……」

「東宮様はここを離れないでください。鷹狩を問題なく終えなければなりません。刺客は私が対処します」

「あ、ああ。そうだな」

宗征に諭されて、彰胤は踏みとどまった。宗征はもう一度、巴に刺客の特徴を聞くと駆けていった。巴も、そろそろ獲物を取ってくるのじゃ、と言って再び飛び上がった。

仲子が付いているなら大丈夫だとは思うが、どうにも落ち着かない。危険だと、あれほど宵子自身が言っていたというのに。どうして、ここへ。

巴は、面倒だと言いながら、要望通りにほどほどの雉《きじ》を捕まえてきた。すぐに鷹狩終了の鐘の音が響いた。問題なく終えることができたようだが、彰胤はもはや鷹狩どころではない。

「巴、女御はどこにいる」

「こっちじゃ」

巴の先導で、彰胤は駆け出す。走りながら、彰胤の口から、どうして、と呟きがまた零れる。

「主は——いや、あの子は、自分以外の誰かのために、自分を犠牲にしてしまう子じゃ」

「女御のことをよく知るような口振りだな」

「よく、というほどではないのじゃ。ただ、幼いあの子に会ったことがあってのう」

巴の声音が少し落ち込む。彰胤は首を傾げて続きを促した。

「うさぎの変化をして、跳ね回っていた頃があってのう、うっかり狩りの対象にされてしまって、怪我をしたのじゃ。逃げ込んだのが、あの子のおる離れじゃった」

「女御が巴を助けたのかい」

「うむ。怪我の手当てをしてくれてのう。居心地が良かったからそのまま居座っておった」

女御は昔、巴と暮らしていたと言っていなかったし、巴とは桐壺に迷い込んできた時が初対面の様子だったが。

「どうして、それを女御に言わないんだ？」

「嫌なことを思い出させるからじゃよ」

「どういう意味だ？」

「離れにうさぎがいたことで、あの子は父親に殴られ、蹴られたのじゃ」

彰胤は、思わず足を止めてしまいそうになった。そんなことで、中納言は幼い宵子を痛めつけたのか。爪が手のひらに食い込むほど、強く拳を握りしめる。中納言への対応は甘かったかと後悔さえした。

「あの子は、それでもうさぎを逃がすことを優先したのじゃ。怒りで体が震え、その時に変化が可能であった牛になって懲らしめてやろうかとも思った。じゃが、妖だと分かれば、あの子はもっとひどい目に遭うやもしれん。元凶はただその場を去ったのじゃ」

巴は、しょんぼりとくちばしを下げた。確かに、宵子にとっては思い出したくない記憶だろう。

「分かったじゃろう。あの子は、自分を犠牲にできてしまう。急ぐのじゃ」

「言われなくても」

向かった先で、若宮の従者に手を掴まれている、明らかに小柄な勢子を見つけた。わずかに見えた横顔は、宵子のものだ。

何に対してこんなに苛立っているのか、自分でも分からないまま、従者の腕を宵子から引き剥がした。

*

彰胤を見送ったすぐ後。突然、茅と苗に話があると言われて、宵子は仲子にも同席してもらって聞くことにした。宵子は、点滅する凶星が消えたことも気がかりだった。

「大変申し訳ございませんでした！」

「大変申し訳ございませんでした！」

二人は揃って額を床に擦りつけた。いきなり何のことか分からず、宵子は困惑する。仲子を見たけれど、仲子も同じく何のことか分からない様子だ。

「茅、苗、顔を上げて。一体、どうしたの」

二人は、額を床から離しはしたものの、顔は伏せたまま話し出した。

「女御様の近くで、嫌がらせがあったかと思います。渡殿が汚れていたり、鍵をかけられたり」

「狐を見失った陰陽師見習いを桐壺へ向かわせたことも、私たちが仕組んだことでございます」

宵子は、言葉を失った。今までの嫌がらせは、この二人の仕業だったと。一体、どんな気持ちで宵子と顔を合わせていたのか。声をかけるたびに、二人は返事をしてくれていたけれど、内心では嫌がらせに気付いていない愚か者と、思っていたのだろうか。朔の姫なのに、誰かと仲良くなれると勘違いしてしまった。また、間違えてしまったのか。

仲子が、一つ頷いて口を開く。

「なるほど。合点が行きました」

「命婦？」

「雑仕女は、宮中全体の掃除や雑務をするはずなのに、かなり頻繁に桐壺の近くにいたので、気にはなっていたんです。まさか、嫌がらせをしていた張本人だとは思いませんでしたが」

仲子の声は徐々に低く怒りの滲んだものになっていった。茅と苗は、肩を震わせるがそれを甘んじて受け止めている。

「二人とも、許されることではないと分かっているよね」

「はい……」

「もちろんです……」

「どうして今になって名乗り出たの」

仲子がそう問いかけた。どんな答えが返ってくるのか怖かったけれど、聞かなくてはならない。宵子が、顔を上げて話して、と言うと、二人はゆっくりと顔を上げた。その表情は今にも泣きそうにぐにゃりと揺れている。

「東宮女御様は、今までの姫様とは違いました……！　雑仕女の私たちに名前を聞いてくださり、会うたびに声をかけてくださいました」

「だから、二人で決めたのです。もう次の指示は決して実行しないと」

「ちょっと……！」

「あっ」

茅が焦って止めたがすでに遅く、苗が思わずといった様子で自分の口を押さえた。

『指示』、はっきりとそう言った。

「指示ですって？　誰に言われたの。答えなさい！」

仲子が鋭く問いただしても、二人は無言で首を振るだけ。

「今までの、ということは、他の姫君にもそういうことをしていたのね」

宵子の問いかけに、二人は黙って頷いた。怯えている二人の前に、膝をついて語りかけた。誰かに指示をされていたのなら、無理に責められない。宵子だって、少し前まで父の下で同じような立場にあったのだから。

「指示されて、仕方なくやったのでしょう。処罰はしないわ」

「……いえ。桐壺へやってきた妃候補の高慢で高飛車な姫様が、嫌がらせで右往左往して、そして結局は追い返される様子を見て、胸のすく思いもございました」

「姫様方からすれば、私たちなど、庭に転がる石も同然でございます。心ない言葉も多く浴びてきましたから」

茅も苗も、ただ従っただけではなく、自分の意志もそこにあったと、そう言っている。言わなければ、巻き込まれた被害者だと済ませることができたかもしれないのに。そこに誠意が感じられた。本当に、後悔しているのだ。

宵子はもう一度だけ二人に問う。一つ、消えた凶星について推測していることがあった。

「茅、苗、指示をしたのは誰？」

二人は変わらず口を閉ざしたまま。

「じゃあ、これは答えて。次に指示をされていたのは、明日かしら？」

「どうしてそれを！」

二人は驚いて顔を見合わせた。

宵子の推測は当たっているかもしれない。茅と苗の二人の目に視えた、いつもと違う凶星。それが、仕掛ける側に現れるものだとしたら。

何かを起こそうとした場合、露見する危険性は必ず付きまとう。それが仕掛ける側の者に、凶星として現れる。二人はその行動をしないと決めたから、あの時、明日を示していた点滅する凶星が消えた。日付も嫌がらせをしようとしていた事実も、どちらも当てはまっている。間違いない。

仲子が驚きを滲ませつつ声をかけてくる。

「女御様、指示をした者が分かったのでございますか」

「いいえ。誰かは分からないわ」

「……中納言様でしょうか」

仲子は苦々しくそう言った。先日の訪問のことを思い出しているのだろう。でも、宵子は首を振った。

「たぶん、違うと思うわ。最初はそう思ったけれど、父上はわたしが源氏物語を読んでいることを知らないわ。わたしには教養なんて、一切ないと思っているのよ」

彰胤に、妃教育ができていないと言ったと聞いた。きっと、父は宵子が老師の下で学んだことを知らないのだ。興味がないから。

「では、誰でしょう。この二人に聞くしか――」

「いいわ、無理に聞き出さなくて」

「許すとおっしゃるのですか⁉　女御様にあんなことをしておいて。あたしは許せませんよ！」

仲子は、声を荒らげてそう言った。もちろん、怒りがないわけではない。でも、仲子が宵子以上に、自分のことのように怒ってくれていて、それでもう満足してしまった。そう言ったら、仲子はもっと怒ってしまいそうだけれど。

それに、今はもっと急がなくてはならないことがある。二人には聞こえないように、小さな声で、でも早口で仲子に伝える。

「命婦、聞いて。凶星は、二種類あることが分かったの。災いを被る側だけじゃなくて、仕掛ける側にもそれが出るわ。だから、鷹狩の最中に、東宮様が誰に狙われているか、分かるかもしれないの」

「えっ、それはどういう……？　というか、鷹狩に参加する方々はすでに北野へ向かったと思いますが」

分かっている。でも、止められなかったと後悔しているだけでは、何も変わらない。嫌がらせの犯人は自分たちだと正直に告白した茅と苗に、勇気をもらった。宵子もできることをしたい。役に立ちたい。

「北野へ行きたいの。東宮様をお助けしたいのよ」

「ええー、えっと、待ってくださいませ。いろいろなことがいっぺんに……分からなくなってきました」

新たな凶星が分かったことと、彰胤を助けたいという気持ちが先走ってしまい、仲子を混乱させてしまった。

宵子は、自分を落ち着かせるためにも、一度深呼吸をした。

「茅と苗を、何もなしで許すっていうことじゃないわ。後回しにしたいの。二人とも、逃げるようなことはしないでしょう」

「はい！」

「誓います！」

自分の罪を告白して、非を認めた彼女たちはきっと大丈夫。

「今は、東宮様のところへ急ぎたいの」

「妃が鷹狩の場に行くなんて、危険ですしあり得ないことでございますよ。東宮様はお強いですし、学士殿も付いていることですし、待ちましょう」

「わたしが向かえば危険が避けられるかもしれないのよ。しなくていい怪我をせずに済むわ。……東宮様を危険な目に遭わせたくない。もっと、きちんとお止めすればよかったと、後悔しているの。後悔のまま、ここで留まっていたくないわ」

自分を助けてくれた人が、危険な目に遭うと分かっていて放っておくことは、したくない。助けたい。今ならまだ間に合う、鷹狩が始まるのはまだ少し先の時刻のはずだ。

宵子は立ち上がった。

「命婦はここで待っていて。何とかして向かうわ」

はやる気持ちのままそう言った宵子の手を、仲子が掴んだ。怒られると、思った。

でも仲子は、微笑んでいた。

「……お止めするのが、正しいとは分かっております。でも、女御様が東宮様をそこまで思ってくださるのが、嬉しくて」

仲子は宵子付きの女房になるまで、冬の宮と呼ばれて軽視されている彰胤に仕えていた。風当たりの強さを知っているからこその、その表情と言葉だろう。

すぐに真剣な顔になった仲子は、諭すように言った。

「女御様、このまま向かうのは危険です。大前提として、女御様だと知られてはいけません。女人と分からない恰好でともに参りましょう」

「命婦も来てくれるの？」

「女御様が行かれると言うのなら、あたしもお供します！」

にっこりといつもの調子でそう言ってくれて、宵子は自分がすごく安心したのが分かった。本当は、一人で行くのは不安だった。

「そこの二人、今の話は他言無用。いい？」

「はい」

「はい」

茅と苗は揃って頭を下げた。が、仲子は少し悩む素振りを見せた。

「ねえ、すぐに勢子の服を二つ、用意できる？」

狩り場に勢子はたくさんいるから、紛れ込めるかもしれない。茅と苗はその言葉の意味を理解した様子だった。

「私たちも、女御様に協力させていただけるのでございますか」

「ええ。誰にも言わないという口約束だけでは心もとないから、共犯になってもらうからね」

共犯という強い言葉の割には、仲子の声はにこやかだ。二人は急いで渡殿を駆けていった。

仲子の着付けは素早かった。長い髪の隠し方も鮮やかで、男装に慣れているように思える。勢子に扮した宵子と仲子は、東宮の遣いだと言って狩り場まで向かった。北野へ着いてからは、すでにあちこちに散らばっていた勢子の中に紛れ込んだ。

「わっ」

到着してすぐに大きな鐘の音がして、ばれてしまったのかと肝が冷えた。けれど、仲子が大丈夫ですよ、と小声で教えてくれる。

「あれは開始の合図でございます。東宮様を見つけなくてはなりませんね」

「ええ。きっと近くに東宮様を狙う者がいるはずよ」

目立たない質素な恰好で、獲物を探すふりをしながらすれ違う人たちの目を視る。なかなか、点滅する凶星には出合わない。

「おや、ずいぶんと若い者が参加しておるな」

唐突に話しかけられて宵子は息をのんだ。青朽葉色の狩衣を着て、弓矢を手にしている中年の男性だった。仲子がさっと間に入り、会話を受け持ってくれた。

「初めての参加でございます。無作法があればご容赦を」

「獲物を追い込むのは重要な役目、しっかり励め」

「はっ」

男性と話す仲子の声が、いつもとはまったく違う低くくぐもったもので、向こうも不審には思わなかったようだ。きっと一人では焦って上手く対処できなかっただろう。

仲子の背中をとても頼もしく思った。

そして宵子は、仲子が話している間にこの男性の目もそっと視る。

「……あっ」

まさに、今日を示す凶星があった。さっきの茅と苗の時と同じ、不規則に点滅する凶星。何かを仕掛けようとしている証だ。

「命婦、今の方は？」

「若宮派の貴族の方です。中堅あたりのまま、出世ではあまり上手くいっていないとか。まさか、あの方が？」

「ええ。東宮様を狙っているのは、おそらくあの人よ」

どうにかして彰胤に伝えなくてはならないが、まだ彰胤を見つけられていない。だが、あまり動き回ると不審に思われてしまう。

「女御様、お逃げください！」

仲子が頭上を見て、焦った声を上げた。上空を飛んでいた一匹の鷹が、宵子をめがけて急降下してくる。宵子は驚いて目を見開いた。そのまま動けないでいたら、近付いてくる鷹の額に渦があるのが見えた。

「巴！」

仲子も、鷹が巴だと分かると胸を撫でおろしていた。

「主、こんなところで、そんな地味な恰好をして、どうしたのじゃ」

「巴は空からよくわたしだって分かったわね」

「この姿は目がよく見えるからのう。朝飯前じゃ」

巴は得意げに羽をばたばたとさせている。鷹が一介の勢子に懐いているのが見られたら怪しまれる。宵子は手短に巴に伝えた。

「巴、東宮様にお伝えしてほしいの。刺客は若宮派の従者で、青朽葉色の着物の人に注意してほしいと。できるかしら？」

「任せるのじゃ」

巴は勢いよく羽ばたくと、一気に上空へ飛んでいった。

「これで大丈夫ですね。あたしたちは、目立たないようにいたしましょう」

「そうね」

仲子とともに勢子として怪しまれない程度に振る舞っていると、もう一度、鐘の音が聞こえた。

「鷹狩が終わったようでございます。騒ぎにはなっておりませんから、東宮様も無事でございますね」

「良かったわ……」

宵子は、安心してようやく力を抜いた。早く彰胤の姿を見たいけれど、この姿のままではまずい。

「お前たちはどこの者だ？」

その時、先ほどとは別の男性二人に声をかけられた。仲子が片方に東宮職の者です、などと対応している間に、もう一人が宵子のところへやってきた。

「美しい顔をしている。冬の宮の下にいるよりも、若宮側にいたほうが出世する可能性があるぞ。どうだ？」

宵子は顔を背けるが、男は顔が見える位置にわざわざ回り込んでくる。

「その容姿なら、いろいろと役に立つだろうしなあ」

男は、宵子を上から下まで、値踏みするような目でじっとりと見てきた。思わず鳥肌が立った。気持ちが悪い。不快でたまらない。けれど、こんなところで騒ぎを起こすわけにはいかないから、宵子は黙って耐える。ちらりと男の目を視れば、差し迫った凶星があった。

「おい、聞いているのか⁉」

黙りこくっている宵子に痺れを切らした男が、腕を掴んだ。

「嫌っ！」

反射的に宵子は体を引いて、逃れようとした。でも、めいっぱい腕を引いても、男の手は放れない。抵抗が意味をなさなくて、恐怖が這い上がってきた。このまま逃げられなかったら……

「――えっ」

急に別の腕が現れて、宵子から男の腕を引き剥がした。抵抗していた力が行き場を失い、宵子の体はそのまま後ろに倒れた。

地面に叩きつけられると思ったけれど、実際は、宵子は優しい腕に抱きとめられている。覚えのある香《こう》の香りがして、不思議と怖くない。顔だけ動かして見上げて、驚きの声を上げた。

「東宮様……！」

「この者は、将来有望な見習いだ。引き抜きはご遠慮いただこうか」

彰胤は、男に視線を向けたまま言い放った。穏やかながらも、有無を言わせない口調だった。

彰胤の登場により真っ青な顔をしている男たちを置いて、彰胤は宵子の手を引いて歩き出した。さっきまでの恐怖がなくなり、手を引かれている相手が彰胤であることに、とても安心している。ただ、早足で腕を引かれて歩いているから、宵子は付いていくのが精一杯で、彰胤の表情は分からない。

背後では仲子が、男たちに小声で悪態をつきながら追いかけてくるのが聞こえた。

宵子は、彰胤に手を引かれたまま牛車の中に乗り込む。仲子も乗るように言われていた。宗征と巴はどこにいるのだろうと思ったら、宗征が御者を務めていて、巴は鷹の姿のままその横にいた。

彰胤が声をかけると、牛車はゆっくりと動き出す。本来、御者の仕事は専門の者がいて、学士の仕事ではないはずだが、今は宵子の姿を見られて困る人がいなくて助かった。

「命婦、一体何をしているんだ。自分の主人にこんな恰好をさせて、ここまで連れてくるなんて」

「申し訳ございません……」

彰胤は、宵子にではなく、仲子に苦言を呈していた。宵子は、待ってください、と声を上げる。

「わたしが、命婦にお願いしたのです。命婦を叱るのはおやめくださいませ」

「女御、確かに未来視は助かると言ったけれど、このような危険なことはしなくていい。怪我でもしたらどうするんだい。自分の身をもっと大事にしないといけないよ」

彰胤の口調は、聞き分けのない幼子を諭すようなもので、怒りは感じられない。穏やかで優しい声と言葉。でもそれに、今は憤りを感じる。

「……そのままお返しします」

「え？」

「東宮様こそ、ご自分のことを大事にしてくださいませ！」

こんな大声を出したのは初めてで、自分でも驚いた。彰胤も、目をまん丸にして固まっている。まさか怒られるなんて、思ってもいなかったのだろう。でも一度、外に出した憤りは、止められなかった。

「危険があると何度もお伝えしたのに、鷹狩に向かわれました。怪我をするかもしれなかったのは、東宮様のほうです！　どうしてもっと、ご自分のことを大事になさらないのですか！」

宵子に怪我でもしたらなんて、自分の身を大事になんて、そんなことを言う前に、自分のことをきちんと考えてほしい。そんな優しさなんて、いらない。

言いたいことを一息で言い切ると、少し気持ちが落ち着いてきた。冷静になると、思い上がっていたことに気が付く。宵子の星詠みを全面的に信じていないと、鷹狩へ行かないという選択はできない。出会ったばかりの宵子のことを全部信じてほしい、というのも難しい話だ。

「星詠みが信用できない、ということでございましょう。こんな力、信用できなくて当然ですが」

「いや、そこは疑ってはいない。決して」

きっぱりと彰胤は言い切った。その言葉と目には嘘はないように思う。だとしたら、さらに疑問が増える。

「では、どうしてわざわざ危険なところへ行かれるのですか……」

「それは……」

言い淀む彰胤。視線が床に落ち、何度も口を開いては閉じる、を繰り返していた。口にするかどうか、すごく悩んでいることは伝わってくる。宵子は、何も言わずに待っていた。

「なあ、命婦」

「あたしは話していいと思います。女御様なら、大丈夫でございますよ」

仲子の言葉が後押しになったようで、彰胤は意を決したように顔を上げた。

「言わずに済むなら、巻き込まずに済むなら、そのほうがいいと思っていたんだ。でも、伏せていたばかりに、こうして無茶をさせてしまった。だから、話すことにするよ」

「はい」

宵子は、緊張しつつもゆっくりと頷いた。

「俺は、あるお役目を担っている。前に話した、主上や若宮の話は覚えているかい？」

「もちろんでございます」

「その話で、意図的に隠していたことがあるんだ。主上と性格が正反対で、主上派からは疎まれている――でも、俺と主上自身は幼い頃から仲がいいんだよ、今もね。更衣の生まれだとか、兄上は気にしていない」

ではどうして、と宵子が問うのは分かっていたのだろう。一つ頷いてから彰胤は続けた。

「世間には、仲が良くない、対立していると思われたほうが、都合がいいからね。主上と、若宮を守るために」

「守る、ために」

「主上は、摂関家が政治の中心になることを良しとしていない。俺も同じ意見でね。でも、いくら摂関家と関わりがないとはいえ、後ろ盾の弱い俺が帝になっても、国が荒れてしまう。俺は、帝になるつもりはない。若宮に東宮の座を明け渡すつもりだよ」

「そう、だったのですか」

次の帝であることが約束された東宮の地位にあるというのに、明け渡すと言い切ったことに驚いた。春の前の『冬の宮』を自らの意思で実行しようとしているのか。

「ただし、明け渡すのは、若宮が充分に成長して、摂関家の爺どもの傀儡《かいらい》にならない歳になってから。それまでは、絶対にこの座に居続けて、主上への反意のある者、東宮の座を狙う者、現状に不満を持ち政治を崩そうとする者、それらから主上や若宮を守る盾になる。そういうお役目」

彰胤の真剣な眼差しに、その覚悟が滲み出ていた。宵子は思わず息をのんだ。なんて、美しいのか。こんなに研ぎ澄まされた美しい瞳は見たことがない。

「このことを知っているのは、俺と宗征と命婦、そして主上だけだ。盾のお役目——他には伝わらないように、単にお役目と言ったり、澪標と言ったりしている」

澪標、歌の掛詞《かけことば》としてよく使われる言葉の一つだ。『みをつくし』という音に、行き交う船の目印となる杭の『澪標』と、献身的なことを表す『身を尽くし』の二つの意味を持たせる。

「源氏物語を知っている君なら、三つ目の意味も分かるだろう？」

「あっ……！」

彰胤の言う三つ目の意味を理解し、声が零れてしまう。

源氏物語には、巻ごとに名前が付けられている。一帖の『桐壺』から始まり、十四帖の巻名は『澪標』という。この帖では、光源氏の異母兄である朱雀《すざく》帝の譲位が描かれている。つまり、譲位の時までの役目であるという、三つ目の意味が含まれているのだ。

敵意を持つ者たちへの分かりやすい目印になり、帝や若宮のために身を尽くし、譲位の時までやり抜くと。なんて清廉で強い意志の籠った言葉だろう。宵子は感銘を受け、身震いした。

「だから、危険を避けることはしないよ。俺を狙う者が誰で、どう行動するのか、見極めなければいけない」

婚姻の取引の時に彰胤の言っていた『やらなければならないこと』とはこのことだったのだ。ふと、宗征が宵子のことを足手まといと言ったことを思い出した。ただの妃に対して足手まといなんて言い方は普通しないが、お役目のことを考えれば納得がいく。

「凶星によっていつどこで狙われているか分かれば、対処がしやすくなる。だから、星詠みを教えてくれるだけで助かるのは本当だよ」

黙ってしまった宵子を気遣うように、彰胤がいつもの陽だまりのような声でそう言った。

ただ、宵子は落ち込んで黙っているわけではない。覚悟を、決めるため。重要なお役目の話を宵子にしてくれたことに応えたい。呪いと言われた星詠みの力が役に立てるはずだから。

「東宮様、わたしもそのお役目に加えてくださいませ」

「女御が澪標に？　いや、さっきも言ったけれど、教えてくれるだけでありがたいよ。無理はしなくても」

「星詠みで、東宮様に迫る危険だけでなく、誰が狙っているか、まで分かるようになりました」

宵子は、点滅する凶星によって仕掛ける側の判別ができることを話した。隠していたわけではなく、ついさっき気が付いたことであると。そして、その力で今回の刺客を見つけられたのだと。

宵子は真っすぐに彰胤を見つめて伝える。

「必ず、お役に立てます」

彰胤の役目に対する覚悟は充分に受け取った。だから、お願いや心情に訴えかけるのではなく、自分の力は使えると、それだけを主張した。この人の力になりたい。背負うものを少し分けてほしい。笑っていてほしい。溢れてくる想いは、自分の中だけに仕舞った。

「でも、それは――」

牛車が軽く揺れた。話に真剣になっている間に、宮中に着いたようだ。

宵子は、彰胤に手を取られながら牛車を降りた。牛車は後ろから乗って、前から降りるもの。知っていても実際に乗るのも降りるのも初めてだから、おぼつかない足取りになってしまう。

降りた後も、彰胤は宵子の手を放さない。足早に梨壺へと連れていかれた。

「まずは着替えを頼めるかい、命婦」

「かしこまりました」

勢子の恰好のまま、宮中にいるのは確かにまずい。仲子とともに、いつもの装束に着替えた。勢子の服が軽かったからか、いつもの装束が重く感じる。

「お待たせいたしました」

宵子はゆっくりとした歩みで彰胤の前に戻ってきた。巴は、鷹の姿は疲れたのじゃと言って、猫になって床で丸まって寝てしまった。

「うん。やはりこっちのほうが女御の美しさが映えるね」

「先ほどのお答えを聞かせていただいてもよろしいでしょうか」

このまま話をうやむやにされてしまいそうだったから、宵子は自分から話を再開した。彰胤は困った表情を浮かべて、うーん、と唸っていた。

「お役目に加われば、危険に巻き込むことになる。そうじゃなくても、この前、嫌がらせを受けたんだろう？」

「……っ、なぜ、ご存じなのですか」

「命婦から聞いたからね」

ぱっと仲子を見ると、気まずそうに視線を逸らされた。言わないでほしいと言ったのに。非難の目線を感じ取ったのか、仲子は口を尖らせた。

「だって、女御様が心配で！　あんな嫌がらせ、甘んじて受け入れることなんてありません！」

「まあまあ、命婦を叱らないで。ね？」

さっき自分が言ったことが返ってきて、宵子は仲子へそれ以上は何も言えなくなった。宵子は彰胤に告げる。

「そちらは、すでに解決いたしました。雑仕女の二人が、自分たちがやったと告白してくれましたし、指示をした者も分かりました」

「えっ、分かったのでございますか！　どうして教えてくださらなかったのですか」

仲子は驚きの声を上げた。決して秘密にしていたわけではない。宵子だって、今分かったのだから。

宵子は、牛車での移動中も梨壺に戻ってからも、一言も話さない、宗征に向き直った。

「学士殿、あなたね。茅と苗に指示を出していたのは」

「誰でございましょう、それは」

「背が高い子と小柄な子、いつも二人でいる雑仕女よ」

「あの者らは、そのような名だったのですね」

宗征は、薄く自虐的に微笑んだ。認めたも同然の反応だった。

二人の目にあった点滅する凶星の示した日付は明日。宗征の目にある点滅の星も、明日を示している。そもそも、宵子が通る際に渡殿を汚したり、鍵を閉めたりするのは、宵子の行動を細かく把握できる人物でなければできないことだ。

「宗征、お前がやったのか」

「はい。私が指示を出しました」

彰胤の問いに、宗征ははっきりとそう答えた。その瞬間に、彰胤の纏う空気が一気に爆発した。宗征に大股で歩み寄ると、その手のひらで宗征の頬を打った。乾いた音が梨壺に響く。

「宗征、お前、何をしたか分かっているのか」

「お役目のことがあり、妃は必要ない、ましてや朔の姫は足手まといになると考え、追い返すために雑仕女を使いました」

「ふざけるな。俺は女御が必要だと言った。臣下であるお前が、それを覆すのか」

「東宮様にお叱りを受けようとも、東宮様の傍にいるべき者を見極めるのが、私の仕事でございます」

きっぱりと言い切った宗征からは、揺るぎない信念が感じられた。それほどまでに、彰胤のことを第一に考え、行動しているのだと、伝わる。

彰胤も同じように感じ取ったようで、怒りの勢いが削がれている。わざとらしくため息をついた後で、苦々しく呟いた。

「お前のことだから、こうして頬を打たれることも込みでやったのだろうな」

ぽかんとしてやり取りを見ていた仲子が、ようやく状況を飲み込み、宗征に殴りかからんばかりの勢いで近寄っていった。

「あんた、何やってるの！　女御様に嫌がらせをするなんて！　でも、女御様はできた御方だから、嫌がらせなんて気にしておられませんでした。あたしばっかり心配していたのに、犯人が学士殿だなんて！」

　仲子にそれほどまでに心配をかけていたとは、宵子は少し申し訳なくなってきた。

「ごめんなさいね、命婦」

「どうして女御様が謝るのですか！　謝るのは、学士殿でしょう！」

　仲子は、宗征の袖を掴むと、宵子の目の前に突き出した。次の瞬間には、宗征が消えた。驚いていると、宗征が宵子の足元で体を折りたたんで額を床に擦りつけていた。

「大変、申し訳ございませんでした！」

「え」

「数々の非礼をお詫び申し上げます。こちらの嫌がらせを看破してみせた見事な手腕、そして東宮様のために危険を顧みず、狩り場まで参上するなど、並みの姫君には到底できないことでございます」

「あの、学士殿？」

「女御様は、東宮様に相応しき御方だと、思い知らされた次第。あなた以上の方は他におられないでしょう」

急に、宗征に褒められ敬われ、嬉しさよりも困惑が勝ってしまう。土下座の状態のままの宗征の頭に、彰胤の手刀が落とされた。

「急に距離を詰めすぎだ、馬鹿。お前はいつも口数が少ないくせに、こういう時は饒《じょう》舌《ぜつ》になるから、こちらが驚くんだ。ほら、女御も驚いているよ」

「あの、こういう時、とは……」

「自分が主君と決めた相手を褒める時、かな」

つまり、宵子は宗征に認められたらしい。あれほどの反対も、彰胤とお役目のためと思えば納得する。宵子は、ほっとして思わず笑みが零れる。

「ありがとう、学士殿」

「今後、誠心誠意、東宮様、東宮女御様のために、尽くして参ります」

新たな決意表明のように、宗征は彰胤と宵子にそう宣言した。

「あの！　丸く収まった感じになっていますけど、学士殿への御咎めが何もなしではいけませんよ！　もちろん、雑仕女の二人にもです！」

仲子が頬を膨らませて、怒ったままそう言った。その大声に、なんじゃ、と巴が目を覚ました。

「でも、東宮様のためにやったことだし……」

「だめです！　きちんと沙汰を下さなくては！　ねえ、東宮様！」

仲子は彰胤へ同意を求めたが、彰胤はすぐには頷かず、考えてから答えた。

「確かに、宗征への沙汰が何もなしでは道理が通らない。好きにしてくれて構わない。それに、俺の臣下がしたことだ。俺のことも好きにしてくれ」

「お待ちを！　私の独断でやったことでございます。東宮様がそのようなことをなさらずとも」

「黙れ。お前がやったことはこういうことだ。俺を守りたいのであれば、やり方を間違えるな」

「……はっ」

彰胤は、さあどうぞ、と宵子が沙汰を下すのを待っている。学士殿なんか、殴っちゃえばいいんですよ！　と言う仲子の提案はさすがに受け入れられない。どうしたらいいのか分からず、おろおろしていると、話を一切聞いていなかった巴が、どうしたのじゃーと纏わりついてくる。

「巴、後で話すから今はちょっと待っていて、ね」

「ふーん、この二人が何かやらかしたのかと思ったのじゃがな」

意外と鋭い。

巴は、なぜか宗征の目の前を行ったり来たりし始めた。ニャーと鳴いてみたり、飛び跳ねたりしてみせる。

「どうしたの、巴」

「こやつ、猫の姿が見えておらぬのか？　まったく目が合わないんじゃが？」

確かに、せわしなく動いて喋っている巴に、宗征は一切目を向けない。

「ああ、学士殿は――」

「命婦」

何か言いかけた仲子を、宗征は鋭いながらも少し慌てた口調で止めた。それを見て、宵子はもしかして、と思うことがあったが口にはしなかった。でも、同じように気付いた巴が、にやにやしながら言ってしまった。

「ほおー、もしかして、猫が苦手なのかのう」

宗征は仲子を無言で睨んだ。仲子は、顔の前でぶんぶん手を振って抗議している。

「あたしは何も言っていないですって」

「……苦手ではありません。予測不能な行動をする小さなものは対処が困難。できるだけ関わりたくないだけでございます」

「それを苦手というのじゃろう。なぜ、こちらを見ないのじゃ」

「視界に入らなければいないも同じ。つまりここには猫などいない」

早口で持論を語った宗征が口を閉じると、梨壺には数秒間の沈黙が生まれた。

「ふふっ、変な理屈」

その沈黙を破ったのは、宵子自身の笑い声だった。こんなに素直に笑ったのは久しぶりだ。

宵子は念のため宗征に確認をする。

「猫が近くにいて、体調が悪くなることはないのよね？」

「それはございません」

「じゃあ、学士殿には、明日から三日間、巴の世話をお願いするわ」

宗征はあからさまに嫌そうな顔をした。ならば、ちゃんと沙汰になるだろう。巴とは一緒に暮らしていくつもりだから、宗征にも慣れてほしい。

「女御様、今のが沙汰でございますか？」

「ええ」

「ずいぶんお優しいことですね。雑仕女の二人にはいかがなさいますか」

「桐壺の周りを隅から隅まで、綺麗に掃除をしてもらうことにしましょう。二人だけで、となると、かなり大変なはずだもの」

「お優しすぎると思いますが、女御様がそうおっしゃるのなら」

何かしなければ収まらないから言っただけ。仲子もそれを分かっているから、膨らませた頬を徐々に戻してくれた。

「命婦、ありがとう。わたしのために怒ってくれて」

「そのようなこと、当然でございます！」

その当然が、宵子にとっては特別で何よりも嬉しかった。一人だったなら、きっといつものように落ち込んで俯いて、それで終わっていた。

「女御、俺にはどんな沙汰を？」

彰胤がそう言って首を傾げた。正直、彰胤は何もしていないのだから、沙汰も何も——いや、一つちょうどいいのがある。宵子は、自分の中に浮かんだものに微笑みが零れた。

「おや、悪い顔をしているね」

「そのようなことは」

「で、俺への沙汰は？」

宵子は、彰胤に向けてもう一度、同じ望みを口にした。

「わたしを、お役目に加えてくださいませ」

彰胤は目を見開いた。そして、楽しそうに笑い出した。

「ははは、これは一本取られたなあ。女御も、ずるいことをするじゃないか」

「だめ、でございますか」

「お役目、と言えば聞こえはいいけど、ただの宮中の嫌われ者だよ。女御はそれでもいいのかい」

「東宮様のお役に立ちたいのです。この呪いと言われた力が、役に立つと教えてくださったのは、東宮様です。わたしにも少し、背負わせてくださいませ」

最後のは言わなくてもよかったかもしれない。けれど、気付けば口にしていた。宵子の心からの望みなのだから。

彰胤は、微笑みながら胸に手を当てて一礼をしてみせた。

「では、女御の沙汰のままに」

宵子は、ふと思った。老師の言っていた『試練』は暗殺を遂行することではなく、それを拒絶し、鷹狩で行動を起こすことだったのかと。『認められる』相手は、父ではなく、この人たちのことだった。老師の宿曜師としての力量を、最後に見せつけられた。得意げに笑っているのが目に浮かぶ。

「せんせい、叶ったよ、ありがとう」

第三章　小女宮と双魚宮

宵子は、緊張しながら渡殿を歩いていた。いつも渡殿を歩くのは梨壺までの短い距離だから、長いと余計に緊張が増してくる。

今、向かっているのは藤壺《ふじつぼ》。藤壺は、帝が住む清涼殿からもっとも近い殿舎で、つまりは帝の寵愛を受ける女性が暮らす場所だ。現在その殿舎を賜っているのは、斎宮《さいぐう》女御と呼ばれる人。

「ねえ、命婦、斎宮女御と称されるということは、以前は斎宮の任をなさっていたのよね」

斎宮とは、伊勢神宮に奉仕する内親王のこと。清浄潔白な、つまり未婚の女性から選ばれる。そして、その代の帝の世の安定を祈る役割を担う。

「はい。先々帝の御代の時に斎宮を務めておられ、退位の際に宮中へ戻ってこられました。そして当時、東宮だった今上帝の妃となられたのでございます」

「やっぱり緊張するわ……」

「大丈夫でございます！　と言いたいところですが、あたしも緊張してきました」

緊張しているのが宵子だけではないと分かって、少し安心した。内親王という尊い生まれで、しかも斎宮を務めた清廉な境遇。自分とは違いすぎて恐れ多い。

藤壺に着くと、女房に中へ案内された。調度品や小物に至るまで、隅々まで手入れが行き届いていて、洗練されている。女房の数も、梨壺や桐壺よりも遥かに多い。

「よく来てくれたわ」

几帳の向こうから、斎宮女御――淑子《よしこ》内親王が現れた。身に纏っているのは、黄菊《きぎく》の襲。内側から、青、淡黄《うすき》二枚、淡蘇芳《うすすおう》二枚、蘇芳、と外へ向けて色が鮮やかになっていき、色付いた紅葉を表している。

「お初にお目にかかります。東宮女御でございます」

宵子と仲子は、深々と礼をして淑子と対面した。すると、淑子は、あらまあ、と声を上げた。

「そんなにかしこまらなくていいわ。だって、わたくしの妹のような人でしょう？会ってお話がしたかったんですもの」

「妹なんて、恐れ多いことでございます……」

「夫の弟の妻、ならわたくしにとっては妹よね。あら、でも二の宮の養女なら、義理の……姪、かしら？」

こてん、と首を傾げる仕草が可愛らしい。

宵子は、ちらりと淑子の目を視た。凶星はかなり先の日付に弱い光が視えるだけ。点滅する凶星も視られない。淑子に差し迫った凶兆はなく、宵子や彰胤に向けて何かを企んでいる悪意もない。鷹狩のこともあり、それなりに緊張と警戒をしていたから、宵子はほっとして息をつく。

本当に、宵子と話がしたかっただけらしい。朔の姫とわざわざ、と思うが、それを口にするのはきっと失礼にあたると言葉を飲み込んだ。

「斎宮女御様、こちらが本日お持ちした菓子になります」

仲子が、漆塗りの箱を差し出した。藤壺に招待されるからと、用意してもらった菓子だ。

「あら、嬉しい。開けてもいいのかしら」

「もちろんでございます」

箱の中には、唐果物《からくだもの》が入っている。唐果物は、米粉と水と蜜をこね合わせた生地でさまざまな形を作り、油で揚げた菓子。箱を開けると、梅や桜、柳、藤、躑躅《つつじ》、山吹などの花を模《かたど》った唐果物が敷き詰められていた。

「まあ！　なんて可愛らしいのかしら。箱の中が花畑のようだわ」

「お気に召していただけて、何よりでございます」

仲子は少し緊張がほぐれてきたようで、にっこりと笑ってそう返していた。

「一緒に食べましょう、ね？」

唐果物を一つ摘み上げて、小さく一口食べている様子でさえ、上品で絵になる。朗らかで可愛らしい、それでいて滲み出る品の良さ、望月——満月のような人だ。

きっと、『妃』とはこういう方のことを言うのだろう。本当は、このような人が彰胤には相応しい。新月の宵子では釣り合わない。最初から分かっていたことだ。

でも、彰胤の隣に並ぶのに相応しい人になりたい。そう思ってしまう。

「どうしたの、食べないの？」

「あっ、いえ、いただきます」

つい黙って考えていたから、淑子に不審がられてしまった。取り繕うように口に運んだ唐果物は、藤の花で見た目が可愛くて、さくさくとした食感と甘みが心地いい。

「美味しいです」

「良かったわー、お菓子が緊張をほぐしてくれて」

淑子はにこやかに言った。唐果物を気に入ってくれたようで、また次に手を伸ばしている。

「ところで、あなたは星に詳しいのよね。ぜひ聞かせてほしいと思っていたの」

淑子の言う星に、どこまでのことが含まれているのか分からない。さりげなく仲子を見ると、すばやく耳元で教えてくれた。

「実は、以前、星詠みという言葉を偶然聞かれてしまったので、空の星に詳しい方とお伝えしたのでございます」

納得した。と同時に、未来が視える星詠みのことは知られていないようで、ほっとする。空の星のことも、宿曜師である老師から一通り教えられているから、一応嘘ではない。

「わたしは宿曜師から教えを受けておりますが、きちんと陰陽師や宿曜師の職についていないものが、星の示す結果を口にしてはならないと言われております」

その職につき深く究めた者以外が、天文を見て吉凶を判断すると、天罰が下ると言われている。嘘か本当か、そのせいで亡くなった人までいるとか。むやみに素人が手を出さないように、という注意喚起のような気はするけれど。

星詠みに関しては、宵子にしか視えていないものだし、空の星ではないから例外と思っている。

「そうなのね……でも、何か、きちんとしたものでなくてもいいの。ないかしら？」

口元で両手を合わせて、おねだりをしている様子が、わざとらしくなく可愛らしい。帝の寵愛も納得である。

宵子は、記憶を辿って、ちょうどいいものを引っ張り出した。

「では、十二宮《じゅうにきゅう》のお話などはいかがでしょう」

「十二宮？」

「生まれた時に空にあった星で、その人の性格を占うものでございます。ままごとのようなものですが」

幼い宵子が星を嫌いにならないように、楽しませるために、老師が教えてくれたものだ。生まれた時の星だけで性格を言い当てるなんて、宿曜師であっても難しい。ただのお遊びだけれど、だからこそ楽しかった。あっという間にすべて覚えてしまうくらいには、幼い頃の宵子は気に入った。

「ぜひ、聞かせてちょうだい」

淑子も興味津々のようで助かった。ついでに、仲子もわくわくした表情を浮かべている。

「では、紙にお生まれの日付を書いていただけますか」

淑子は近くにあった紙にさらさらと日付を書いてくれた。宵子はそれを受け取ると、老師から教えられた十二宮と照らし合わせて答える。

「斎宮女御様は、白羊宮《はくようきゅう》でございます」

「白羊宮？」

「空に浮かぶ星を線でつなぎ合わせると、羊に見えることから、そう呼ばれます」

「面白いわね。それで、性格はどうなのかしら？」

覚えたのは昔のことだけれど、鮮明に思い出すことができた。宵子は、星の示す性格を口にする。

「白羊宮の方は、純粋な心をお持ちで、素直で嘘がつけない。何事にも一生懸命に取り組まれる。といったところでしょうか」

失礼になることは言っていないと思うが、それでもそわそわしてしまう。淑子の表情を窺うと、幼い少女のように目を輝かせていた。

「まあ！　当たっているわ。わたくし嘘がつけないのよ、主上にもすぐばれてしまうの。この前、少し体調が優れなくてね。でも何ともありません、って主上に申し上げたら休んでいなさいと言われてしまったの」

それは、帝が淑子のことを大事にしていて、よく見ているからなのでは、と思ったけれど、口にはしない。嬉しそうな淑子の表情を見ると、二人のとても仲睦まじい様子が目に浮かぶようだ。

「ねえ、主上はどうなのかしら。教えてちょうだい」

「それは……不敬にあたりませんか」

「あら、大丈夫よ。妻が夫のことを聞くだけですもの」

確かにそう言われれば、問題ないように思えるが、ままごととはいえ帝の性格を帝の妃に言うなんて、恐れ多い気もする。

淑子はさっそく紙に帝の生まれた日付を書き、宵子が見るのを待っている。期待を込めた視線を送られて、宵子は根負けした。

「では、恐れ多くも主上の十二宮は……秤量宮《ひんりょうきゅう》でございます。秤《はかり》の形でございますね。抜群の社交性をお持ちで、平和主義。情報を適切に活用できる手腕がある。というところでございましょうか」

淑子は、自分が褒められたかのように、嬉しそうに何度も頷いていた。

「ふふっ、そうなのよ。昔は病弱であらせられて、外に出ることは少なかったそうだけど、今は誰とでも打ち解けられる、素敵な御方なの。星もよく分かっているのね」

気に障るようなことはなかったようで、宵子はそっと息をついた。帝が昔は病弱だったことは初めて知ったけれど、それ以上触れるものでもないだろう。

十二宮の話そのものを、楽しんでいる自分がいることに気が付いた。宵子の語る星詠みは呪われたものという前提があったため、この十二宮はそうではない、と宵子が言ったところで誰も聞いてはくれなかった。でも、今は楽しく十二宮の話ができている。星の話で誰かと盛り上がれるなんて、想像もしていなかった。

「ねえ、あなたのはどうなの、聞かせてちょうだい。それから、あなたの女房も気になっているようだわ」

淑子に言われて、仲子をちらりと見ると、わくわくした顔でこちらを見ている目と目が合った。自分だけじゃなくて、聞いている二人も楽しんでくれている。自分の話で、誰かを楽しませることができるなんて。宵子の口元に自然と笑みが零れた。

「命婦は、巨蟹宮《きょかいきゅう》、大きな蟹の星の並びね。面倒見がよくて、世話焼き。大切な人への愛情が深い人、といったあたりかしら」

「えへへ、何だか嬉しくなりますね」

確かに仲子にぴったりの十二宮だと思う。仲子の世話焼きに、宵子は何度も助けられている。

二人から、宵子の性格は、とわくわくした視線が注がれる。自分で自分の性格を言うのは何だか恥ずかしいけれど、これは単に十二宮の話だからと自分に言い聞かせる。

「わたしは小女宮《しょうじょきゅう》、女の人の姿をしたものです。真面目で几帳面。頭の回転が速く、献身的な性格、といった感じでしょうか……」

やはり、自分で言っていて恥ずかしくなってきた。こんな立派な性格を、宵子自身は持っていない。

「なんと、ぴったりでございますね。女御様、あっ、東宮女御様はお生まれの星からして素晴らしいのですね」

仲子が感激した様子でそう言った。肯定してもらえるなんて思っていなくて、驚いた。ここにいるのは斎宮女御と東宮女御で、単に女御と言うとどちらか分からないから言い直したのね、とどうでもいいことへ宵子の思考は向く。そして時間差で、宵子は仲子に大切にしてもらっているのだと、実感した。

「ふふ、いい女房を持ったわね。大事にするのよ」

「は、はい」

淑子にそう微笑まれて、宵子は何とか頷いた。

菓子がなくなるまで三人の話は続いた。最初の緊張はすでにどこかへ行き、楽しい時間を満喫していた。

「あら、だいぶ長く引き留めてしまったわね。楽しかったわ」

「こちらこそ、お招きありがとうございました」

「またいらっしゃいね。待っているわ」

にこやかに淑子に見送られて、宵子と仲子は藤壺を後にした。

渡殿を歩いている途中、仲子が待ちきれないといった様子で言い出した。

「あの、先ほどの十二宮のお話、東宮様と学士殿はどうなのですか。生まれの日付はこちらです」

こちらから日付を聞く前に、仲子は紙の余ったところに書き足していた。

「ええと、学士殿は磨羯宮《まかつきゅう》、山羊《やぎ》の形ね。完璧主義で自他ともに厳しい人。計画を立てて物事に取り組み、いい加減なことはできない、というところかしら」

「ああー」

仲子は、とても納得した声を出していた。思っていたよりも宗征の性格そのままで、宵子も驚いたくらいだ。淑子や仲子といい、ままごとと言いつつも意外と当たっているのかもしれない。

「それでそれで、東宮様はいかがですか?」

「東宮様は、双魚宮《そうぎょきゅう》だわ。人の気持ちに寄り添える心優しい方。縁の下の力持ちで、理想を追いつつも現実的。といったところかしら」

「それはまあ」

「ぴったりね」

宵子と仲子は、しみじみと頷き合った。優しいところに救われたし、お役目のことを考えると後半のことも当てはまる。

「女御様、今すぐにも宿曜師になれるくらいの占いでございますよ……」

「そんなことはないわ。と言いたいところだけど、かなり当たっていて、わたし自身も驚いているところよ……」

数秒、神妙な顔を作って二人は見合っていたが、同時に笑い出した。

「ははっ」

「ふふふっ」

とっさに思い出した十二宮の話で、こんなに楽しい時間を宮中で過ごせるなんて。昔の自分に教えてあげたい。きっと驚くだろう。

＊

桐壺へ帰る前に、昭陽北舎《しょうようほくしゃ》に寄ることにする。昭陽北舎は、梨壺と桐壺の間にある小さめの殿舎で、普段は人が住んでおらず、使い方はその時の梨壺の主によってさまざまだ。

今は、主に菓子を作る場になっているらしい。宵子と仲子は、唐果物を入れていた箱をここへ持って帰ってきた。

「学士殿、箱を持って帰ってきましたよー」

「仕舞っておいてくれ」

「はいはーい」

宗征は、手を止めないまま仲子に返事をした。仲子は慣れた様子で箱を洗うと、棚に仕舞った。どこに何があるかをきちんと把握していて、動きに無駄がない。

宵子は、そっと後ろから宗征の手元を見る。細長い生地をころころと転がしてのばしている。

「本当に、学士殿がお菓子を作っていたのね……」

「疑っておられたのですか」

「いいえ、疑っていたわけじゃなくて、手の器用さに感心しているのよ。とても手際がいいんだもの」

話している間にも、細長い生地が二つ、転がされて同じ長さにのばされた。

藤壺に向かう前に、仲子から唐果物は宗征が作ったものだと教えられて、とても驚いた。婚姻の儀の夜に食べた亥の子餅も、宗征が作ったものらしい。

「菓子を作っていると無心になれて、良いのでございます。この時間は割と好きなのです」

「分量や手順をきっちり守って作らないと、お菓子って美味しくできないらしいので、あたしには無理ですねー。絶対に途中から適当になっちゃいますもん」

「そうね」

「そうだな」

宵子と宗征は、ほぼ同時に頷いた。仲子は自分で言い出したものの、そんなことないよ、という類の言葉を期待していたようで、むすーっと頬を膨らませてしまった。

「世間的には、命婦が菓子上手ということになっているから、良いではないか」

「あら、そうなの？」

「男の臣下が、菓子が得意だと広まると、東宮様にご迷惑がかかるかもしれないため、作ったものは命婦に持っていってもらうことにしております」

「持っていくのはいいんですけど、どうやって作るの、とか聞かれると困るんですよねー」

まだ頬を膨らませた仲子が、不満そうにそう言った。だが、すぐに宗征が反論した。

「作り方を教えても、すぐに忘れるだろう」

「早口で一気に言われても、覚えられないですー」

ああ言えばこう言うと、二人の掛け合いのような会話が面白い。宵子を東宮妃に迎えるかどうかで対立していたけれど、それがなければ元々仲が良いのだろう。恋人の距離感とはまた違う、兄妹のような、熟年の夫婦のような。

「ねえ、学士殿、今は何を作っているのかしら」

仲子との言い合いの最中でも、宗征は手を一切止めていない。今は、全部で五本になった生地を湯がいているところだ。宵子は気になって、でき上がる前にそう聞いてみた。

「こちらは、粉熟《ふずく》でございます」

粉熟は、五穀を使って五色の生地を作り、枕草子でも登場する高価な甘い蜜、甘葛とそれぞれの生地を合わせてこねていく。そして、細長くのばして茹《ゆ》でて、一口大に切り分けて完成する。

ことこと茹でながら、宗征が丁寧に手順を教えてくれた。茹で上がったら、冷ましてから、一口大に切る。すると、丸い碁石のような形になった。仲子がそれを、こっそり摘んで口に放り込む。宗征は怒るかと思ったが、手を止めて短く聞いた。

「味は？」

「ばっちりですよ！　形もころころして可愛いです！」

「なら良し」

なるほど、いつもの流れらしい。ならどうしてこっそり食べるのか不思議だけれど。

「こちらは東宮様に持っていくものでございます。女御様も味見なさいますか」

「いいの？」

「もちろんでございます。どうぞ」

宗征は、粉熟をわざわざ小さな皿にのせて差し出してくれた。宵子は指で摘んで、一口で食べた。ほろほろと口の中でほどけながら、ほんのり甘さが満ちてきて優しい味だ。一つが小さめだから、また次が欲しくなる。

「美味しいわ、とても」

「お気に召していただけて何よりです」

「東宮様のお菓子はいつも学士殿が作っているの？」

「はい。東宮様は私の作った菓子しか食べない――いえ、食べられないのでございます」

宗征は、何かを堪えるように悔しそうな表情でそう言った。固く握りしめて震えた手を見て、分かった。堪えているのは、怒りだ。

「……私が東宮様と出会った頃のことでございます」

＊＊＊

宗征の父親も学士だった。だから、宗征自身も学士になるのは当然の流れだ。優秀だという周囲の評価も得ていた。

「主上の下で、誠心誠意お仕えしたく存じます」

その頃は、新しい帝が即位して、学士も必要になるだろうと言われていた。宗征は帝に仕えたいと思っていたし、序列としてもそうなるはずだった。

「今、なんと」

「お前は東宮様の下で学士として仕えるのだ。東宮学士、立派なお役目であるぞ」

どういう力が、どのように働いたのかはよく分からない。ついでに大夫の代理などという身の丈に合わないものまで押しつけられた。

「なぜ、私が東宮学士などに……」

真面目で視野が広く、臣下からの信頼も厚いという帝に仕えることを願っていたのに。帝の弟の東宮は、生まれや摂関家の目論見によって軽視されている。宗征が気に食わないのは、軽視されていること自体ではなく、理不尽に扱われているというのに、へらへらとしてそれに甘んじていること。

「……お初にお目にかかります。源宗征と申します」

「おお、優秀な人物であると聞いているよ。俺は東宮になってまだ日が浅いからね、よろしく頼むよ」

穏やかに明るく笑う人だと思った。それが、宗征はやはり気に食わない。侮《あなど》られて軽視されているのに、そんな風に笑う気がしれなかった。

ある日、彰胤とともに渡殿を歩いていた時、菓子や食事を盛りつける高坏《たかつき》を掲げるようにして運んでいる女官がいた。

「それは何かな?」

「内大臣様から、主上へ献上のお菓子にございます」

「へー」

彰胤は、菓子の上にかけられた薄布をめくると、数秒じっと見つめた。

女官が困って宗征に視線を送ってきた。宗征はため息をつきながら彰胤へ進言する。

「東宮様、そのあたりで――なっ！」

彰胤はあろうことか、帝に献上する菓子を摘み上げるとそのまま口に放り込んだ。

「うん、なかなかだね。これ、俺がもらっていくよ」

「えっ、あの」

「主上には別のものを俺から献上するって伝えといて」

驚いている女官の手から高坏を取り上げると、すたすたと梨壺に引き返していった。

女官も宗征も唖然としていたが、宗征は慌てて彰胤を追いかける。

「東宮様！　なりません、それは主上への献上の品でございます」

「主上へはちゃんと美味しいものを献上するって」

この菓子は美味しくない、と言っているような口ぶりに、宗征は疑問を持つ。

「先程はなかなか、とおっしゃっていましたが……」

「なかなか『厄介』って話だよ」

彰胤は、梨壺に着くや否やその場に倒れ込んだ。

「くっ……」

「東宮様⁉」

高坏から、菓子が零れ落ちた。先ほどは彰胤の背中に隠れていて見えなかったが、転がり落ちた菓子に目が向く。それが粉熟であることは、形から分かった。だが。

「なんだ、この色は」

五色になぞらえているはずの粉熟の一つが、どれでもない色をしている。ぱっと見ただけでは分かりづらいが、普段から菓子を作る宗征には一目で分かった。

「ほう……お前、も、毒が、分かるか……」

「毒⁉」

菓子に気を取られている場合ではなかった。彰胤が、苦しそうに胸のあたりを押さえている。宗征はすぐに倒れ込む彰胤を支えて起こした。

「どうして毒と分かって口にしたのですか！」

「毒、と確信が、あったわけ、じゃな、い。違和感が、あった、から念の、ためだ」

「はっ、苦しい最中に話をさせてしまい、申し訳ございません。すぐに医師《くすし》を呼んで参ります」

宗征は、慌てて足がもつれながらも立ち上がった。言葉は何とか取り繕っても、とてもじゃないが、平静ではいられない状況だ。東宮が毒にあたるなど、非常事態だ。

「待て」

毅然とした声が、宗征の足を止めさせた。毒に侵された者とは思えないほど凛とした声に息をのんだ。

「医師は、呼ぶな」

「しかし」

彰胤は、手近にあった布へ粉熟を吐き出す。乾いた咳とともにほとんどが体の外に出された。

「菓子の、すべて飲み込、んだわけじゃ、ない。すぐ引く」

「ですが」

「言うな、公にするな」

公という言葉を聞いて、宗征ははっとした。元々、この菓子は内大臣が帝に献上したものだった。つまり、帝に毒を盛ろうとしたのだ。新たにこの国の頂点に立つ者へ向けての明確な悪意。そんなことが広まれば、内裏が大混乱になる。

「理解が、早くて、助かるよ」

彰胤はそう言って笑ってみせた。苦しさに堪えてなお、笑った。

その瞬間、宗征は冷水を浴びせられたような心地になった。この人の笑顔は、武器なのだ。立場も状況も押し殺して、何もないかのように笑う。帝、そしてこの国のために。それがどれほどの精神力を要するものか。

「私は、なんて愚か者だ」

宗征の口から零れた声は小さく、彰胤は聞こえていないようだった。

「お前は、主上に仕え、たかったのだろう。口添えしておく、よ」

なおも笑顔でそう言う彰胤に、別の意味で苛立ちを覚えた。毒に侵されているのだから、大人しく寝ていてほしい。宗征はてきぱきと寝床を整えると、彰胤の手を引いて、そこへ寝かせた。

「水は必要になるでしょうから、持って参ります。東宮様はお休みになっていてください」

「助かるよ」

「それから――」

宗征が今から口にすることは、自分自身の人生を左右するものだった。だが、そこに迷いはない。

「主上への口添えは必要ありません。私は、東宮学士でございますから」

「……！　苦労、するぞ」

「心からあなたにお仕えしたいと、思ったのでございます。ついでに申しますと、私は菓子が作れます。信ずるに足ると思ってくださった時には、菓子作りをお命じください」

「そうか、それは楽しみだ」

彰胤は目を閉じて、眠りについた。少し呼吸が浅いものの、寝息は安定している。

宗征はその傍で、彰胤の様子を見守っていた。

＊＊＊

「そのような、ことが……」

宵子は宗征から話を聞いて、それ以上の言葉が出なかった。帝を守るため、毒を被ったなんて。鷹狩のような大きな行事だけでなく、身近な菓子にまで危険があるとは。お役目はこんなにも危険と隣り合わせなのか。

「後に、内大臣を問い詰めましたが、そんなものは知らないと言われました。嘘をついているのか、それとも別の者が内大臣を嵌めようとしたのか、定かではありません」

宗征は、怒りのこもった口調で言った。誰が毒を盛ったのか、分からないままだから、より宗征の怒りは収まらないのだろう。

「確か、その内大臣って、女御様の御父上の弟君にあたるんですよね。あ、元御父上の」

「え、そうなの」

仲子の指摘に、宵子は驚いた。わざわざ、二の宮の養女になったから元父上、と言い直すあたりは仲子らしい。

どの位に誰がついているかなどは、老師のいなくなった三年前、つまり今上帝になってからは、知るすべがなかった。そもそも、父の弟といっても宵子は一度も会ったことはない。ほとんど他人と変わらない。

「内大臣は、優秀な人物です。普通、長兄から高位につくものですが、兄の中納言よりも出世しておりますから。ただ、国のためではなく一族のことしか考えていないのが難点でございますね」

「学士殿が、優秀と言うなんて、相当ね」

「仕事ぶりだけでございます。性根《しょうね》は大嫌いです」

大嫌いと吐き捨てるように言うのが、少し子どもっぽくて、本当に嫌なのだと伝わってきた。

中納言と内大臣では、二つほど位が違ううえに、中納言は定員三人のところ、内大臣は一人。実際の位よりも差はかなりある。先に弟が出世していて、中納言は焦っているだろうし、後がないのだろう。

「中納言もでございますが、この内大臣も要注意人物です。若宮様を即位させるために動く摂関家の筆頭でございますから」

「覚えておくわ」

神妙な面持ちで頷いた宵子の顔を、仲子がひょこっと覗き込んだ。

「さあ、この話はおしまいです。学士殿が作ってくれたお菓子を食べましょう」

「食べるのは東宮様だ」

「あたしたちの分もあるんでしょう？」

「分かった分かった」


宗征に続いて梨壺に行くと、彰胤は脇息《きょうそく》に肘を置いて、待ちくたびれた様子だった。

「遅いと思ったら、女御も命婦も一緒だったのか。俺たちだけ仲間外れかい？　なあ、巴」

「そうじゃそうじゃ。これから美味な菓子が来るというから待っておったのじゃぞ」

彰胤と巴が、仲良く抗議しているのが可愛らしい。巴は本当に不満そうだが、彰胤は言葉ほど拗ねているわけではなさそうだ。

「申し訳ございません。菓子の作り方を話していたら、つい長くなってしまいました」

宗征がそう言って、先ほど作っていた粉熟を彰胤の前に差し出す。こうして並べてみると、巴にいくつかあげるのだとしても、一人で食べるにはかなりの量だ。

「東宮様、いつもこんなにたくさん召し上がるのですか？」

「いや、今日はやけ食いだよ」

「何かあったのでございますか」

彰胤は、いくつかの粉熟を美味しそうに食べてから、それでも消し去れない憂鬱のこもったため息をついた。その目には、少し先を示す凶星が視える。

「宴《うたげ》の準備を押しつけられたんだ」

「宴って、朔旦冬至《さくたんとうじ》のものですか」

「ああ」

朔旦冬至とは、新月である霜月《しもつき》一日が冬至にあたる日のこと。暦の関係上、十九年に一度しか巡ってこない貴重な日のため、宮中では祝宴が行われる。

新月は月が影に包まれる。冬至は一年で一番日が短い。つまり、この朔旦冬至の翌日から月が満ち始め、日が長くなる。太陽と月の復活を連想させる、めでたい日なのだ。

「朔の姫と冬の宮がいるのだから、ちょうどいい、とか言われてそのまま全部の準備を押しつけられてきたよ……」

「確かに、『朔』と『冬』が入っているので朔旦冬至にはぴったりではありますけれど」

宵子は、朔旦冬至に、朔の姫と冬の宮を掛けるという風流な嫌がらせに少し感心していた。嫌がらせに風流も何もない気はするけれど。

「東宮様も女御様も、ご自分から名乗ったわけじゃないのに！　むしろ周りが勝手に言っているだけではございませんか！」

仲子が怒って床をばしばし叩いている。その揺れで粉熟が皿から零れ落ちそうになっていた。落ちそうな一つを巴が器用に前足で取って、美味しそうに頬張っている。巴は食べながら会話に参加してきた。

「何を怒っておるのじゃ？　宴を自分たちで勝手にできるなら、いいことじゃろう」

　仲子が怒った表情のまま、巴の疑問に答える。

「宴といっても、ほとんど儀式なの。宮中のお偉いさんたちが参加するから、決まりごとがたくさんあって、準備がものすごく大変なんだから！　それを東宮様と女御様だけにさせるなんて」

「今からでも抗議して参りましょうか」

　立ち上がってそのままの勢いで乗り込んでしまいそうな宗征を、まあまあと、彰胤はなだめた。宵子もそれに加勢する。

「主催側にまわったほうが、東宮様が狙われることを防げるのではありませんか」

「そうだね、女御の言うことにも一理ある。だから二人とも落ち着け。やけ食いとか言って悪かったよ」

　彰胤が謝ったことで、別の方向に仲子と宗征の火が付いてしまった。

「やけ食いは悪くございませんよ！　むしろもっと食べてくださいませ」

「なぜ命婦が言うんだ。言うなら作った私だろう。足りなければまた作って参ります」

「あたしの分もください」

「もっと用意するのじゃ」

「だからなぜ命婦と巴が食べるんだ」

やけ食いに話が乗っ取られてしまった。

何だか平和な話にすり替わって、思わず笑ってしまう。何も解決はしていないけど、この人たちとなら何とかなる気がする。

「何とかなりそうに思えてくるな」

彰胤に心を読まれたかと思ったが、単に彰胤も同じように考えていたらしい。

「はい。わたしもそう思います」

「とはいえ、こっちに準備を丸投げして、失敗させて恥をかかせようという算段はあるだろうね」

菓子を何個作るかまで話が脱線していた二人と一匹は、はっと本題に戻ってきた。今日は二十七日。そう時間がない。

「どう準備を進めるか、役割分担も考えねばな」

「そうですね。学士殿とあたしだとできる分野が違いますし」

さっと切り替えた二人は、計画を話し合い始めた。巴は蚊帳の外になってしまい、宵子たちのほうへやってきた。

「宴に菓子は出るのかのう」

「あら、学士殿のお菓子が気に入ったの？」

「うむ。あれはなかなかに美味じゃった」

巴が口をにかっと開けてそう言った。彰胤が自分のことのように嬉しそうな顔で巴の顎を撫でる。

「それは良かった。宗征にまた頼もうか。そういえば、猫って菓子を食べても問題ないのかい」

「妖じゃからのう、何でも平気なのじゃ」

ふと巴と宗征の目が合ったけれど、宗征は以前のように逸らさなくなった。

「学士殿とは仲良くなれたのね」

「仲良くなったというか、会話ができるから別に『予測不能の行動をする小さきもの』には当てはまらぬと、一人で勝手に納得しておったのじゃ。まあ、何でもいいのじゃが」

彰胤が愉快そうに笑っている。宵子が首を傾げると、彰胤は楽しそうに話し出した。

「いやあ、宗征と打ち解けてくれて良かったなあと思ってね。女御も最初は迷惑をかけて、申し訳なかった」

「いえ、そんな」

「実はね、命婦がお役目に加わる時にも、宗征はだいぶ反対したんだよ」

彰胤は、相談を続けている宗征と仲子に聞こえないように小声でそう言った。内緒話のようになり、自然と顔が近付いて、宵子の胸の鼓動が速くなる。

「どうしても俺たち男は、御簾の内側に入れないだろう。だから、お役目には女房の力も必要になると思ったんだ。だけど、宗征は大反対でね」

「どうやって、命婦はお役目に加わったのですか」

「命婦が口喧嘩で宗征と対等に言い合ったのと、小弓《こゆみ》の勝負で勝ったからね」

小弓は、その名の通り、小さな弓のことで、それを使って的当てをする室内の遊びのことだ。膝を立てた姿勢で弓を射るが、遊びとはいえ弓の扱いが上手くないと、もちろん的に当てられない。

「命婦は小弓が得意なのね。すごいわ」

内緒話のていを忘れて、つい仲子たちに声をかけてしまった。

「それほどでもございませんよ」

仲子が嬉しそうにそう言って笑った。小弓と聞いて、何の話をしていたのか察したらしい宗征が、少し嫌な顔をしていた。自分が勝負に負けた話をされていたのだから当然だ。彰胤も内緒話をやめて、仲子に話しかける。

「命婦、宴の余興に小弓を披露するかい？」

「えー、嫌ですよ。小弓は可愛くないですもん。それに、お偉いさんの前で失敗なんてしたら何言われるか分からないじゃないですか」

「そうかい」

本気で薦めていたわけではないようで、彰胤は笑みを浮かべながら頷いていた。

「そうそう、命婦は澪標のために、男装することもあるんだ。御簾の内側に女性しか入れないように、男性にしか行けない場所も多いからね。極力ないようにしているけれど、必要に応じてね」

「だから、この間の鷹狩の時、着替えの手際が良かったのですね。納得しました」

「あれは、助かったけど、女御はもうしてはだめだよ」

いらぬ墓穴を掘ってしまった。もう言い訳をすることはせず、静かに頷いた。

「女御には、危険な目に遭ってほしくないからね」

「はい」

素直に返事をすると、彰胤の手のひらが宵子の頭をそっと撫でた。その手付きが、幼子をあやすようなものとは少し違う、気がする。宵子は手のひら越しに彰胤を見上げる。すると、柔らかく微笑んでいる彰胤と目が合った。

「あ……」

考えるよりも前に、顔が赤くなってしまったのが自分でも分かった。急に襲ってきた気恥ずかしさに、宵子は思わず彰胤から目を逸らす。だって、人目を惹く彰胤の笑顔が、自分だけに向けられていたら、きっと誰だってこうなってしまうと思う。

彰胤は、宵子を撫でる手を離して、自分の顎に手を当てる。

「それに、局に妃がいないと摂関家あたりが妙な勘ぐりを入れてくるかもしれないから、そっちの方面でも、厄介ごとに巻き込まれないようにね」

もう充分、厄介なことになってますけどねー、と仲子が声を飛ばしてきた。朔旦冬至の宴ですでに厄介ごとになっていると言いたいのだろう。それは確かにその通りだ。

宵子は気持ちを切り替える。

「宴の準備、わたしも頑張りますね」

「女御には、衣装や装飾品を任せることになると思う。無理はしなくていいからね」

「大丈夫でございます。忙しくなると思いますが、宴の準備は初めてなので、楽しみです」

「それは頼もしいね」

この人の役に立ちたい。この人の笑顔に応えたい。それは、疑いようのない宵子の本心だ。

*

彰胤は、宴の準備のためにあちらこちらを訪れていた。各方面に指示やお願いをするのだが、宗征と手分けしても量が多くて大変だ。

「こんなの、二人でやる量じゃないよな」

思わず零した愚痴も、誰にも聞かれず風に乗ってどこかへ行ってしまう。体に当たる風が冷たい。冬本番が近付いている証拠だ。

寒さに急かされるように、彰胤は足早に進む。宴の準備には、食事や酒はもちろん、出席者の席次、雅楽の手配、衣装、装飾品など多くのものが必要になる。彰胤は、予め宵子に凶星を視てもらっていた。

今日を示していたのは、二か所。午（南）の方角と、辰（東南東）の方角だ。この二つが示すところ以外を先に巡ることにした。凶星がない方角では、特に何も起きないと分かったうえで訪問できるから、だいぶ気持ちが楽だった。

「さて、問題のところへ行くか」

彰胤がやってきたのは午の方角に位置する式部省《しきぶしょう》。文官の人事や礼式を司る重要な省で、そこに勤める者たちの地位も高い。

「失礼する。朔旦冬至の宴に使う名簿を受け取りにきた」

「東宮様。わざわざご足労いただき恐縮でございます。言ってくだされればこちらから出向きますものを」

「近くへ来たついでだよ」

これは、ただの定型文。言葉だけで恐縮して、この者たちが実際に彰胤のところまで足を運ぶことはない。手が空いている者がいないとか、粗相があっては失礼だから、などと理由を付けてくるから、そのやり取りが面倒でこちらから行くことにしている。

「それで、名簿はどこに」

「ちょうど書いているところでございます。少々お待ちください」

今日受け取りにいくと伝えていたのに、今も書いているなどあり得ない。準備で忙しい彰胤の時間を奪う、地味だが嫌な手口だ。

以前は嫌がらせに飽き飽きすることはあっても、別に焦ることはなかった。宗征が怒り出して大変だなあと思ったりはしたが。だが今は、いらぬことに時間を取られる分、宵子に会う時間が減ってしまうことを痛感している。宵子にも準備を任せているから、二人とも時間が奪われる。

「急がせろ」

気が付けば、そう口にしていた。無茶を言っているわけではない。今日までに仕上げる指示をしていたのだから当然のことを言っただけ。今までは面倒だと諦めて、口にすらしなかった。

「は、はい。ただちに」

役人は彰胤が急かしてきたことに驚きの表情を浮かべ、裏へと駆けていった。

彰胤は口元に笑みを浮かべた。急かしただけでここまで驚かれるとは。ここに宗征がいれば、東宮様に失礼なやつです、などと言い放つだろうと想像して、さらにおかしかった。

役人が持ってきた名簿にざっと目を通して、そして眉をひそめた。

「これで全部か？」

「はい。上からの指示で書き写したのは、以上でございます」

明らかに書いてある人数が少ない。これを元に席次を決めてしまえば、当日に席がないと文句が出るに違いない。いや、文句を言わせるため、彰胤に恥をかかせるための、嫌がらせ。口振りからして、目の前の役人が主導ではないのだろう。

「まあ、どうにかするか」

とりあえずは、渡された名簿を持って式部省を後にする。ここで粘っていても仕方がない。

もう一つ、凶星が出ていた辰の方角にあるのは、雅楽寮《ががくりょう》。その名の通り、楽器を管理しているところだ。どの楽曲を選び、どの楽器を使うかを決めるのは主催の役割の一つだ。

雅楽寮に着いてすぐ違和感があった。誰も彰胤と目を合わせようとしないのだ。

「少しいいかい」

話しかけても、まるで聞こえていないよう。

視線を動かして役人たちの様子を観察する。先ほどの式部省の者とは違い、こちらを見下して悦に浸る気持ち悪い表情の者はいない。どちらかと言えば怯えているようだな。役人たちがちらちらとある場所を見ていることに気が付いた。

「……なるほどな」

視線が集まる先は、何の変哲もない仕切りだが、その奥にはこの者たちの上司にあたる人物がいるのだろう。少し見えている着物の端で察しがついた。

立場が遠い東宮よりも、直属の上司のほうが怖いという心境は想像に難くない。

「少し見させてもらうよ」

「あっ……」

彰胤が楽器を見ようと歩き出したのを、戸惑いながら止めようとした役人がいた。彰胤を気遣うような表情をしていたから、良心がある者なのだろう。

「しーっ」

彰胤は自分の唇に人差し指を当てて、相手に静かに、と伝えた。そのまま楽器を見てまわり、紙に書き記していく。当日に使う楽器の種類や数、配置などを指示した紙ができ上がる。そっと文机《ふづくえ》の上にその紙を置いた。

「誰かが置いていった紙に書かれたことが、たまたま理にかなっていたから、その通りにした。それで構わないよ」

彰胤は奥の上司には聞こえないように、役人に伝えた。彰胤を止めようとした役人が、目線だけで礼を返してきた。こういう者がいるなら大丈夫だろう。

雅楽寮を後にして、妙な感覚が残っていた。その場にいる者から無視されていた中で一人だけ動いていたから、自分が透明になったような錯覚に陥ったせいだろう。

「……………本当に透明になれたのなら、どれほど良かったか」

自分の口から出た声が、あまりにも弱々しくて思わず笑ってしまった。『それ』は表に出してはいけないと自戒していたのに。

弱気になった彰胤の脳裏に、ふと、宵子の顔が浮かぶ。出会った頃に比べると、だいぶ笑顔が増えてきた。怒る様子は何だか仲子に似てきたような気がする。この前は、頭を撫でただけで顔を赤らめていた。あまりの可愛さに、もっと触れたい、なんて欲を悟られぬように抑えることに必死だった。

「会いたいな」

宴の準備の中で、衣装や装飾品、歌合《うたあわせ》のことは宵子に任せている。仲子がいるから心配はないが、単純に量が多い。加勢に行きたい気持ちはあるものの、彰胤のやるべきこともまだまだ残っている。名簿のことも解決していない。やるべきことに阻まれて、思うように動けず、もどかしい。

＊

宵子は、宴の準備の量に圧倒されていた。衣装の生地選び、色合わせ、会場に置く花の種類やそれを飾る花瓶など、細部まで決めなくてはならないことがたくさんあった。

どれも初めてのことで、戸惑いつつも仲子や他の女房たちと一緒に作業をするのは楽しい。

それでも、少し疲れてきた頃、桐壺に遣いがやってきた。

「斎宮女御様から、藤壺へのお招きでございます」

またいらっしゃい、というのが社交辞令でなく、呼んでもらえたことが素直に嬉しかった。だが、準備を進めなければならない。

「女御様、どうぞ行ってくださいまし。ずっと作業のし通しでお疲れでしょう」

「息抜きも必要でございますよ」

周防たちがそう言った。女房たちのほうが疲れているだろうに、気を遣ってくれている。申し訳なく思っていると、仲子がそっと耳打ちしてきた。

「女房たちにも休憩を取らせるために、行ってもよろしいかと思いますよ」

「そうね。わたしが動きっぱなしだと、皆も休めないものね」

背中を押される形で、宵子は藤壺へ向かった。


藤壺へ着くと、嬉しそうな淑子の笑顔に出迎えられた。

「ねえ、あなた源氏物語にも詳しいと聞いたのだけれど、本当？」

「一応、すべて読んではおります」

「本当！　わたくし、源氏物語が大好きなの。それでね、物語に出てくる女性で、誰が好きか、誰に憧れるかをお話ししたいと思っていたの。でも、皆まだ全部読めていないから、と断ってしまうんですもの。悲しくて」

源氏物語は、かなりの長編だ。読破するには相当な時間がかかる。全巻を揃えることも大変なので、誰かから借りて読むことがほとんど。宵子も老師からの課題で渡されていなければ、こんなに早くすべて読むことはできなかっただろう。

「お話し相手がわたしでよろしければ」

「もちろん。あなたとお話しするのはとても楽しかったもの」

今回は急なことだったので菓子を用意できなかったが、藤壺側からお茶が用意されていた。宵子と淑子、仲子も一緒にお茶を飲みながら源氏物語談議が始まった。

「好きな女性を聞く前に、聞いてみたいことがあるの。光源氏の最愛の人は、誰だと思うかしら」

「それは、やはり紫の上ではございませんか。幼少期から光源氏と暮らし、正妻格の女性で、生涯のほとんどをともに過ごしておりますし」

「でも、紫の上を迎えたのは、藤壺の御方に似ていたからでしょう。ずっと追いかけた理想の人、最愛の人は、藤壺の御方ではなくて？」

そう、紫の上は光源氏が初めて恋をした女性、藤壺の御方の姪にあたり、その事実を知って光源氏は彼女を引き取った。藤壺の御方は、光源氏の父である帝の妃、つまり義理の母親にあたる。歳の差は五歳でどちらかと言えば姉弟に近い年齢だ。

確かに光源氏は藤壺の御方の面影を追っている節があるため、最愛の人は藤壺の御方と解釈する人も多い。けれど宵子は一つ、どうしてもそう言い切ることができない点がある。

「本当に愛しているのなら、不義の子を生ませるなんてあんまりです。地獄に引きずり込んだようなものでございます」

藤壺は、光源氏との一夜の過ちで子を宿してしまう。帝の妃という立場で別の男性との子を宿すのは不義そのもの。藤壺を生涯苦しめることになる。

そのようなことをしておいて、最愛の人だなんて、虫が良すぎると思う。源氏物語は魅力的な女性がたくさん出てくるから楽しく読んだけれど、こういう身勝手さから、実は、宵子はあまり光源氏のことが好きではない。不満げに言う宵子とは対照的に淑子はうっとりと返す。

「そうねえ。若気の至り、と言ってはあまりに代償が大きいものね。でも、そこまで深く愛されているとも言えると思うわ。想いが深く激しい恋、素敵だわ」

「斎宮女御様は、藤壺の御方がお好きでございますか」

もし、そうなら少し批判的に言いすぎたかもしれない。光源氏の藤壺の御方に対する態度が嫌なだけで、藤壺の御方自身は素敵な人だと思うから。

「好きだけれど、一番は朧月夜《おぼろづきよ》の君ね」

「朧月夜の君、でございますか……！」

宵子は驚きの声を上げてしまった。仲子も横で驚いていて思わず顔を見合わせた。

朧月夜の君は、光源氏の政敵の娘で、しかも兄に入内が決まっていた女性だ。いわゆる禁断の恋、である。

「あら、変だったかしら？」

「い、いえ。少し意外だったものですから……」

まさか、帝の妃である淑子が、政敵との禁断の恋に落ちた女性を選ぶとは思わなくて、つい驚きを隠せずそのまま出してしまった。

「もちろん、そうなりたいというわけではないわよ。主上はわたくしを大切にしてくださるし、わたくしも主上がこの世で一番大切ですもの。この気持ちは揺らぐことはないわ」

「では、なぜ朧月夜の君をお選びに」

「純粋に、わたくしにはあり得ない恋だから、憧れるのよ。だって物語ですもの」

物語について楽しそうに話すが、現実とははっきり区別したうえで楽しんでいる。

ふわふわと可愛らしい人だが、思慮深いところがある。『妃』の手本を見たような気がした。

「あなたの番よ。どの女性に憧れるかしら」

宵子は、少し緊張しながらも淑子の問いかけに答える。

「わたしは……雲居《くもい》の雁《かり》、でございましょうか」

「光源氏の息子のお相手ね。あなたも意外なところにいくわね」

雲居の雁は、両親が離婚してどちらにも引き取られず見捨てられ、祖母の家で暮らす少女時代を送る。その時に出会ったのが光源氏の息子、夕霧《ゆうぎり》で、将来の結婚の約束をして、紆余曲折ありながらも、二人は結ばれるのだ。

「幼い頃からの約束、というものに憧れがございまして。縁が深い、想い合う相手がいることは、素敵なことと存じます」

「幼馴染との淡い初恋を貫き通して、結婚するって素敵よねえ。あんなに真っすぐな恋、してみたいわ」

初めは両親に見捨てられた、という境遇に共感して気になったのだけれど、それはわざわざ口にはしなかった。約束に憧れるのは本当のことだから。

宵子は、約束というものを誰かとしたことがなかった。未来でも一緒にいよう、なんて素敵な約束、物語の中だけのものだ。でも、ふと取引の婚姻も約束のようなものではないか、と思い至った。お役目が終わるまで、星詠みを使って彰胤の手助けをする。雲居の雁と夕霧のような、可愛らしい純粋なものではないけれど、これは宵子が初めてした約束。

「東宮様との、約束……」

二人には聞こえないように、小さく小さく呟いた。くすぐったくて笑ってしまう口元を檜扇で隠した。

「あら、どうかした？」

「いいえ、何でもございません」

淑子がこちらを気にかけるように首を傾げていた。緩んだ顔を戻してから、宵子は淑子に微笑み返す。大して気にする様子もなく、淑子は仲子にずいっと近寄った。

「ねえ、わたくし、あなたのも聞いてみたいわ」

「えっ、あたしでございますか」

にこにこと話を聞いていた仲子は、自分に回ってくるとは思っていなかったようで、慌てている。うーん、とたっぷり考え込んだ後で仲子は答えた。

「朝顔の斎院《さいいん》様でございますね」

「まあ」

「あら」

仲子の答えが一番意外だった。

朝顔の斎院は、光源氏の従姉で高貴な出自のため正妻候補に名前が挙がるが、妻になることはなかった。朝顔の斎院が光源氏に惹かれていなかったわけではなく、結婚によって得る幸せよりも、時折、文を交わす関係で居続けることを選んだ人だ。

「あ、誰かに求婚されて断りたい！　とかではございませんよ。高貴な出自でもございませんし。ただ、想う相手はいても、結婚を望むわけじゃない、というところに共感すると言いますか」

「まあ、好いている方がいるのね。素敵だわ。誰かは聞かないけれど、どういうところが好きなのかしら。聞かせてちょうだい」

今さらながら、淑子はかなり恋の話が好きなようだ。少女のように、目を輝かせて仲子に尋ねている。宵子も、仲子のそういう話は初めて聞くから、どきどきしてしまう。仲子は、二人分の視線に照れながらも口を開いた。

「真っすぐで、真面目で少し融通が利かないところが、とてもとても可愛いのでございます。今のまま近くにいられたら、あたしはそれで満足でございます」

今のまま、近く、と言った。宵子は、その言葉たちから宗征を連想した。二人が並ぶ姿はお似合いで、宵子は夫婦のようだと思ったことがある。

「命婦、もしかして」

「内緒でございますよ」

そう言って微笑む仲子は、どきっとするほど艶っぽかった。恋をしている人は、こんなにも美しいのかと、息をのんだ。

「ふふっ、こうして話していると、本当に姉妹のようで楽しいわ」

「姉妹……」

藤原家にいた頃は、姉とまともに話したことなどなかった。だから、本当の姉妹というものがよく分からない。けれど。

「嬉しいです。斎宮女御様と、このように楽しい時間を過ごすことができて」

「まあ、可愛いことを言ってくれるのね。お姉様と呼んでもいいわよ」

得意げに言うのが、この人の可愛らしいところだ。淑子は、女房にお茶のお代わりを頼んで、再び宵子たちに向き直った。

「そういえば、梨壺と桐壺で、宴の準備を任されたのよね。何か困ってはいないかしら」

「主な準備は東宮様と学士殿がやってくださっています。わたしは、女房たちに助けられながら、衣装や装飾品のことをしているだけでございます。東宮様は、名簿が集まらず少し苦労をしている、と聞きましたが」

「あら、そうなのね。大変な役割と思うけれど、しっかりね」

「わたしは、力が及ばないことばかりでございます。もっと、東宮様のお役に立ちたいのですけれど」

つい、愚痴のようなことを言ってしまい、宵子ははっと口を押さえた。

「そうねえ、夫のために装束を新調してみる、というのはどうかしら。夫の装束を用意するのは、妻の役目の一つですもの」

「東宮様のための装束……。喜んでいただけるでしょうか」

「ええ。あなたが東宮様のためを思ってすることですもの。きっとお喜びになるわ」

仲子も、そうですよ！　と力強く言っている。彰胤の役に立ちたい、それで喜んでもらえるのなら、宵子も嬉しい。

「わたし、頑張ってみます」

「応援しているわ。姉からもう少し助言をするなら、不安な時は抱きしめてもらうのが一番よ。一瞬で消えていくわ。後は、言いたいことはきちんと伝えることね」

「は、はい」

どちらも宵子には難しい気がするが、淑子は得意げに微笑んだ。

「大丈夫よ。だってあなた、恋する顔をしているもの」

恋する顔？

宵子は、自分の顔に手を当てる。当てたところでどんな顔をしているのかは、分からないのだけれど。恋をしている？　自分が、彰胤に……？

役に立ちたいと思うのは、星詠みを対価に暗殺のことを不問にしてくれて、藤原家から救ってくれた恩があるから。……けれど、それだけじゃない。役に立ちたいのは、彰胤の太陽のような笑顔が見たいから。彰胤に喜んでほしいから。彰胤の傍にもっといたいから。

「わたし、東宮様のことが……」

役に立ちたい、という想いには、いつの間にか、好き、という想いも加わっていた。

「ね？　大丈夫と言ったでしょう？」

恥ずかしくて顔を隠した檜扇越しに、淑子の優しい声が聞こえてきた。姉には、お見通しだったらしい。

淑子に、どこが好きなの、と質問攻めにされる前に、宴の準備があるからと断りを入れて宵子は藤壺を後にした。

＊

実際、準備はまだまだある。桐壺へ戻ると、ちょうど歌合に使う予定の紙が、届けられたところだった。蒔絵《まきえ》が施された美しい箱の中に、淡く色が付いた紙がたくさん入っている。

歌合は、左右に分かれた人たちが、お題に合わせて歌を詠み、その優劣を競う遊び。遊びといっても、歌の出来栄えで出世することもあるため、出席者は真剣そのものだ。

「綺麗な紙を使うのね」

「せっかくの朔旦冬至の宴でございますからね。色ごとに分けて整理しておきましょう」

「ええ」

仲子が、紙の束を箱の中から持ち上げた。紙の下のほうに少し違和感があり、宵子は覗き込む。床に転がっていた巴が先にそれを見つけた。

「ここに墨が付いておるのじゃ」

「え、本当？　ああ、転がっている巴も可愛い……」

仲子の可愛いもの好きがここで発動して、紙の束が少し崩れる。紙は文机に着地した。ちょうど巴が覗き込んでいたあたりの紙の広範囲に墨が付いていた。うっかり、なんて量を遥かに超えている。その紙の周囲も確認してみると、やはり墨で染まっていた。

「女御様、先ほどは見えにくかったようですが、真ん中あたりにも墨汚れがございますね……」

「本当だわ。これだと、半分以上どこかしらに墨が付いてしまっているわね」

「汚れがあっては、歌合に使えません。新しく用意させましょうか」

宵子は、汚れをもう一度よく見た。紙の真ん中に墨の付いた筆を勢いよく置いたような汚れ。それが二か所もある。

「ねえ命婦、これは妨害や嫌がらせの類だと考えていいのかしら」

「……おそらくは」

仲子もそう思っていたのだろう。苦々しい表情で頷いた。

「なんじゃと。主に嫌がらせとはけしからんのじゃ」

彰胤に対しても、妨害や嫌がらせが起こっていると聞いた。摂関家の者たちは本当に、この準備を押しつけたうえで失敗をさせたいのだ。もう一度紙を用意させても、きっと同じことが起こる。絶対に、この宴で彰胤に恥をかかせるようなことはしたくない。

「女御様、東宮様にご相談してもよろしいかと」

「いいえ。東宮様もお忙しいし、戦っておられるもの。だからわたしも。前みたいな強がりじゃないわ。頑張ってみたいの」

「分かりました。あたしも一緒に戦います！」

宵子は考える。

歌合をなくすことはできない。歌合には必ず筆と紙が必要になる。でも、今は紙が使えそうにない。やはり八方ふさがりなのか。

いや、違う。筆と『書きつけるもの』があればいい。宵子は少し前に茅と苗から聞いた話を思い出した。

「命婦、前に扇の骨組みがたくさん出てきたって茅と苗が言っていたわよね」

「ああ、言っておりましたね。蔵の片付けを任されたら、溜め込んでいた不要なものが雪崩《なだれ》のように、と」

「その扇の骨組みはまだあるかしら」

「あると思いますが……何にお使いになるのですか」

ただの思い付きだから、興味津々に仲子に尋ねられて、緊張してしまう。

「ええっと、扇の骨組みに、紙の汚れていないところを切り貼りして、そこに歌を書いてもらうようにするのはどうかしら、と思って」

仲子の表情をちらりと窺う。仲子は、目をまん丸にしていた。

「すごいです！　とてもいいと思います！　ただの紙に書くよりも、扇に書くほうが風流で、祝いの宴にはぴったりでございます。紙を汚してきた者たちへの意趣返しにもなりますしね」

「主は天才なのじゃ」

想像以上に仲子からの評判が良くて、嬉しくなった。巴もなぜか得意げにしている。他の女房たちにも同じ説明をして、扇の骨組みを集めてもらい、宵子は紙の汚れていないところを切り出すことにした。

「あ、女御様、手に墨が付いてしまっています」

「あら、本当だわ。でももう乾いているから、綺麗な紙に付かないわ、大丈夫よ」

「よくありません！　女御様の手が汚れたままなんて」

「これくらい構わないわ。今は扇を作らないと、ね？」

紙を切る、扇に貼り合わせる、はみ出たところを切る。汚れた紙の解決策は上手くいきそうだが、その分時間はかかってしまう。女房たちも手伝ってくれているけれど、少しでも手を動かさないと。

「あたしがたくさん頑張って、作業に余裕を持たせますからね！」

「ちょっと命婦さん、はみ出しすぎです。もっと丁寧にしてください」

「うう、ごめんなさい」
「頑張るのじゃ、賑やか娘」

張り切った直後に小少将に注意されて、しゅんとしている姿は、仲子本人には申し訳ないけれど可愛かった。その後の巴の励ましに喜んで、もふもふしている姿も。

扇の作業に目途がついたところで、宵子は衣装の準備へ移ることにする。巴は、散歩してくると桐壺を出ていった。

「女御様は、東宮様のお着物をお願いいたしますね」
「頑張るわ」

宵子は、淑子の助言通りに彰胤の宴の時の装束を準備することにした。すでに生地は集めてくれていたから、それを一つ一つ手に取りながら考える。

「東宮様には、どんな色がお似合いかしら」
「お祝いの席ですし、けっこう華やかな色合いでも問題ないと思います。後は、女御様が東宮様に着せたい色、で考えてもいいかもしれませんね」
「そうね……じゃあ、桜襲《さくらがさね》に濃い紫の唐織《からおり》を合わせるのはどうかしら」
「素敵だと思います！」

桜襲は、表地に白、裏地に赤を使う山桜を連想させる襲で、若い人が着る色合いである。そこへ、高貴な者が身につけることを許される紫色、しかも高価な唐織を合わせる。

祝いの席、というのを考慮したものの、仲子の言う通り、単純に宵子が、彰胤に似合いそうで見てみたい色合いを選んだ。太陽のように華やかな彰胤にきっと似合う。それに、宵子の手で作った装束を身につけてほしいという、密やかな願望も含まれている。

「では、縫い始めましょう」

仲子に教えてもらいつつ、宵子は装束を縫い進めていく。自分の着物がほつれたり、穴が開いてしまったりしたときに簡単な繕いはしたことがあったが、男性の着物となると話は別物。しかもきちんと一から仕立てることになるから、かなり難しい。

「あっ」

「大丈夫でございますか！」

「ええ、少し刺してしまっただけよ」

指に針が刺さり、血が少し滲んでくる。美しい生地に血が付いてしまわないように、さっと手を放した。

「女御様、ご無理なさっていませんか。他の準備もあってお疲れでしょう」

「疲れは少し、あるかもしれないわ。でも、無理はしていないわ。東宮様のお役に立ちたいの。このまま頑張らせてちょうだい」

宵子が、東宮妃として彰胤の傍にいるのは取引の結果、つまり星詠みがあるから。分かっている。でも、そんなことを飛び越えて、彰胤のことが好きだと気付いてしまった。星詠み以外の、宵子自身の力で、彰胤に喜んでもらいたい。笑顔が見たい。

「分かりました。では、ひとまず指の手当てをいたしましょう」

仲子は宵子の思いを汲みとってくれたようで、立ち上がって手当てのためのものを取りにいった。

宵子は自分の膝の上にある、桜襲の生地を見つめる。これを彰胤が着ている姿を早く見たい。この色合いは、源氏物語にも登場する。八帖の花宴《はなのえん》、光源氏が宴に出席する際に身につける装束だ。でも、彰胤が身に纏ったのなら、きっと光源氏より眩しく、かっこいい姿になる。もっと、好きになってしまう。

「女御！　それは一体どうしたんだい」

唐突に聞こえてきた彰胤の声に、宵子はぱっと顔を上げる。いつの間にか彰胤がすぐ近くにいた。足音に気付かないほど思いにふけっていたらしい。彰胤は、驚いたような少し怖い顔をして、宵子の手を掴んだ。その目に強くはないが、凶星が視えた。

「手を墨で汚して、血まで出ているじゃないか……！」

扇の時に付いた墨汚れを落とすことを忘れていた。宵子は慌てて弁解する。

「あの、墨は乾いておりますので、着物に付いてはおりません。血も、どこにも触れておりません」

しかし、彰胤は頭を抱えてため息をついた。

「君は、こんなことをしなくていい」

一瞬、体が熱くなり、そして急激に温度が引いていった。好きだという気持ちに浮かれて、のぼせ上がっていた。なんという思い上がりをしていたのか。宵子が彰胤のために何かをすることは、迷惑でしかなかったのだ。喜んでもらいたいなんて、宵子の身勝手な気持ちに過ぎなかった。

宵子は、掴まれた腕を振りほどいて、顔を伏せた。

「余計なことをして、申し訳ございません。新月のわたしが東宮様の着物を仕立てるなんて、やってはならないことでございました。本来、斎宮女御様のような満月のような御方が隣にいるべきですもの。東宮様は太陽であらせられるのですから」

一度出た言葉は止まらなかった。皮肉をぶつけたようになってしまい、宵子は自分が嫌になる。じわりと涙が滲んでくる。胸のあたりが痛い。蔑まれることも、軽んじられることも、慣れていたはずなのに。彰胤に突き放されただけで、痛いくらいに悲しくなるなんて。

「一体何を言って」

「すぐに命婦に片付けてもらいます。ご心配には及びません」

「女御、待っ——」

宵子はこの場を去ろうと立ち上がった。けれど彰胤に手首を掴まれて、反射で振り返ってしまう。瞬きと同時に、涙が頬を伝って落ちていく。次々に溢れてくる涙越しに、彰胤と目が合った。涙を、顔を見られてしまった。

彰胤が、はっとした表情になり、その手が宵子から離れた。

彰胤が何かを言おうと口を開いた時、桐壺の外から切羽詰まった役人の呼びかけが聞こえた。

「東宮様！　造酒司《みきのつかさ》にて諍《いさか》いが起こっているらしく、至急おいでください！」

「後にできないか」

「大きな騒動になる前に、至急対処を！」

「くっ……」

彰胤は数秒、葛藤していたが、宵子に背を向けた。

「後で、必ず来るから」

そう言い残して、桐壺を後にした背中は知らない人のように見えた。宵子はさっきまで掴まれていた自分の手首をもう一方の手のひらで触れた。ただ、宵子自身の体温しか感じない。また、涙が止めどなく溢れてくる。袖で目を押さえて無理やり止めようとしても、無駄だった。暗闇に一人で放り出されたような心細さが、宵子の胸を締めつける。こんなに悲しくて苦しいのなら、好きだなんて気が付かなければ良かった。

＊

彰胤は、二日経っても桐壺を訪れなかった。宴の準備に奔走しているから、待っていてほしいと宗征を通じて言伝《ことづて》は来たものの、宵子の心は沈むばかりだった。

宴の日は、もう明日に迫っている。宵子側で準備すべきことは、ほとんど終わっているけれど、彰胤の準備を手伝えるわけではないし、そもそも話すらできていない。

「女御様、こちらは遣いの者に梨壺へ届けさせましょうか」

「……そうね。時間がないものね」

今朝方、藤壺からあるものが宵子宛てに届けられた。それは彰胤にとって必要なものなのだが、直接渡すことは今のままでは難しそうだ。

諦めて遣いに頼むと決めたところで、渡殿を歩いてくる足音が聞こえた。思わず御簾越しにそちらを見ると、急いでこちらに向かってくる彰胤の姿が見えた。こんなに悲しいのなら、装束を仕立てるなんて余計なことをしなければ良かった。自分の気持ちに気が付かなければ。この二日間、嫌になるくらい何度も考えたけれど、彰胤の姿を見ただけで、勝手に嬉しくなってしまった。

「女御！　遅くなってごめん」

その声が聞けただけで、心が満たされてしまう。彰胤は、本当に急いできたのだと分かるくらい、息を切らしている。まともな休息が取れないほど、宴の準備が忙しかったと宗征に聞いた。それこそ、二日もこちらに来られないほど。宵子たち桐壺にまわしている準備はきっとほんの一部で、彰胤はその何倍も奔走していたのだろう。無理をしていそうで心配になる。

「……」

それでも、咄嗟に言葉が出てこないのは、会いに来てくれなかったことに不満を持っているから。必ず来ると言っていたのに。そう子どもっぽく拗ねた自分が心の中に居座っている。会いたかった、と言えばいいのに、それもできない。

「女御、本当にごめん」

「いえ。こちらを東宮様に」

結局、口にできたのは事務的な一言だった。宵子は彰胤へ例の届けものを差し出す。出鼻をくじかれたような反応をした彰胤だったが、渡された紙の束に目を通していた。

「これは……」

「斎宮女御様から、お菓子の礼にといただきました。……おそらくは主上から東宮様へのものでございましょう。表立ってはできないので、妃を通じてお渡しになったのかと」

それは、朔旦冬至の宴に出席する者たちの名簿だった。彰胤は、この名簿が揃わず苦戦していると聞いていた。淑子にもその話はしたから、そこから帝へ話が行き、この完全な名簿がここへ届いたのだ。

「ありがとう。名簿がないから席次も決められなくて……あれ、席次までもう決めてあるのかい。でも、これは、一体どういう並びなんだろう？」

「席次は、斎宮女御様がお決めになられたそうです。並びはおそらく、十二宮かと思います」

「十二宮？　ああ、生まれ星で性格を言い当てるものだね」

「わたしがお教えしたのですが、面白がっていらっしゃるようで」

知らない者が見たら、何の順番か分からず、無秩序に並べられているように感じるだろう。淑子は、そこが面白いんですのよ、と言っていたと遣いから聞いた。

「斎宮女御様らしいね。せっかくだからこのまま使わせていただくよ。これでようやく、俺の分の準備も終わったよ」

彰胤は、仲子たち女房に席を外すように言った。桐壺には彰胤と宵子の二人だけになる。そして姿勢を正して宵子に向き直ると、そのまま頭を下げた。

「本当に、すまなかった。準備が上手くいっていなくて、まともに話もできないままで」

「いえ。わたしが余計なことをしたのは、事実でございますから。東宮様の隣にいるべきは、斎宮女御様のような御方で――」

「それは違う。あの方のようになる必要はない。俺は、斎宮女御様ではなく、君に傍にいてほしいと思ったのだから」

彰胤は、宵子の言葉を遮るようにしてそう言った。真っすぐな言葉に一瞬嬉しく思ったが、先日の『こんなことをしなくてもいい』という言葉が頭を過ぎって、困惑した。

「ごめん。この前は誤解をさせるような言い方をしてしまったね。しなくていい、と言ったのは、入内の事件から鷹狩、今回の宴の準備と、女御が全然休めていないと思ったからなんだ。無理をさせているんじゃないかと、心配で」

彰胤は、言葉が足りていなかったね、と小さな声で言って、しゅんとしてしまった。その様子を可愛いと思ってしまうのは、失礼だろうか。

「わたしは、離れで一人過ごしていた時よりも、命婦や女房たちと準備をしていたここ数日がとても楽しかったです。なので、ご心配には及びません。ありがとうございます」

彰胤に突き放されたことは辛かったけれど、それはただ、宵子を心配してくれていただけ。それが分かっただけで充分だった。桐壺の皆で頑張った準備そのものが、楽しかったのは本当だから。

「そうだね、君ならそう言う。でも違うんだよ、君のためとかじゃない。これは俺のわがままなんだよ」

彰胤の深く黒い瞳が、宵子を捉えた。怒っているわけではない、なのに、強く惹きつけられる。時が止まったかのような錯覚に陥る。

「もっと君を甘やかしたい」

彰胤の唇から紡がれたその言葉に、宵子の頬は一気に熱くなった。茶化した様子など微塵もなく、真剣な顔で言われては、目を逸らすこともできない。

「美しい着物も、美味しい菓子も、ゆったりとした時間も、もっとあげたいんだ。もっと甘やかしたい。君に笑っていてほしい。幸せであってほしい」

想像を超える甘い言葉たちに、宵子は混乱していた。こんな時、妃としてどうすればいいか。淑子の助言を一生懸命思い出す。言いたいことは誤解が解けたからもう大丈夫。後は……

「東宮様」

「なんだい」

「あの、抱きしめてくれませんか」

混乱したまま口を開いたから、不安な時は抱きしめてもらう、なんて淑子の助言をそのまま言ってしまった。彰胤だって呆れているに決まっている。おずおずと、彰胤の様子を窺う。

「……っ、いいのかい。君にもっと触れても」

彰胤は、自分の手の甲で口元を隠しながら、そう言った。隠しきれないほど、彰胤の顔が赤くなっている。宵子もさらに顔が熱くなった。

こくんと、宵子は頷いてから彰胤を見上げた。

彰胤との距離が近くなり、そして、その腕の中に閉じ込められた。彰胤の胸に顔を埋めると、彰胤の香りがする。黒方《くろぼう》と呼ばれる奥深い香と、彰胤自身の香りが混ざり合っている。とても落ち着く香り。宵子はその心地よさに思わず、頬ずりをする。

「んー、あんまり可愛いことをされると困るなあ」

「えっ、あの、困らせるつもりは……！」

宵子は慌てて彰胤から体を離そうとしたが、彰胤は離してくれない。

「そういう意味じゃないよ。だめだよ、離れたら」

彰胤は、宵子の髪を一束掬い取ると、そっと口付けを落とした。物語の一部を見ているかのような美しい所作に惚れ惚れしてしまう。

「ちゃんと、君を甘やかせているのかな。これじゃあ、俺が得しているだけかも」

「甘すぎる、くらいです……」

宵子は自分の顔が真っ赤なことを自覚しているから、顔を埋めたまま上げられない。その間にも、彰胤の指が宵子の髪を撫でている。

「そうだ、今度、俺にも十二宮の話を聞かせてくれるかい」

「東宮様は、すでにご存じなのではございませんか?」

宵子は顔を上げて彰胤に聞き返した。さっき、十二宮の並び順だと言った時、納得していたはずだけれど。

「命婦から聞いただけだよ。藤壺へ行った時にそういう話をしたとね」

「……命婦は、東宮様には何でも話してしまうのですね」

宵子は、少し不満げに返した。すると、彰胤は弁解するように続ける。

「ああ、命婦を怒らないでやってくれ。俺が聞き出しているんだよ。女御のことで命婦が知っていて、俺が知らないことがあるのが、嫌だから」

宵子は、一瞬にして顔に熱が集まるのを感じた。甘さの強い言葉に免疫がなくて、また顔を隠すように埋めた。この人は身近にいる女房にさえ、優位を取られたくないと、そう言っている。

「うーん、口にしてみると、なかなかなことだよね。君が嫌なら、聞き出すことはやめるけど、どう?」

こちらに委ねてくるなんて、ずるい聞き方だ。すぐ近くに彰胤の顔がある。今、いたずらっ子のようなこの表情を見ているのは、宵子だけ。この人のいろんな表情をもっと見ていたい。

「わたしが、東宮様に直接お話しするようにします」

「分かった。俺としてもそのほうが嬉しいかな」

満足そうに頷いて、彰胤はそっと宵子を腕の中から解放した。自分の体を包み込むような温かさはまだ残っている。彰胤の装束には皺がくしゃりと寄り、宵子がそこにいたと示していて、どこかなまめかしい。今さら、胸の鼓動が速くなる。

「あの、命婦にも話していないことがありまして。十二宮は、性格の他にその星同士の相性を知ることもできるのです」

もちろん、そちらもままごとですけれど、と付け加える。沈黙が続くと、この場の雰囲気にのまれてしまいそうで、宵子は自分から話題を口にした。彰胤も話してほしいと言ってくれていたし。

「相性か。面白そうだね」

「わたしは小女宮で、一番相性のいい十二宮は双魚宮になります」

「俺の十二宮は?」

「……双魚宮でございます」

言ってから、やっぱり恥ずかしさが増してきて、宵子は袖で自分の顔を隠した。自分から言い出したくせに、今は顔が赤い、きっと。

「星に祝福されている、というのはいいね。嬉しいよ。それを女御が口にしてくれたことも」

「あの、わたしも、嬉しいです」

ここで誤魔化すようなことを言うべきじゃない。言いたいことは伝えるべし、という淑子の助言を思い出して、宵子は素直な言葉を返した。

彰胤は、抱きしめられるくらいに近くに来て、宵子の髪に触れた。

「ねえ、二人きりの時は、彰胤と呼んでくれないかい」

「よろしいのですか……！」

「ああ。君のことも、宵子と呼んでもいいかい」

親兄弟以外では、よほど親しい間柄でないと、名を呼ぶことはない。親しい間柄、つまりは恋人同士や夫婦の関係。その、親しい間柄であると、そういう意味と取っていいのだろうか。取引で始まった結婚なのに？　彰胤も宵子のことを好いてくれている？　そう決定的な答えを問うようなことはできなかった。そんなことをして、今の曖昧な状況の上にある心地いい甘さが逃げてしまうのが、嫌だった。今はまだ、このままでいたい。

「はい。彰胤様」

「ありがとう、宵子」

彰胤は眩しい笑顔でそう言うと、もう一度、優しく抱きしめてくれた。

＊

霜月一日。朔旦冬至の宴の日。

いくつかの妨害を受けつつも、宵子と彰胤はつつがなく宴の準備をやり遂げた。摂関家の思惑通りにはさせなかった。

すると、摂関家は、彰胤と宵子は宴を欠席するようにと言ってきたのだ。主催として準備を完璧に終えたから、慣習として帝が出席者の前で、その成果を褒めなければならなくなる。それは困るから、欠席しろと。なんとまあ、本心が露わになった主張に、当然だが宗征と仲子は憤慨していた。

「まあまあ。そこまで相手に言わせたのなら、これは俺たちの勝ちだよ。宴自体は、しきたりばかりで面倒だから、欠席するよ。梨壺でゆっくりしよう」

彰胤は軽い口調でそう言って二人をなだめていた。とはいえ、準備をした主催側が誰もいないと宴が進まないから、宗征と仲子が駆り出された。

「新しい着物を用意してくれてありがとう」

宵子が縫った桜襲の着物を、彰胤は着ている。迷惑だと思い込んで、一度、縫うことをやめてしまったけれど、彰胤からいつになっても構わないからぜひ仕立ててほしいと頼まれた。やはり宴の時に着てほしいと何とか今日に間に合わせた。

「とても良くお似合いでございます」

「せっかくの着物を他の者に見せびらかして自慢したかったな。宴は面倒だけど、そこは残念だよ」

華やかな装いの彰胤を、たくさんの人に見てほしい。光源氏よりも、こんなにもかっこいいのだと。でも、宵子だけで独り占めしていたいとも思う。縫っている時は自分の仕立てた装束を着てほしい願望、なんて思っていた。けれど、これはそんな可愛らしいものじゃなく、独占欲に違いない。見てほしいけど独り占めしたい、贅沢な悩みだと口元が緩んだ。

「じゃあ、これは俺からのお礼だよ」

彰胤は、両手に乗るくらいの大きさの桐の箱を取り出した。

「まあ！」

桐の箱の中には髪飾りが入っていた。桔梗《ききょう》と撫子《なでしこ》を模った花の装飾が、まるで小さな花束のよう。その周囲を輝く金糸や鮮やかな紅色の糸が飾り、華やかでありつつも上品な髪飾りだ。

「このような素敵なものを、いただいてよろしいのですか」

「もちろん。君に似合うと思って用意したのだから。普段使いに、とはいかないけれど、身につけた姿を俺が見られたらいいかなって」

黒髪そのものの美しさが重視される平安の世では、儀式の時を除き、髪飾りはほとんど使われない。とはいえ、丁寧に作り込まれた髪飾りは美しいものに変わりなく、私的な場で好んで使う者もいる。

彰胤の言葉は私的な場だけで、つまり独り占めしたい、という意味にも聞こえる。宵子は考えすぎかもしれないと思いつつも、頬が赤くなった。

「髪に触れてもいいかい」

「は、はい」

彰胤は髪飾りを手に取ると、宵子の髪にそっと触れて耳上の位置に飾り付けた。ゆるりと頭を動かすと、耳に金糸が触れて少しくすぐったい。

「どうでしょうか」

「ああ、とても似合っている」

彰胤が嬉しそうに微笑んでいる。その笑顔を見て宵子もまた嬉しくなった。相手のことを想う贈り物は、こんなにも幸せな気持ちにさせてくれる。

「なんじゃ、宴に行けぬというのに、二人して楽しそうじゃのう」

「そういう巴はご機嫌斜めね」

「宴で出る菓子を楽しみにしておったのじゃ」

彰胤は、残念だけど、と巴に同情するように言った。

「そもそも猫の姿だと宴には出られないよ。正式な場だから動物はだめだったはずだ」

「なんじゃと！」

巴は、尻尾をぴんと立てて驚きの声を上げた。よほど楽しみにしていたらしい。

「ただいま戻りましたー」

宗征と仲子が、梨壺に戻ってきた。宗征がなぜか満足したような顔をしている。さっきまでの憤慨ぶりとは大きく違い、彰胤が首を傾げて聞いていた。

「宗征、何かいいことでもあったかい」

「席次が例の十二宮というものの順になっているため、どういう並びなのか誰も分からず困惑しておりまして。文句が出そうなところで斎宮女御様の御采配と告げると、困惑したまま、黙りこくっておりました。その様子が滑稽で」

宗征が、思い出して小さく笑っている。それを見て、可愛い、と呟いた仲子の口元を宵子は見逃さなかった。

「何か、いい匂いがするのじゃ！」

「わっ、巴ちょっと待ってて」

仲子が持っている箱に、巴が飛びかからんばかりの勢いで近付いた。確かに、いい匂いがしている。

「宴の料理とお菓子、お酒を持ってきました！」

「え、いいの。持ってきても」

「だって、主催側でございますから。当然でございます」

仲子が持っている重箱の中には、美味しそうな料理と菓子が入っていた。宗征の手には、酒が満ちた瓶がある。もう、宴の準備は完璧だ。

「ここでも、朔旦冬至の宴、始めようか」

彰胤の言葉を合図に、小さな宴が始まった。四人と一匹だけの宴。どんな豪華な宴よりもきっとここが一番楽しい。

第四章　舞姫と代理

宵子は今、四条のとある屋敷にいる。そして、ある女性と向き合っている。失礼のないように、梅襲《うめがさね》を身に纏ってきた。外側からより淡い淡紅梅《うすこうばい》、淡紅梅、紅梅、紅、濃蘇芳《こきすおう》、そして単衣《ひとえ》に濃紫《こきむらさき》を合わせた、梅の色味を表した明るい合わせだ。

「二の宮様、舞の練習をお引き受けくださって、ありがとうございます」

「いいのいいの。私が女御に会わせてほしいと、彰胤に言っていたからね」

女二の宮――弘子《ひろこ》内親王。彰胤とは十歳離れた御年二十八と聞いている。にかっと歯が見えるくらいに親しみ深く笑う様子は、出家して俗世を捨てた人には感じられない。義理とはいえこんな人が母なんて、恐れ多いことだけれど、少しほっとした。

「それにしても、急に五節《ごせち》の舞姫の代理なんて、大変だね」

「はい……」

霜月の中の卯の日、新嘗祭《しんじょうさい》が行われる。五穀の収穫を神に感謝して神饌《しんせん》を捧げる、宮中行事として重要な祭祀《さいし》である。

その翌日に、帝が新穀《しんこく》を臣下に振る舞い、歌や舞が披露され、酒を飲む豊明節会《とよのあかりのせちえ》が行われる。五節の舞は、その節会で選ばれた四人の女性が舞う、天女を彷彿《ほうふつ》させる舞のこと。

彰胤は、この舞姫の代理が宵子に決まったと聞いた時、ため息をついていた。

「はあ……。舞姫の予定だった姫が穢れのため物忌《ものい》み、ね……」

穢れとは、死や死体、血、出産、病などを指し、穢れに触れた人は一定期間引き籠る物忌みをしなければならない。もちろん、その期間は宮中行事への参加は許されない。

「何か気にかかることがございますか」

宵子の問いかけに、彰胤はため息まじりに答えてくれた。

「舞姫に選ばれるのは名誉なことではあるけど、高貴な女性は人前で顔を晒すのを避けるのが普通だからね。物忌みと言ってはいるけど、おそらく父が娘を外に出したくないか、本人が出たがらないかのどちらかだろう」

物忌みは、気の進まないことを避ける口実としても、使われることがあるのだ。

「本当に、穢れに触れてしまったのかもしれません。疑いすぎても疲れてしまいますよ、東宮様」

仲子がそう言ってなだめていた。彰胤の推測が合っているとしても、もうその姫の辞退は決まってしまった以上、覆ることはない。

「まあ、そうだな。でも、代わりの舞姫を女御に、というのはおかしいだろう？」

「それはおかしいです。とても」

今度は仲子も全力で肯定した。首が取れるのではないかと思うくらい、頷いている。

舞姫には、上流貴族である公卿《くぎょう》の娘から二人、中流から下流貴族の国司《こくし》か殿上人《てんじょうびと》の娘から二人、未婚の者が選ばれる。つまり、官位からしても、未婚という条件からしても、宵子は当てはまらないのだ。

それなのに、宵子が選ばれたということは。

「おそらくは、噂の『朔の姫』を表に引っ張り出そうという魂胆でございましょう」

宗征が淡々とそう言うが、言葉の端々に棘がある。苛立っているのだろうな、というのは宵子にも伝わってくる。宗征の言葉に彰胤は頷いた。

「それに、豊明節会の準備段階で、何か不穏な動きがあるという情報もあってね。気がかりだ」

「舞姫で見初められると、入内していた時期もあったそうですから、選ばれた姫たちがそれを狙っているのでしょうか」

「それだけならいいんだけどね」

彰胤と宗征が揃って腕を組んで険しい顔をしている。情報が不確かでまだ判断ができないのだろう。

舞姫の選定を担う評議にて、すでに代理は宵子に決定したと聞いた。物忌みの姫の辞退が覆らないのと同じく、宵子の代理も決定事項だ。

「では、わたしが舞姫をしながら、凶星を確認します。舞台の上からなら、たくさんの人の目を一度に視ることができると思いますので」

「えっ、いやでも、それは」

不穏な動きが、もしも帝を狙ったものだとしたら決して放っておくことはできない。それは、彰胤だって分かっているはず。

「舞姫の代理を押し付けられた、この機会を逆に利用しましょう。澪標のため」

儀式に重要な舞姫なら、以前の朔旦冬至の宴のように、当日は来るなと弾かれることもない。あちらが来いと言ってくるなら、それに乗っかればいい。

宵子だって、澪標のお役目のため、できることはしたい。大勢の前に出れば、朔の姫と蔑まれるかもしれないが、そこは覚悟の上。

「ははっ、女御はしたたかだね」

「だめでございますか」

「いいと思うよ」

にやりと笑った彰胤の答えで、舞姫の代理を務めることが決まった。

とはいえ、基本的な舞の知識はあるものの、これまで機会がなかったから舞ったことがない。五節の舞という重要な祭祀において、失敗はできない。

「そうだ、姉上に頼もうか」

そうして、弘子に舞を習うために、宵子は四条へとやってきたのだった。面白そうだから、と巴も付いてきている。妖であることは秘密だから、喋らないようにとは言ってある。

「舞の着物は、こんなに重いのですね……」

「舞姫は豪華に着飾るのが慣習だからね。練習用ではあるけど、本番に似た衣装で練習しないと意味ないからね」

さすがに音楽までは用意できないから、弘子の手拍子に合わせて舞っていく。巴が、頑張れ、と小さく拳を上げて応援してくれている。

「そこで体を半回転させて」

「はい」

「扇は描かれた絵が見えるように、倒しすぎないで」

「は、はい」

「指先まで気を遣って」

短い言葉で、的確に弘子の指導が飛んでくる。舞自体は覚えればできないことはないのだけれど、儀式で神に捧げるため、美しく仕上げるとなると、気を付ける点がいくつもある。そして、舞の拍子はゆっくりとしたものだから、一見すると楽に見えるものの、ゆっくりした動きの分、足や腕に負担がかかる。

「少し体の重心がずれているか。たぶん、いつもより疲れるでしょう?」

「はい、少し……」

「休憩にしようか」

弘子が、侍女たちに指示をして酒を持ってこさせた。小さい盃で、控えめな酒盛りということだろうか。

「よろしいのですか。お酒をいただいても」

「そんなに高い酒じゃないからね。……ああ、私が出家しているのに飲んでもいいのかってことね」

宵子は、小さく頷いて弘子の反応を窺う。出家の身で飲むことは大丈夫なのか、心配になってしまった。

「酒を断たねばならない、という決まりはないよ。もちろん、溺れるのはだめだけれど。酒は神に捧げるものでもある。舞姫の練習には沿っているわ」

一部、こじつけのような気もするけれど、この人が言うとそういうものか、と思ってしまう妙な説得力がある。宵子は、小さく笑って酒の瓶を手に取った。

「二の宮様、お注ぎします」

「あら、ありがとう」

宵子と弘子は、盃を軽く合わせて乾杯をする。強い酒ではなく、甘さが感じられる上品な酒だった。

「気に入ったようで良かった」

宵子の反応を見て、弘子はそう言った。巴が興味を示したようで、宵子の盃に近寄ってくる。

「巴、お酒はだめよ」

舌を出して、酒を掬い取ろうとしていた巴が動きを止める。ちらりと宵子を見て、もう一度、酒に近付く。

「だめって言っているでしょ」

少し強めに言うと、ようやく引き下がった。妖は何でも食べると言っていたが、酒は酔うかもしれないから、ここではやめておいたほうがいい。

「よく懐いているね、その妖」

「はい――えっ」

「むう⁉」

宵子も巴も、思わず驚きの声を上げてしまった。巴が妖だなんて、言っていないはずなのに。

「だって、その猫、あまりにも人の言葉を理解しているから。舞の練習の時も、じっと見ていたし。そういうものがいることは知っていたよ。まあ、実際会うのは初めてだけれど」

「あの、申し訳ございません。すぐに連れ帰りますので」

さあっと血の気が引く。猫と偽って妖を連れてきたことは、内親王である弘子に対して失礼になってしまう。宵子は、巴を抱えて立ち上がろうとしたが、着物が重くてすぐに立てない。気持ちだけが焦ってしまう。

「待って、帰らなくていいわ」

「えっ、許してくださるのですか」

「許すも何も、面白いじゃない。人の言葉も話せるのか」

「喋れるのじゃ」

「おおー」

巴は諦めたらしく、普通に話し出してしまった。慌てて巴の口元を塞いだが、弘子は両手を叩いて面白がっている。その様子を見る限り、特に問題にはならないようだ。

「女御、そんなに他人の顔色を窺う必要はないよ。育ってきた環境もあるのだろうけれど、この子は、あなたの家族なのでしょう。堂々と紹介していいの」

「家族……」

宵子は、巴をじっと見つめる。少し照れているようだが、巴ははっきりと答えた。

「当然なのじゃ！　主は家族なのじゃ」

「ありがとう、巴。二の宮様も、ありがとうございます」

宵子は、一匹と一人にそれぞれ頭を下げて礼を言う。

「家族といえば、あなたは私の養女なのよね。急に娘ができるなんて、不思議な感じね。お母様と呼んでもいいけれど？　年齢を考えるとお姉様でもありか」

「そ、そんな、恐れ多い……」

「ははっ。まあ、私も慣れないし、今のままでいいわ」

弘子は、楽しそうにそう言って笑った。本当の母は宵子を産んですぐに亡くなったから、顔も知らないけれど、こういう素敵な女性であったなら、と思う。

「本当に、面白い子ね。舞の練習は真面目にしているのに、供は妖だなんて意外な一面もあって。彰胤が惚れるのも分かるわ」

「ほ、惚れる!?」

思わず、声が上ずってしまった。急に彰胤の話が出てきて、しかも惚れているなんてそんな話、心の準備ができていない。

「ほう、あやつは姉には惚れているとかいう話をするのか、意外じゃのう」

「言ったというか、顔に出ていた、という感じね」

巴は大して驚きもせずに言うし、弘子も盃を傾けながら何気なく返していた。顔に出ていた、ということは、彰胤がはっきり口にしたわけではなさそう。ほっとするような、でも少し残念なような、不思議な気持ちだった。

「彰胤があなたの養女の話をしに来た時、あの姫君に惚れている、と顔に書いてあったよ。だから養女の話も受けたし、会ってみたいとも思った。嘘じゃないよ」

確信を持った弘子の言葉に、じわじわと宵子の顔が赤くなる。それが本当ならとても嬉しいけれど、同時に恥ずかしさも覚える。宵子は本音を隠すように平静を装って、弘子に返した。

「二の宮様は、東宮様と仲がよろしいのですね」

「まあね。せっかくだから、彰胤の昔の話でもしようか。小さい頃はけっこう、やんちゃでね。外で一緒に遊んでいて、泥だらけになって帰って乳母に怒られたり、屋敷の細い隙間に隠れて出られなくなって、彰胤がいなくなったと騒ぎになったり」

弘子の口から語られる幼い彰胤は、無邪気で元気な子どもそのもので、その光景を想像して勝手に頬が緩んでしまう。その頃の彰胤に会ってみたい。きっと輝くような少年だったのだろう。

「でもまあ、母上が亡くなってからは、一層勉学に励んでいたね。義兄、いや主上と一緒に僧都《そうず》からいろいろと学んでいたよ」

僧都は、僧正《そうじょう》に次ぐ地位にいる僧で、幼い親王たちに学びを与えることもあると聞く。高貴な生まれの子には、それ相応の師がつくということだ。

「東宮になってからは立場もあるのでしょうけど、あまり人を寄せつけなくなったわ」

東宮という立場の他に、澪標のお役目を担っているからだろうけれど、弘子はそれを知らない。だから何も言わないようにと、彰胤から事前に言われていた。

「まあ、あなたが彰胤の傍にいてくれるのなら、心配はしていないけれどね」

あっけらかんと弘子は笑った。このさっぱりとした性格は彰胤と似ていて、やはり姉弟なのだと感じた。

「おぬしら、性格がそっくりじゃのう。あまり顔は似ておらぬが」

「そうだね。私は父似で、彰胤は母似じゃないかな」

巴の発言に特に気を悪くした様子もなく、今は亡き両親のことを考えたのか、弘子は少し寂しそうに笑った。

「さて、休憩はこれくらいにして、練習を再開しようか」

「はい。よろしくお願いいたします」

＊

五節の舞の本番、豊明節会の日を迎えた。宮中の重要な行事を執り行う、紫宸殿《ししんでん》に多くの人が集まっている。

舞姫の衣装は、艶やかな色を作る五衣《いつつぎぬ》に袿を羽織る。さらに正装の際に必要な、生地も装飾も一層美しい唐衣《からぎぬ》と、腰から下へ優雅に広がる裳《も》を身につける。そして髪には煌びやかな冠と、金や銀で作られた造花を飾り立て、白い組紐が長い黒髪とともに着物の上を流れている。桜の木が描かれた、普段のものよりも豪華な檜扇を手に持った。

今日が本番といっても、実はこの日の前に二回、帝の前で舞を披露している。帳《ちょう》台試《だいのこころみ》、御前試《ごぜんのこころみ》とそれぞれ呼ばれ、節会ではたくさんの参加者の前で舞うけれど、この二つは帝のみが見る。

宵子を含め、舞姫は緊張していたけれど、無事に舞を終えた後の帝の「見事であった」という一言は陽だまりのように朗らかで、その場が明るくなった。彰胤の兄は、太陽のようであるところも似ているらしい。

「もう少しで、出番でございます」

豊明節会の進行役が、宵子たち舞姫に声をかけてきた。舞姫たちに緊張の色が見え始めた。宵子は、すでに二回舞ったことで緊張はそれほどなく、澪標のお役目に意識を向けられそうだった。

「ああ、どうしましょう……」

四人の舞姫の中で、一番年下の姫――国司の一人である安房守《あわのかみ》の四の姫が俯いて不安そうに声を漏らした。今までの舞の前もかなり緊張していたから、宵子は心配で声をかけた。

「大丈夫かしら？」

「あっ、あの、緊張してしまいまして」

顔を上げた四の姫の目に、直近に迫った凶星があった。しかも点滅している。この子は、何かをしようとしている。でも、目の前の五節の舞への緊張で、それどころではないように見える。進んで悪事を働こうという気がないのなら、止められるかもしれない。

宵子は、他の二人に聞こえないように小さな声で囁いた。

「ねえ、今は何も仕掛けないほうがいいわ」

「……え」

「企みがあると、気付いている方がいるわ。何もしないほうがあなたのためよ」

核心には触れない言い方で彼女の反応を見ると、驚いて固まってしまった。そして、観念したように自分から話し出した。

「父上に、他の舞姫――特に東宮女御様を転ばせて、自分が目立つようにしなさいと言われました。主上の目に留まりやすいように、と。申し訳ございません」

そのまま、立ち去ろうとした四の姫を、宵子は引き留めた。

「待って。あなたは何もしていないわ。ただ、五節の舞を前に、緊張してしまっただけよ。大丈夫。一緒に成功させましょう」

企みを見逃す、と言葉の外で伝えて、宵子は微笑んだ。実際、何もしていないのだから立ち去る必要はない。二度、一緒に舞ってみて、彼女がきちんと舞の練習を重ねて臨んでいることは分かっていた。最後まで一緒に舞えたらいいと思う。

「……っ、ありがとうございます。東宮女御様」

四の姫は、拝礼をして感謝を伝えた。再び顔を上げた時には、点滅する凶星はなかったから、大丈夫。

音楽が奏でられ始めた。五節の舞が始まる。

宵子たち舞姫は、扇で顔を隠しながら舞台に進み出る。音楽に合わせて、弘子に教えられた通りに舞う。他の三人も問題なさそうだ。

舞台は他より高く作られているから、席に座る者たちがよく見える。思った通り、ここからなら一度にたくさんの人の目を視ることができる。宵子は、集中して目を視ていく。四の姫と面差しの似た、差し迫って点滅する凶星の貴族がいた。儀式のため男性は皆、束帯《そくたい》の装束を身につけている。黒の袍《ほう》の者が多い中で、深緑《こきみどり》の袍は安房守の国司の色として相違ない。おそらく彼女の父親だろう。この凶星は先ほど対処したから、問題ない。

もう一人、強く点滅する凶星を持つ若者がいた。顔に見覚えはない。示す日付は、今日。若者は深緋の袍を着ていて、五位であることは分かる。深緋の袍の者たちの中では、真ん中あたりに座っている。それを覚えて彰胤に伝えることにした。

「……あ」

凶星を視ることに集中していてあまり意識していなかったが、宵子が目を視ることができるということは、その相手からも見られているということ。こんなにたくさんの人の視線を浴びることは、今までなかった。今さらながらに緊張してきてしまった。

幸いにも、舞はもう終わる。

音楽が、止む。

何事もなく舞を終えられて、ほっと息をついた。

「いやあ、見事でございましたな」

「ああ、今年も粒揃いで」

舞姫がまだ退場している最中だというのに、評する会話が聞こえてくる。

「何といっても注目は、朔の姫、いや、東宮女御様でございましたか。驚きましたな」

「顔に大きな傷がある、髪が老婆のように白い、などの噂はでたらめであったな。性格に難ありとも言われておったが、舞姫の任を務めあげることができるのだから、それもでたらめと見ていい」

「はい。そして何よりあの美しさ。東宮様は、良き妃をお迎えになられたようでございますな」

何やら褒められているようで、宵子は戸惑う。朔の姫、と蔑まれることを覚悟していたのに。見事とか、美しいだとか、言われ慣れていないことばかりだ。その中でも、良き妃、という言葉には思わず頬が緩む。彰胤の隣にいて恥ずかしくない舞ができたということだろうか。

「中納言のところの姫だったたか。今からでも接近しておくか」

「いえ、今は女二の宮様のご養女であらせられるとのことです」

「二の宮様は、袖の下の類を一切受けつけない御方だからなあ。やりにくいな」

そんな会話を聞きながら、宵子は舞台を後にした。

降りたところで、先ほど見た凶星を持つ二人が話しているのが、かすかに聞こえてきた。宵子が見覚えのない、より強い凶星を持つ若者のほうが袍の色からして官位が上。年上であろう四の姫の父に対して高圧的に話している。

「失敗させる手筈であっただろう。なぜだ」

「も、申し訳ございません」

「これでは攫っても意味がない。中止だ。すぐに伝えろ」

「は、攫うとは一体。私の娘が主上の目に留まるようにとの計らいでは……」

「もうよい」

若者のほうが痺れを切らしたようにその場を離れ、宵子たち舞姫が通る舞台裏へ近付いてきた。宵子の歩く先に立っていた、無表情で少し不気味な男に何やら囁いて、そのまま二人とも立ち去っていった。宵子は、なぜか身震いがして足早に紫宸殿を後にした。

＊

五節の舞を披露した翌日から、桐壺にはたくさんの贈りものが届けられるようになった。朔の姫の噂がでたらめであったと新たな噂が流れて、宵子の評判ががらりと変わったのだ。

「いやあ、女御が世間に見つかってしまったな。嬉しいけれどちょっと複雑だね。俺だけが知っている、というのも良かったからね」

「おぬしだけではないのじゃ。ここにおる者は皆、主の素晴らしさを知っておるのじゃ」

「そうだね」

彰胤は巴の顎の下を撫でて微笑んでいる。巴はごろごろと喉を鳴らす。

「舞姫の女御はとても綺麗だったよ。本当に天女のようだった。巴は見られなくて残念だったね」

「えっ、東宮様もご覧になっていたのですか」

舞台の上から、彰胤の姿は見つけられなかった。席にいたのなら、きっとすぐに気が付いたはず。

「端からこっそりね。嫌がらせのように節会には席がなかったけど、女御の姿を見たかったから。宗征も一緒にな」

「はい。女御様の舞姫姿、お見事でございました。他の舞姫がかすむほどに美しい舞。素晴らしいものでした。さすがは女御様でございます」

久しぶりの宗征の饒舌な褒めに、宵子は照れてしまうが素直に嬉しい。仲子が、ぶすーっと頬を膨らませながら、巴を抱きかかえた。

「あたしは、見られていないんですけど！　お二人だけずるいです。ねえ、巴」

「実はこっそり見ておったのじゃ」

「えっ！」

「人には見つからない抜け道を発見してのう。もう宮中のどこへでも行けるのじゃ」

巴は顔を後ろに柔らかく曲げて、仲子に向かって得意げに笑ってみせた。

「じゃあ、見られていないのは、本当にあたしだけじゃないですか！　はあ、ただの女房は大人しく届いた贈りものの仕分けでもしていますよー」

仲子はむくれながら、宵子宛ての贈りものを広げていった。宵子も隣に座って贈りものに目を通していく。

「また今度、命婦だけに舞を披露するわ。二の宮様のおかげで上手くなったのよ」

「約束でございますよ」

仲子はにっこり笑った。それだけで、すっかり機嫌を直してくれたみたいだ。

「昨日の豊明節会であったことを、少し整理しようか。命婦にも共有しておきたいから」

彰胤の言葉に、全員の顔が引き締まる。舞姫の役割を終えてから、彰胤に凶星のことを伝えていた。だが疲れているだろうからという彰胤の気遣いから、詳しいことは今日話すことにしていた。

宵子は、舞姫を転ばせようとしていた四の姫とその父に凶星があったものの、それは防いだこと。より強い凶星の五位の若者がいたことと、その者が座っていた席の位置。そしてその二人が話していた『攫う』という不穏な会話のこと。それらをなるべく見たまま、聞いたままに話した。

「あの見事な舞に加えて、ご自分で企みを防いでしまわれるとは、さすがでございます、女御様」

宗征の饒舌な褒めが止まらない。とはいえ、重要なのはもう一方の凶星だろう。彰胤は、腕を組んで険しい顔をしている。

「女御が見た若者の席次は、五位の役職の中で、少納言《しょうなごん》や侍従《じじゅう》、近衛少将、それと蔵《くろ》人《うど》もあり得るか」

「申し訳ありません。席以外にも見ておくべきでした……」

席の位置では思っていたよりも候補が絞れないことに、宵子は戸惑った。人物を特定できるような特徴を覚えておくべきだったと反省する。

「年若い者、ということである程度は絞られるかもしれませんね」

仲子の助け舟に、彰胤は大きく頷く。

「そうだね。これから調べればはっきりするよ。落ち込まないで、女御。これは立派な手掛かりになる」

「はい……」

宵子を慰めるための方便ではなく、何も情報がないよりも、調べやすいというのは事実としてあると思う。けれど、もっと役に立てたかもしれないという不甲斐なさもある。澪標の、彰胤の役に立ちたい。

「それと、彼らの会話も気になるところだね」

「転ばせることができなかったから、攫うことも中止、とはどういう意味でございましょう。そもそも攫うとは誰を」

宗征の言葉に、少し考えて彰胤が答える。

「大事な舞台において、女御を含めた他の舞姫の妨害をした安房守の四の姫を攫って、準備段階から動きのあった企みの主犯の濡れ衣を着せる、とかだろうか……」

つまらなそうにしていた巴が、きゅっと顔をしかめて会話に入ってきた。

「転ばせろと命じておいて、その娘を攫って濡れ衣を着せると？　そんな底意地の悪い手を使うやつがおるのか」

「まあ、若宮派の中にはそういう者もいるよ。残念なことに」

彰胤は苦い汁を飲んだような表情で言う。宗征も無言で頷いていて、同意見ということだろう。

「そうね」

「もしも、そうであれば、女御様のおかげで四の姫様は命拾いをしたことになりますね」

仲子が誇らしそうに言うから、宵子の肩に入っていた力も少し和らぐ。誰かを助けることができていたのなら、嬉しく思う。

「まあ、さっきのは俺の仮説に過ぎないから、これから調べていこう。宗征、頼んだぞ」

「はい。お任せください」

ふいに、桐壺の外から呼びかけがあった。仲子は、応対のために御簾の近くまで急いで駆けていく。少しのやり取りの後、仲子の驚く声が聞こえてきた。宵子と彰胤は、顔を見合わせて、なんだろう、と首を傾げる。宗征は、大声などはしたない、と眉間に皺を寄せている。

「女御様！　主上から、舞姫の褒美として檜扇が下賜《かし》されたそうでございます！」

「えっ、主上から？」

仲子が、細長い桐の箱を慌ててこちらに持ってきた。下賜とは帝から臣下へ物を与えることで、大変名誉なこと。まさか、帝からも贈りものがくるなんて、思ってもみなかった。

仲子から桐の箱を受け取った宵子は、慎重に蓋を持ち上げる。吸いつくような木同士の感覚が、箱だけでも貴重なものだと語っている。

「遣いの者によれば、五節の舞の際に使った檜扇だということでございます」

「まあ、細やかなお気遣いね」

豪奢な檜扇を持ち上げて、宵子はゆっくりと開いていく。

「あら？」

半分ほど開いたところで、宵子は違和感を覚えた。舞の時に使ったのは、桜の木が描かれたものだったはず。今、手元にある檜扇に描かれているのは、松の木だ。

「それ、変な匂いがするのじゃ」

「そうかい？　香が焚きしめられているから、それのことかな」

巴が嫌そうな顔をしているが、確かに彰胤の言う通り、香の匂いが猫の姿の巴には少しきついのかもしれない。

宵子は、両手の中で檜扇をすべて開いた。その瞬間。

「痛っ」

手のひらに痛みが走った。刺されたような痛みに、思わず手に持っていた檜扇を落としてしまう。宵子は、檜扇を拾おうとするが、視界がぐにゃりと歪む。目の前がぼやけて見える。そんなことは、と思って瞬きをしたが余計に眩暈《めまい》がした。

「女御！」

「女御様！」

すぐ近くにあるはずの檜扇に手が届かない。目の前が暗くなっていく。

「この匂い、毒か！」

巴が宵子の手に飛びかかり、そのまま噛み付いた。痛みが重なり、宵子は思わず呻いた。

「我慢するのじゃ、主」

巴は傷口から毒を吸い出しては、檜扇の上にぺっと吐き捨てている。歪んだ視界の中で、檜扇を束ねる要《かなめ》の部分から、鋭い針が飛び出しているのが見えた。あれが刺さったのだと理解して、宵子はさらに眩暈がした。

「巴、代われ！　俺がする」

「東宮様、なりません！」

毒と聞いて、彰胤は血相を変えて毒を吸い出す役割をしようとするが、宗征に止められている。当然だ、彰胤が毒に触れては危険すぎる。

「ともえ、も、あぶない、わ」

「妖に毒は効かないのじゃ。引くほど不味いがな。主は余計なことは考えるでない」

どんどん視界が暗闇にのまれていく。彰胤の切羽詰まった顔が見えた。焦りと泣きそうな感情がぐちゃぐちゃで、そんな顔は初めて見た。大丈夫、と答えたかったけれど上手く声が出ない。


宵子は、意識を手放した。

＊

彰胤は、気を失った宵子をすぐに医師に診せた。使われていた毒は、おそらく附子《ぶし》。またの名を鳥兜《とりかぶと》といい、毒草の代表格で、花粉から根まですべてが毒であるらしい。すぐに気を失ったことから、別の毒草と組み合わされている可能性もあると医師は言った。

かなり危険な毒だったようで、檜扇を強く握りしめていなかったこと、すぐに毒を吸い出したことで、何とか命を繋ぎ止められた。助かったのは幸運であったという。医師は処置を施し、数日で目覚めるだろうと言い残し、桐壺を後にした。

「これは、巧妙な……」

問題の檜扇は、中骨の板が一枚抜かれており、その空いた隙間に、毒針が仕込まれていた。すべて開いた瞬間に、針が落ちてくる仕組みだ。帝がこんなものを贈ってくるなど、あり得ない。誰かが帝の名を騙《かた》り、宵子を狙ったのだ。

目を覚まさないまま、横たわっている宵子の顔を見つめる。熱があるようで、少し苦しそうだ。もしも、このまま目を覚まさなかったら、などと縁起でもないことを考えてしまい、気が気ではない。

「東宮様、申し訳ございません……！　あたしが……、あたしがもっとちゃんと確認していればっ。女御様をこんな目には……」

仲子が、泣きじゃくって謝っている。檜扇を受け取った責任を感じているのだろう。着物の袖の色が涙で濃くなってしまっていた。

「俺も近くにいたのに、防げなかった。命婦だけが悪いわけじゃない」

「で、ですが……っ」

宗征が、震える仲子の肩に手を置いた。落ち着かせるようにゆっくり撫でている。

「主上からの下賜の品を、他の者が勝手に開けるのは、不敬にあたる。だから、命婦が何かを間違えたわけではない。悪いのは、毒を仕込んだ者だ」

「ああ、宗征の言う通りだ」

仲子は、ようやく泣き止み、小さく頷いた。

「命婦、この檜扇を持ってきた者は誰だった？」

「女官が持ってきました。ただ、その女官も桐壺にこれを届けてほしいと頼まれたと言っていました。主上からの下賜の品だという言伝付きで」

彰胤は仲子の話を聞いて、即座に宗征に視線を送る。宗征は、彰胤の言いたいことを瞬時に理解した。

「すぐにお調べします」

「ああ、頼む」

「主をこんな目に遭わせたやつを見つけ出すのじゃな。任せるのじゃ」

さっきまで宵子の近くを心配そうにそわそわ動き回っていた巴が、息巻いている。

彰胤は、巴にも頼んだよ、と声をかけた。

「命婦は、女御に付いていて」

「……はい」

宗征と巴は、協力して思っていたよりも早くその人物を見つけ出した。彰胤は梨壺で報告を聞くことにする。

「藤侍従《とうのじじゅう》でございました」

侍従とは、五位の役職の一つで、帝の近くに侍《はべ》ることもある。侍従の役職には最大で八人が就くため、呼び分けには家名が使われるのだ。藤と付くのは、つまり藤原家の者ということを意味する。

「よりにもよって内大臣の身内――若宮派じゃないか」

彼は二十歳になったかどうかの若者だったはず。年若いうちに侍従になる者は、その後も順当に出世の道筋を辿ることから、内大臣が少々強引に引き上げた人物だ。

宵子が凶星を視た五位の席に座る若者とは、この藤侍従のことで間違いない。凶星は四の姫ではなく、宵子へ向けられたものだった。的外れな推測をしたばかりに、対応が遅れてしまった。

「くそっ」

そもそも、昨日の時点できちんと報告を聞くべきだったのではないか。しかし、舞姫を終えた宵子が気疲れしているのは、明らかだった。凶星が示したのは当日だと言っていたから、昨日一日を警戒していれば問題ないと、思い込んでしまった。

「侍従であれば、主上からの下賜の品だという言葉を、女官は疑うこともしないでしょう」

「ああ、かなり厄介だな」

「しかも、毒を使ってくるなんて……」

宗征が苦々しくそう言った。言わずもがな、東宮学士になったばかりの頃の、毒の菓子のことを思い出しているのだろう。

若宮派とはいえ、これまで特段目立った行動をしてこなかった藤侍従が動いたことは、憂慮すべきことだ。澪標の役目として、帝にも藤侍従には注意を払うべきと進言しなくてはならない。

「だが、藤侍従と女御は面識がないはずだ。なぜ毒を……。内大臣の命令か？」

「調べましたが、内大臣が関わったという証言や証拠は見つかりませんでした。ですが、例の『攫う』という会話の真相は掴みました」

「何だった」

「藤侍従は、五節の舞姫にわざと欠員を作り、女御様を代理にするよう仕向けました。そして本番で失敗させようと、関わりのない安房守の四の姫様に女御様を転ばせるよう指示したそうです」

やはり、舞姫の穢れによる辞退は口実であった。もっと疑えばよかったのかと後悔しても遅い。だが。

「それが、なぜ攫うことに繋がるんだ」

「……表向きは舞の失敗で傷心して実家に帰ったことにし、女御様を攫い、寵妃を返してほしければ退位しろ、と東宮様を脅す計画だったようです」

「なん、だと」

彰胤は眩暈がした。宵子が星詠みのおかげで事前に察知したから防げたものの、誘拐の計画が出ていたことが恐ろしい。彰胤を狙ったものでありながら、直接の標的が彰胤ではなく、宵子であるということも。

「毒に関しては、確かな情報は得られませんでしたが、巴が聞いた会話がおそらく一番真実に近いかと」

「いい話ではないのじゃ。聞くか」

巴がそう問うてきた。聞かないわけがない。彰胤は巴に続きを促した。

「藤侍従とやらを追っていたのじゃ。そいつは、東宮が寵愛している妃が死ねば、傷心となった東宮を出家させることができる、と言っておった」

彰胤は、固く握りしめた拳を、壁に思い切り叩きつけた。耳障りな大きな音とともに、拳から血が滲む。巴が毛を逆立てて驚いているのを目の端で捉えたが、溢れてくる怒りのほうが勝る。

かつて、とある女御が病死して政務が疎かになるほど傷心した帝へ、臣下たちが出家を促し半ば無理やり退位させたという政変があった。おそらくその政変を模した計画だろう、という宗征の推測は聞こえていたが、頭には入ってこない。

「そんなことで、女御を殺そうとしただと⁉　ふざけるな！」

宗征が目を丸くして驚いている。そりゃそうだ、彰胤が声を荒らげて怒ることなど今まで一度もなかった。自分に向けられた悪意など、どうでもよかったから。

でも、今は違う。

「藤侍従はどこにいる」

「え」

「藤侍従はどこにいるか、と聞いている」

地を這うような低い声が、自分の口から発せられている。現実味がない。宵子を傷つけた者を許さないと、それだけが頭の中を占めている。

「お待ちください、東宮様！」

すでに梨壺を出ようと歩き始めていた彰胤を、宗征が立ちはだかるようにして止めた。なぜ止めるのかと、反射的に宗征を睨みつける。宗征は怯んだ表情を見せたが、それでも通すまいと動かない。

「落ち着いてください。東宮様自らが動かれてはなりません。若宮派へのいい口実になってしまいます。……お役目をお忘れですか」

「そ、れは……っ」

以前、宗征にお役目のためなら、自分たちは切り捨てるべきと言われたことを思い出す。澪標のお役目は、彰胤が東宮の座に居続けることが最低条件だ。たとえ、何があったとしても。

彰胤は、行き場のない感情を床にぶつけた。そんなことで晴れるはずもないのに。

「………すまない、一人にしてくれ」

「東宮様」

「心配するな、梨壺からは出ない」

宗征は少しの間悩んでいたが、巴を連れて出ていった。

その場にしゃがみ込んだまま、彰胤は項垂れてため息をついた。何度も吸って吐いてを繰り返して、ようやく冷静になってくる。彰胤を東宮の座から引きずり下ろすために、宵子が利用されたという事実が重くのしかかる。

これまで、自分が狙われようが評価を下げられようが、一切構わなかった。それが、彰胤の果たすべき役目の一部であるから。でも、宵子を危険な目に遭わせるつもりはなかった。藤原の家で虐げられた時間を忘れるくらいに、甘やかして幸せで満たしてあげたいと、そう思っていた。

「何が、甘やかしてやりたい、だ……っ」

宵子を巻き込んで、危険な目に遭わせてしまったではないか。しかも、原因は表向きには帝からの下賜の品。毒のことを公表できず、犯人であろう藤侍従を処罰することもできない。澪標に縛られて、大切な人を守ることも怒ることすら彰胤にはできない。あまりの不甲斐なさに嫌気が差す。

いっそ、澪標のお役目を辞めてしまえれば……

彰胤は戦慄した。ほんの一瞬でも、自分は何と愚かしいことを考えてしまったのかと。両手で痛みを感じるくらいに頬を叩いた。彰胤がここにいるために、役目を全うしなければならないのだ。

「しっかりしろ」

彰胤はそう自分自身に言い聞かせる。澪標は、命が危険に晒されても公にできない可能性が高い、非常に危うい役目。それを自覚しているつもりだった。しかし、宵子と過ごす日々が心地よくて、知らず知らずのうちに目を背けていたのではないか。役に立ちたいから役目に加えてほしいと言った、真っすぐな宵子の想いに甘えてしまっていたのではないか。

今まで若宮派が仕掛けてくる嫌がらせは、彰胤自身の評価を下げるやり方や、少々怪我をする程度のことが多かった。だから、たまたま『上手くいっていた』だけだった。狙われるのは当然と言いながら、強い殺意が向けられることを本当の意味で理解していなかった。大切な人に殺意が向く恐ろしさを。

宵子が狙われたのは、紛れもなく彰胤の傍にいたからだ。宵子を守るためには、幸せにするためには、自分と一緒にいるべきではない。澪標のお役目のため、身を捧げるのは彰胤一人でいい。

宵子と、離れるべきだ。

「……ああ、嫌だな」

思わず零れ落ちた声は、呆れるほどに弱々しかった。初めて会ったあの夜、惹かれたのは美しさだけではない。宵子のその目を見て、すぐに気が付いた。孤独を抱えた似た者同士だと。彼女を幸せにできれば、何もない自分が許されると思った。

だが、実際に救われたのは彰胤のほうだった。宵子の存在で、どれほど自分が救われていたか。隣にいてほしいと、強く想う。

笑顔でいてほしいと、幸せであってほしいと、願っていたのに。自分が傍にいることでそれが叶わない。

「手放したく、ない。……だが、宵子の幸せのほうが、大事だ」

＊

宵子は、ゆっくりと瞼を押し上げた。いまだに舞姫の着物を身に纏っているみたいに、体が重かった。

「女御様……！」

すぐ近くに仲子の顔があった。嬉しそうな顔をしているのに、その目からはぽろぽろと涙が零れている。仲子の顔を見て、宵子はようやく自分が倒れたことを思い出した。床に手をついて体を起こす。巴が傍で丸くなって寝ていた。心配で近くにいてくれていたようだ。

「あっ、女御様、無理はなさらずに！」

「大丈夫よ。少し体が重いだけだから」

「ああ……本当に良かったです。女御様に何かあったら、あたしもう……。本当に申し訳ございませんでした」

仲子から、あの檜扇に毒が仕込まれていたと聞いた。巴の対処がなければ、かなり危険だったらしい。描かれた絵に違和感を持って、強く要の部分を握っていなかったことも助けになったという。宵子は二日ほど寝ていたようで、今はもう眩暈はしない。

「巴、ありがとう」

眠っている巴の頭をそっと撫でる。この小さな子が宵子の命を救ってくれた。宵子は、涙で濡れている仲子の手をしっかりと握った。

「心配かけたわね、命婦」

「とんでもございません。あたしがもっとしっかりしていたら、こんなことにはならなかったんです。はっ、東宮様にお知らせして参りますね！」

仲子は、大慌てで梨壺に走っていった。着いてすぐに宗征に走るな、と怒られてしまいそうな勢いだ。

宵子は、ぼうっとした頭のまま考えていた。いつも彰胤が晒されているのは、こんなにもごく自然に傍にある悪意なのか。ずっとこんなものと戦ってきたのか。その心を簡単には推し量れない。今はただ。

「早く、お会いしたい」

宵子が目を覚ましたと彰胤に伝えたところ、回復して何より、という言伝は来たものの、彰胤自身はやってこない。宵子の体調を気遣っているから、毒が完全に抜けるまで控えているのだと、仲子から聞いた。この件の犯人と思われるのは藤侍従――凶星を持っていたあの若者であること、その動機が彰胤を東宮から引きずり下ろすことだったことも併せて聞いた。

「犯人には、あやつが文句を言っておったから、ひとまずは安心なのじゃ」

「えっ、抗議をしたの？」

宵子は思わず声を上げる。藤侍従が嘘をついて持ってきたとはいえ、表向きは帝からの下賜の品だ。東宮の彰胤とはいえ、抗議をするのは難しいのではないか。そう思っていたら、仲子が悔しそうな様子で補足をしてくれた。

「女御様がお思いのように、公に抗議はできません。ですので、まず東宮様は、主上に下賜をなさったかの確認をしておられました。もちろん、そのような指示はしていないとのこと。念のため、五節の舞で使われた扇の所在を確認し、描かれた絵が違うことを知りました」

「ええ。舞の時は桜の木だったわ」

「東宮様が自ら動くことは、若宮派の思うつぼでございます。なので、代わりに学士殿が藤侍従へ言ったそうです。『下賜された扇の絵が間違っていたようだ』と。はっきりと毒には言及していませんが、牽制と抗議の意図は伝わるでしょう」

彰胤は、お役目の範囲から逸脱せず、宵子のために毒を盛った犯人に全力で怒ってくれた。簡単なことではないだろうに、宵子が寝ていた間にすべて済んでいる。

「東宮様にお礼を申し上げなくてはね」

　しかし、数日経っても彰胤はやってこなかった。医師からも、もう動いても問題はないと言われている。こちらから会いに行ってもいいのか、と悩んでいた。

「ねえ、命婦。梨壺へ行ってもいいかしら。東宮様はお忙しいの？」

「そうですね。最近少し忙しくしているご様子ですが、事前に訪問を伝えれば、大丈夫だと思いますよ」

　仲子は、梨壺へ遣いを出してくれた。そわそわと待っていると、宗征が不思議そうな様子で桐壺にやってきた。

「女御様、里下がりの準備はよろしいのでございますか？」

「里下がり……？」

　宵子と仲子は、顔を見合わせて首をひねった。里下がりとは、宮中に入内もしくは出仕している者が実家に帰ることを意味する。一時的なこともあれば、長期にわたることもある。宵子にその予定はないはずだけれど。

「……まさか、何もお聞きになっていないのでございますか」

「何も、聞いていないわ」

「女御様が女二の宮様のもとへ里下がりすることになったゆえ、その手続きなどをするようにと、東宮様に申しつけられたのです」

「え……東宮様が、そうおっしゃったの」

「はい。私はてっきり女御様もご承知の上だと思っておりました……」

宗征は困惑して語尾が弱くなっていった。仲子を見ると、ふるふると首を振ってい る。巴も同じく。

「あたしも、何も聞かされておりません」

「聞いていないのじゃ」

彰胤は、宵子に何も言わずにここから追い出そうとしている。いや、きっと毒の件で心配をかけてしまったからなのだろう。そうだとしても、何も言わずに進めるなんてあんまりだ。悲しみを通り越して、怒りが宵子の中に渦巻いてくる。

「学士殿、東宮様は梨壺にいらっしゃる？」

「はい、先ほどお戻りになりました」

「今すぐ会わせてちょうだい」

「誰も入れるな、と言われております。ですが……」

宗征は一度言葉を切ると、宵子を見つめてその場に跪いた。

「ここ数日の、東宮様のご様子がずっとおかしかったのです。おそらく、里下がりの件が原因でございましょう。女御様、どうかお願いいたします」

「東宮様の言いつけを破らせてしまうわね」

「いいえ、『東宮様にお叱りを受けようとも、東宮様の傍にいるべき者を見極めるのが、私の仕事でございます』から。女御様は、必要な御方です」

会ったばかりの頃、言っていた文言を宗征は口にした。そして、その時とは反対に宵子が必要であると、そう言った。なんて心強い言葉だろう。

「女御様、東宮様にがつんと言ってやったらいいんですよ！　あたし、里下がりの準備なんか、しませんから」

「そうじゃそうじゃ！」

宗征と仲子、巴に背中を押されて宵子は梨壺に向かう。梨壺の入り口まで仲子が付き添ってくれたものの、二人きりのほうが話しやすいだろうから、と一度帰っていった。後でお迎えに参ります、という言葉とともに両手をぎゅっと握ってくれた。

宵子は、一度深呼吸をしてから、梨壺へ足を踏み入れる。

「失礼します、東宮女御が参りました」

「え、どうして、ここに」

彰胤が、目を点にして驚いている。そして、気まずそうにふいと宵子から目を逸らした。その目には凶星があった。日付は、今日。宵子がやってくることが、凶事？少し怯む気持ちもあったが、宵子は足に力を込めて踏みとどまった。問いただすために、ここまで来たのだから。

「どうして、里下がりなんて指示をなさったのですか」

「宵子を、これ以上危険な目に遭わせないためだよ。俺の近くにいたせいで、毒なんかに……っ」

「どうして、何もおっしゃってくださらなかったのですか。どうして、会いに来てくださらなかったのですか」

言いながら、不安のあまり泣きそうになったけれど、ぐっと堪える。今は泣いてはいけない。

「会えば、決心が鈍ると、思ったから」

見れば、彰胤のほうが泣きそうな表情をしていて、気が付けば宵子は近くに駆け寄っていた。彰胤の手のひらがそっと宵子の頬に触れた。少し、震えている。

「毒は、怖かっただろう」

「はい、彰胤様にあんな顔をさせたまま いなくなるなんて、嫌でございましたから」

「君は、もっと自分のことを……っ」

「今は何ともございません」

宵子は、頬に添えられた彰胤の手に、自分の手を重ねた。宵子の手よりも少し冷たい彰胤の手。この手を取ると決めたのは、宵子自身だ。

「彰胤様も、毒を受けたことがあると聞きました」

「俺はいい。でも宵子が危ない目に遭うのは、怖い。俺が怖いんだ。……これも、俺のわがままだ」

彰胤は、手をそっと引き抜いて、弱々しく笑った。太陽のような笑みではなく、曇って光が遮られた、見ているほうが苦しくなる笑み。そんな悲しい顔をしてほしくない。それと同時に、宵子は憤りが湧いてくるのを感じた。彰胤の言ったわがままは、以前、甘やかしたいと言ったわがままとは訳が違う。

「今回のわがままは、聞きません」

「宵子……？」

宵子の口調が強いことに気が付いて、彰胤は違和感を持ったらしい。強い言葉を口にするのは勇気がいる。でも今ここで言わなければ、きっと彰胤は宵子の手を離してしまう。それは絶対に嫌だ。彰胤の傍にいたいと思った宵子の気持ちは、生半可なものではないのだから。

「わたしは、巻き込まれる覚悟は、とっくに決めています。彰胤様も、覚悟を決めてくださいませ」

「……覚悟？」

「わたしを巻き込む、覚悟です」

彰胤は、息をのんだ。その目線が宵子から床に落ちて、自らの手を見つめている。

「でも、俺は——」

「おぬし、しっかりするのじゃ！」

　梨壺の入り口で、巴が猫の姿で仁王立ちしていた。宵子は驚いて、誰かに見られないように急いで中へ回収した。

「巴！　どうしてここに」

「居ても立ってもいられなくてのう、来てしまったのじゃ。どうやら来て良かったようじゃ」

　巴は、彰胤の真ん前でもう一度仁王立ちをすると、口を開いた。

「おぬしが、主を守るのじゃ。一度、傍にと望んだのなら、自分で守り通すのが筋であろう」

　彰胤は、何かを言おうとして言葉が見つからなかったのか、また閉じてしまった。そして、肩の力が抜けたように笑った。

「ははっ、その通りだね。巴の言う通りだ」

「そうじゃろう」

「何だか、久しぶりに僧都に叱られたような気分だよ」

「僧都？　誰じゃそれは」

「主上に仕えていた人でね、俺もよく一緒にその人から学んでいたんだ」

　弘子から聞いた話に出てきた僧都だ。東宮に対してもしっかりと叱ることのできる人だったらしい。

「巴の口調が、少し僧都に似ていてね」

「そうなのですか。実はわたしも、老師の口調と巴が似ているので親近感がありまして。偶然でございますね」

「そんなにいろんなやつに似ておるのか？」

仁王立ちを終えた巴が、不思議そうにそう言った。宵子と彰胤は、自然と顔を見合わせる。本当に偶然似ているだけ、なのだろうか。

「その老師の名前って分かるかい」

「いえ。ただ老師と呼べば良いと、聞いても教えてくれませんでした。宮中に出入りすることのできる僧だったとは聞いておりますが」

「俺に教えてくれていた僧都は、真仁《しんにん》という名だった。聞き覚えは？」

宵子は首を横に振る。あれほど世話になったのに、きちんと名前を知らないのがもどかしい。本人が教えてくれなかったのだから仕方がないけれど。

「もしかしたら、同じ人かと思ったが、確かめるすべがないな」

「真仁……もしかすると、真坊のことかのう」

巴がそう呟いた。宵子は驚いて聞き返した。

「え、巴、知っているの？」

「しばらく僧のところで世話になっていたことがあってのう。長い期間おったから、口調が移ったのじゃ。真坊がそのうち偉くなったというのは聞いたがのう」

僧都を『坊』とまるで子どもや弟のように気軽に呼ぶなんて、巴は一体何歳なのだろう。彰胤も同じことが気になったようだ。

「巴って、今いくつなんだい」

「ちゃんと数えてはおらぬが、九十？　いや、もうすぐ百じゃったかのう」

「百だと⁉」

「百歳なの！」

宵子と彰胤は、揃って驚きの声を上げる。巴はその声にびくっとしていたけれど、驚くなというほうが難しい。

平安の世では、四十歳で四十《しじゅう》の賀《が》という長寿の祝いをする。そこから十年毎に長寿を祝う算賀を行う。巴はその倍以上の時を生きているらしい。それは、坊と呼ぶのも納得だ。

「おお、そうじゃ、変化は無理じゃが、一瞬だけなら真坊の姿を見せられるかもしれん」

「巴って人にも化けられるの⁉」

なんだか、驚きが立て続けにやってきて、宵子は驚き疲れてしまいそうだ。

「いや、化けるというか、一瞬、残像のようなものを見せるくらいじゃ。会ったことのある者しかできぬがな。確か、真坊は姿現《すがたあらわ》し、と呼んでおったのう」

巴が、何やら力を込めて猫の足で踏ん張っている。一瞬じゃからよく見ておくのじゃ、と言われて、宵子と彰胤は静かにじっと待っている。

「そいっ！」

巴がその場で一回転すると、靄《もや》のようなものが広がり、そこにぼんやりと人の姿が映し出された。宵子と彰胤は揃って目を見開いた。

「老師！」

「僧都！」

宵子が覚えている老師よりも少し若いけれど、確実に老師その人だ。

靄が晴れると老師の姿も消えて、床に伸びた巴の姿が見えた。

「つ、疲れたのじゃ……」

「まさか、同じ人だったなんて、驚きました……」

「ああ。だが、どうして僧都が藤原家に行っていたのだろう。主上に仕えていたし、摂関家との繋がりはなかったはずだけれど。正直、中納言が独断で連れてこられる人ではない」

「もしかしたら、母かもしれません」

彰胤は、不思議そうな顔をして続きを促した。

「亡くなった母は、没落したものの元々は皇族の家系で、昔は僧都とも関わりがあったと。老師が一度だけそう話しておりました。その当時は、わたしの現状をなぐさめるための方便だと思い、信じてはおりませんでした。まさか、本当だったのでしょうか……」

それこそ、今さら確かめることはできないことだ。それが真実でも方便でも、今の宵子にはあまり関係のないことだとも思う。今、彰胤の隣にいることが宵子にとっては一番大事なことだ。

彰胤は、宵子の話を聞いて黙りこくってしまった。宵子は心配になって、控えめに声をかける。

「東宮様……？」

「巴、宗征たちに女御の里下がりは中止だと、伝えてきてくれるかい」

「うむ！　任せるのじゃ」

巴は自分の成果だと言わんばかりに勇ましく梨壺を飛び出していった。本当に宗征たちへの言伝もあるとは思う。けれど、おそらく彰胤は巴に席を外させた。聞かせることのできない話をするために。

「彰胤様、どんなことでも、お聞きします」

「察しがいいね、宵子は」

そう言いつつも、迷いがあるらしい彰胤は目を閉じてゆっくり息を吐いている。すべて吐き切って、大きく息を吸ってから口を開いた。

「俺は、東宮ではない。ここにいてはならない人だ」

「それは、どういう……」

「俺は、父とされる先帝の血も、その妃である更衣の血も、引いてはいない。そもそも、皇族ではないんだよ。宵子の母君の話が本当なら、宵子のほうがよっぽど皇族に近い」

宵子は息をのむ。どうして、まさかそんな、あり得ない、と疑問が溢れてきて、言葉にならない。皇族ではない者が東宮の座に就いている。それは宮中を揺るがす一大事だ。

彰胤が、どこか穏やかな表情で続ける。

「混乱させてごめんね。初めから話すよ。俺も、ほとんどが僧都から聞かされたことだけれど」

先帝の更衣には、姉妹のように仲良くしていた女房がいた。行く当てをなくした女房を、更衣が自身の女房に引き上げたのだという。彼女たちは互いに大切な存在であった。更衣と女房の出産が重なり、事情があり実家に帰れない女房を連れて、更衣の実家に一緒に里下がりしたくらいだ。

不安で心細くなる出産をともに乗り越える、はずだった。

女房には元気な男児が誕生した。しかし、更衣は死産となってしまう。平安の世で、珍しくはないことだった。けれど、珍しくないからといって母の悲しみが薄いはずがない。更衣は、涙も枯れるほど悲しみに暮れた。

「当時は、兄上が病弱だったから、どうしても男児の誕生が望まれていたんだ。以前に生まれていたのは女児——二の宮の姉上だったから。まあ、兄上の病弱の原因は、摂関家関係者による呪詛《じゅそ》のせいだったから、犯人が捕まってからはすっかり回復されたけれどね」

「主上が幼い頃は病弱であらせられたとは、聞いたことがありましたが、まさか呪詛だってなんて……」

「少し逸れてしまったね。話を戻そう」

更衣は子を亡くしたことで、失意のまま死んでしまいそうだった。女房は、更衣の心と宮中での立場を守るため、自分の子を、更衣の子とすることにした。それが並大抵の覚悟でないことは想像に難くない。取り替えの事実を知っているのは、更衣、女房、その場に立ち会った僧都——真仁だけだった。

その後、女房は更衣の子——彰胤の乳母として更衣に仕え続ける。女房にとって、更衣は恩人であり、友であり、誰よりも幸せになってほしい人。忠義心が強い娘だった、と僧都は言った。

「でも、俺はそれだけではないと思っている。乳母として近くで見ていて、彼女は、更衣に対して恋に近い感情を持っていたのだと、今はそう思う。『更衣様には誰よりも幸せになっていただきたいのです』それが、彼女の口癖だった」

彰胤は、過去の姿に想いを馳せるように、目を細める。

「幼い頃、乳母というものが何か分からず、彼女自身に聞いたことがあるんだ。母の代わりに世話をする役割の人、というような説明をされた。それを聞いて俺は、『自分の子じゃないのに、世話をしてくれてありがとう』と言ったんだ」

宵子は小さく息をのんだ。彰胤は幼かったうえに取り替えの事実は知る由もない。しかし、真実を知っている身からすれば……

「真実を知らないとはいえ、無神経なことを言ったと思う。でも、彼女は嬉しそうに笑ったんだ」

そして、こう続けた。

「ならば、褒美をいただけますか」

「なあに？」

「一度だけで良いのです、母上と呼んでいただけませんか」

「いいよ！」

彰胤は女房に抱きついて、顔を見上げて呼んだ。

「ははうえ!」

彰胤の頬に、雫がぽたぽたと落ちてきた。彰胤が慌てていると女房は濡れた彰胤の頬を撫でながら、優しく微笑んだ。

「嬉しくて流す涙も、あるのでございますよ。わたしは幸せ者です」

思い返しながら話している彰胤の頬も、静かに濡れていた。宵子は自分の袖でそっとそれを拭う。

「後悔、していらっしゃいますか」

「……そうだね。実の母を乳母としていたことは、悔いている部分もある。でも、一度だけでもきちんと母上と呼べたのは、良かったと思っている。俺を深く愛してくれた更衣――母のことも大事だったから」


その後、七歳の頃、更衣が流行り病で亡くなり、女房も後を追うように病で亡くなってしまった。それから彰胤は親王として、兄とともに学ぶ日々を送る。二人のためにも立派な人になると胸に誓って。

彰胤が十五歳になった年、つまり今から三年前、兄が即位して彰胤が東宮となった。ある日、しばらく会っていなかった僧都がやってきた。

「久しぶりだな、僧都。体調が優れぬと聞いていたが」

「もう長くはないからのう。最後に伝えねばならないことがあるのじゃよ」

唯一、すべてを知る僧都から出生の真実を聞かされた。彰胤が、取り替えられた『代理の子』であることを。

彰胤は悩んだ末にこの真実を兄に伝えた。そして、東宮を退いて宮中から去ると告げた。しかし、そうなれば生まれたばかりの従弟が東宮になり、摂関家の傀儡になってしまう。それは避けなければならない。また、次点が摂関家の子となれば、強引に帝を降ろそうとする者が出てくる恐れもある。

「頼む彰胤。せめて従弟が元服するまで、傀儡とならない年齢になるまで、東宮でいてくれないか」

「ですが、兄上――いえ、主上にも業《ごう》を背負わせることになってしまいます」

「構わない。彰胤が背負うものを私も背負う。だから、私とともにこの国を守ってくれ」

そこまで言われて彰胤のほうが根負けした。この人の治める国のため、自分を使おうと決めた。

「では、俺は主上の盾となりましょう。敵となり得るものからお守りいたします」

その後、宗征と仲子とともに澪標のお役目を全うすることになったが、二人にはこの真実は伝えていない。ただ、更衣の子が帝位につくと国が荒れるから、とだけ説明している。更衣の子ですらないのに、二人を巻き込まないために嘘をつき続けている。

「今、真実を知っているのは、俺と主上だけだ」

長い話を聞き終わって、宵子は放心状態だった。彰胤が、その背中に負っている業の、なんと深いことか。更衣である母、生みの母、兄に愛されている。それでも彰胤の孤独はどれほどのものだっただろう。

ふいに、真実を知るのは彰胤と帝だけ、という言葉が染み入ってきた。

「わたしが、聞いてもよろしかったのですか……。このような重大なお話を」

「ああ、『この世には知っているだけで罪になることがある』と、前にも言ったことがあったね」

彰胤は、出会った時、暗殺計画が知られた時と同じ文言を口にした。彰胤は宵子の手を握り、自分の胸元に引き寄せた。

「今回はその比じゃない。君にも、俺と同じ罪を背負わせた。ごめん、もう姉上のもとへ送り出すことも、もちろん藤原家に返すこともできなくなった」

「……彰胤、様」

「無断で地獄に引きずり込んだようなものだ。どうしても君の手を離したくないと、そう思ってしまった」

彰胤の手が震えていた。ごめん、と何度も謝りながらも、宵子の手を決して離さず強く握っている。

　知っているだけで罪になること、それを背負わされたと理解はしている。けれど、それに対する怒りは湧いてこなかった。同じものを背負うことができて嬉しいとさえ思う。愛おしい人とともにいられるのなら、それが地獄でも構わない。源氏物語の藤壺の御方の気持ちが、少し分かったかもしれない。だって、目の前にいる彰胤がこんなにも愛おしい。

「話していただけて、嬉しいですよ」

「嬉しい？　俺は君を、罪に巻き込んだのに？」

「わたしを巻き込む覚悟をしてほしい、と言ったのはわたしですもの」

　そう言って微笑みかけるけれど、彰胤の顔は晴れない。宵子は彰胤にゆっくりと語りかける。迷子の子どものような、不安そうな顔をしている彰胤を安心させたい。

「彰胤様、わたしはあなたと一緒にいられるのなら、いいのです」

「……この先、普通の暮らしに戻れなくても？」

「はい」

「俺が主上の弟で東宮だと、君はその東宮の妃だと、国中に嘘をつき続けることになっても？」

「はい。もう彰胤様だけには、背負わせません。わたしもともに」

彰胤は、泣きそうな痛みを堪える表情をしている。宵子は、決して彰胤の美しい黒橡色の瞳から目を逸らさない。そこに輝く凶星を現実のものにはさせない。

　彰胤は、願うような声音で続けた。

「……進む先が、地獄であっても？」

「あなたとなら、地獄でも幸せです」

　宵子は、震えている彰胤の手に触れて力を抜かせて、そっと離した。そして、両腕でしっかりと彰胤を抱きしめた。強張っている背中を何度も何度も手のひらで撫でた。やがて、こてんと宵子の肩に彰胤がもたれかかった。

「宵子は、俺を甘やかすのが上手いね」

「彰胤様の妃、でございますから」

　しばらく、二人の間には心地のいい静寂が流れていた。

　ぽつりと、彰胤が呟く。

「前に、俺のことを太陽だと、言っていただろう」

「はい」

「そんなことはないんだよ。本当に太陽なのは、兄上のほうだ。こんなのを弟と言ってくれて、宮中に置いてくれている。先帝の子ではないと分かってからも、一切態度を変えなかったんだ。あんなに太陽そのものな人、他にはいない」

太陽の妃が、宵子の言うところの望月である斎宮女御様であるからぴったりだね、と彰胤は付け足した。抱きしめているから顔は見えないけれど、悲しそうな声音が耳に触れる。

宵子にとって、彰胤が太陽であったのは本当のこと。でも、それが彰胤を苦しめるのなら、もう言わないと決めた。

「……では、彰胤様は、星のような方でございますね」

「星？」

「暗く、心細い夜を優しく照らしてくれる、夜空に輝く星でございます」

思ったままを口にしたものの、彰胤が嫌な気持ちになっていないか不安で、宵子は体を離して表情を窺った。驚いているようだったけれど、そこには嬉しさも混ざっている。

「じゃあ、やっぱり冬の宮の俺と、朔の姫の君が出会えたのはきっと運命だね。冬の朔日が、星が一番綺麗に見えると聞く。君がいるから、俺は輝く星でいられる」

途端に、今まで蔑称《べっしょう》でしかなかった『朔の姫』が、特別に美しいものに思えた。この人の隣にいるから、宵子は笑顔でいられる。きっと、この先も。

「宵子、愛している。今までも、これから先もずっとこの気持ちは変わらない。必ず君を守ると誓うから、この手を離さないでいて。取引ではなく、本当の俺の妻になってほしい」

彰胤が両手で宵子の手を包み込む。もうその手は震えてはいなかった。優しくて力強いこの手が、何よりも大切で、愛おしい。

今まで宵子は朔の姫と呼ばれ、無視され続けた影響により、認められたいと願っていた。きっと、その根底には愛し愛されたいという願いがあった。宵子はともにいるだけで幸せになり、触れあえば心から安心できる相手に巡り合えた。

おそらく、今後も彰胤を退位させるために、宵子が標的となる可能性はあるだろう。それでも、危険に晒される日常――彰胤の言う地獄であっても、宵子は彰胤の隣にいる未来を迷わず選ぶ。

「わたしもお慕いしております、彰胤様。決して離さないと誓います。ずっとお傍にいさせてください」

微笑み合った二人の距離が近付き、鼻先が触れそうなところでそっと目を閉じた。触れあった唇は、甘く、溶けてしまいそうだった。今までで一番近くで見る彰胤の笑顔が、何にも代えがたく愛おしい。その目にはもう、凶星はなかった。それを確かめて、宵子はもう一度目を閉じた。

第五章　月と星

それは、師走の初めのことだった。

突如、夜の空に光が現れた。普段見えている月よりも遥かに明るい光。

「一体、あれは……」

宵子は、御簾越しでも分かる強い光に呼ばれるように、空を見上げた。普段はないはずの星が突然現れて異様なほどに輝く、客星《かくせい》。これは凶兆だ。

翌朝の宮中は、客星の話題で持ちきりだった。昨日見たか、という世間話から、直接見たら災いが起きるとか、今の帝の世が不吉という証だとか、おかしな尾ひれがついたものまで、さまざま。

梨壺でも、客星の話になっている。特に、巴が熱弁していた。

「寝ておったら、急にぴかーっと眩しくなってな、最初は主が間近で火を灯しておるのかと思ったのじゃが」

「わたしはそんなことしないわよ、毛に火が付いたら危ないわ」

「分かっておるのじゃ。それくらい眩しかったのじゃ。でも、その光は空から降っておったのじゃろう？　百年生きておるが、あんなものは初めて見たのじゃ」

「かなり珍しいことだと思うわ」

珍しいからこそ、不吉と呼ばれるのだけれど。それにしても、長生きの巴が見たことがないとなると、本当にここ百年では起こらなかったような何かが起こるのだろうか。

「そんなにすごかったんですね。あたし、ぐっすり寝ていて気が付きませんでした」

仲子が悔しそうにそう言った。あれに気が付かないとは、かなり熟睡していたらしい。ふと、仲子は首を傾げた。

「百年生きてるって、誰が？」

「ああ、巴は百年近く生きている妖らしいの。わたしも最近知ったのだけれど」

「きちんと数えてはおらぬから、だいたいじゃがのう」

巴が猫の背中をぐっと伸ばしながら、軽く言っている。

「そうなの⁉」

「そうなのか⁉」

仲子と宗征が揃って驚きの声を上げた。そういえば、彰胤が学んでいた僧都と、宵子の世話をしてくれていた老師が同じ人だった、ということも話していなかった。出生の真実は話さずとも、そこは話してもいいと思う。

彰胤にそっと耳打ちして聞いてみたら、構わないよ、と微笑んで返してくれた。

「何ですか、東宮様と女御様で内緒話でございますか？」

「二人を驚かせる話がもう一個あってね」

彰胤が楽しそうに老師の話をし始めた。巴の姿現しのおかげで分かったのだと付け加えると、巴は得意げな顔をしていた。聞き終えると宗征と仲子は、また驚いて彰胤と宵子と巴を順番に見た。

「これはもう、出会うべくして出会った、という感じですね！　縁が強いのでございますね。素敵です」

うっとりとしながら言う仲子とは対照的に、宗征は眉間に皺を寄せている。

「つまり、僧都がたまに宮中からいなくなっていたのは、女御様のところへ行っていたからなのですね」

「おや、宗征は僧都と交流があったのかい。宗征が東宮学士になった頃は、もう僧都はいなかっただろう」

彰胤の問いかけに、宗征は一つ頷いて答える。

「父の仕事について何度かご一緒しました。僧都はたまに宮中を抜け出す不届き者だと、話しているのを聞きまして。その話を鵜呑みにして、怠けていると思っていたのが申し訳なく……」

さらに眉間に皺を寄せる宗征の膝を、巴がぺしぺしと前足で叩いている。

「大丈夫じゃ、真坊はよく修行を怠けておったから、そういうやつじゃ。気にせぬよ。主のところに行くのが、息抜きになったのは確かじゃろうし」

巴がそう言うのなら、そうなのだろう。宵子は老師が楽しそうに離れにやってくる様子を思い出して、小さく笑う。

「老師の息抜きになれていたのなら、嬉しいわね」

「うむ、間違いないのじゃ——む？」

仲子はじりじりと巴に近寄っていく。嫌な予感を察知したのか、巴は詰められた分、距離を取る。そして宗征の背後に隠れた。

「ねえ、お願い！　あたしにも姿現し、見せて！」

「嫌じゃ。あれはものすごく疲れるのじゃ」

「学士殿も見たいですよね？」

巴は、宗征はどうでもいい、と言うだろうと踏んでいたようだが、読みが外れたらしい。

「確かに、興味はある」

「え」

びっくりしたまま宗征に捕まえられた巳は、胴体がだらりと伸びている。その姿が仲子に刺さったらしく、宗征の手から巳をさっと取った。

「ああー、のびのびの巳も可愛い！」

「これ、放すのじゃ。姿現しも見せぬのじゃ」

「粉熟を山盛り一皿はどうだ？」

「ぐぬぬぬ」

宗征が、真面目な顔で菓子を使って交渉をしていて、巳もそれに心が揺れている。

「ふふっ、ここには不吉なんてございませんね」

「そうだね」

宵子と彰胤は笑い合った。このまま、この時間が続けばいいと思う。けれど、そうはならないことを宵子は知っている。それを視てしまったから。

「東宮様の目に凶星がございます」

「そうか」

彰胤は静かにそう言った。そして、姿勢を正して宵子と向かい合った。目をしっかり視てくれ、ということだ。宵子は小さな凶星も見逃さないよう集中した。

「九日後、午の方角にかなり強い光の凶星がございます。それから、今日もございますが……方角が定まらないのです。弱い光なので、今すぐに身の危険があるというわけではないと思いますが……」

「もしかしたら、宮中で流れている噂のことではございませんか？」

仲子がそう言った隙に、巴が腕の中から逃げ出していた。宵子は仲子に聞き返す。

「噂？」

「東宮様が実は先帝の御子ではない、というふざけた噂でございます。宮中のあちらこちらでの噂であれば、方角が定まらないことも説明がいきます」

宵子は一瞬、息をのんだ。先帝の子ではない、その言葉に動揺を見せないように、表情にも出してはいけない。彰胤を見れば肩をすくめて笑っていた。

「皆、客星にこじつけていろいろと言っているんだな」

「対処いたしますか」

「いや、放っておいていいよ。すぐに飽きるだろうからね」

宗征の提案にも、彰胤はいつもと何も変わらず笑って流していた。この人の笑顔は武器。以前に宗征が言ったことを今、より実感している。

＊

客星から数日後、宵子は帝の遣いから、見舞いのため清涼殿に参上するように、との言伝を受けた。

「え、わたし、何かしてしまったかしら……」

「大丈夫でございますよ。見舞いということですから、舞姫のことと以前お倒れになった時のことでございましょう。準備いたしますよ！」

仲子が、気合いを入れて装束の準備を整えていった。襲は雪の下。外側から、白、白、紅梅、淡紅梅、より淡い淡紅梅、単衣に青。冬の白の下に、春を思わせる梅を組み合わせる柔らかな色合いだ。帝との対面となれば、正装にあたる唐衣と裳も身につける。

清涼殿は、帝の日常の居所である。居所といっても、いくつかの儀式はここで行われることがあり、五節の舞で二度目に舞ったのは清涼殿だった。訪れるのは二回目だが、個人的に呼ばれて、となると緊張する。

「東宮女御様がお着きになりました」

「ありがとう。中に通して」

帝は、遣いの女官にも礼を言って、宵子を昼御座《ひのおまし》へと招き入れた。帝は、紅の長袴に、真っ白な小葵《こあおい》の袍を身に纏っている。裾が通常より長く引くことから、御引直衣《おひきのうし》とも呼ばれる。清廉な姿に背筋が伸びるようだった。

「東宮女御、よく来てくれた。五節の舞、急な代理であったのに見事だった」

声は、舞の時に聞いたものと変わらず、陽だまりのよう。それでいて、この心遣いとなれば、信頼が厚いというのも納得。

「もったいなきお言葉にございます」

「……体調は回復したと聞いたが、大事ないか。立場上、こちらから見舞いに行くことができなくてすまない」

ふいに帝の声音が沈んだものになった。檜扇の下賜をしたかの確認をしたと言っていたから、帝も毒のことは知っている。知っていても、帝の立場では東宮以上に自由に動くことは叶わないだろう。それを責める気持ちなど微塵もない。

しばらくは檜扇を持つことも怖かったが、彰胤が新しいものを贈ってくれて、ようやく安心して使えるようになった。その檜扇で失礼のないよう顔を隠しつつ答える。

「とんでもございません。体調は回復し、今は日常に戻っております。主上のお心遣い恐れ入ります」

「それは良かった。とても心配だったから。――ところで、東宮女御は、源氏物語の十四帖を読んだか？」

宵子は、わずかに肩を震わせる。

源氏物語の十四帖、巻名は澪標。澪標のお役目のことを指しているのか、と宵子はちらりと帝の表情を窺った。帝は無言でこくりと一つ頷き返した。人払いをしたとしても、帝の周りではどこで誰が聞いているか分からないから、遠回しな言い方をしているのだろう。

澪標を読んだか、という問いは、つまりはお役目に加わっているのか、という意味。肯定を示すために、帝に倣《なら》って言葉の中に隠して答える。

「はい。今、読んでいるところでございます」

「そうか。では、読み終われば、尚侍《ないしのかみ》に渡す、という話は聞いているか」

「……え？」

澪標を読み終わったら、つまりお役目が終わり、若宮が東宮になったら、宵子が尚侍になると？　尚侍は、内侍司《ないしのつかさ》の上位の役職で、帝の側仕えをして、帝への奏上を伝える役割を担う。実際のところは、女御、更衣に次いで、正式ではないが帝の妃のような立ち位置であるらしいけれど。

どうして、宵子が尚侍に、という話になるのか。帝がさらに話を続ける。

「東宮が、そのようにと提案していた。神無月の鷹狩の後くらいだったか。尚侍は妃ではないが、それに近く、暮らしは安定している。十四帖を渡しても丁寧に扱ってくれるであろう」

話が見えてきた。宵子がお役目に加わると決まった頃、お役目が終わって彰胤が東宮を退いた後でも、宵子が暮らしていけるように手配していたらしい。一時的に弘子のところに身を置くことはできるだろうけれど、長期的に暮らしていくには禄《ろく》、給与が必要になる。

けれど、そんなことになっては困る。宵子は、彰胤とずっとともにあると決めたのだから。彰胤が東宮を退いてからも、隣にいるつもりだ。

「恐れながら、それは、すでに決まったことでございましょうか」

「いや。まだ先のことだからと、私が保留にしていた。すると、少し前に東宮からあの話はなかったことにしてほしいと言われた」

おそらく、出生のことを聞き、本当の妃となったあたりのことだ。彰胤が白紙にしてくれていて、ほっとした。

「そうでございましたか」

「だが、本人の意思を聞いて判断すると、突っぱねた」

帝は真面目な口調のまま、そう言った。表向きは仲が良くないとしているものの、意外と話をしているのだなあ、と関係のないことを考えてしまう。帝を前にした緊張感と、宵子の意思で決まるという現実味のない話に頭が付いていかない。

「どうだ、東宮女御よ」

帝に促され、宵子はゆっくりと息を吐き、落ち着いて頭を垂れた。答えは決まっている。

「辞することをお許しください」

「ほう。朔の姫と呼ばれているが、気立て良く、そして聡い。尚侍も気に入ると思うがな。ずっと冬の中にいる必要もあるまい」

　明確な言葉は避けつつも、かなり踏み込んだ言い方だ。尚侍も気に入る、というのは尚侍を側仕えとする、帝自身が気に入るという意味。冬の中にいる必要はない、というのは、冬の宮の傍にいなくてもいいだろう、と示唆している。帝の表情ははっきりとは見えないものの、試されている感覚に、宵子は袿をぐっと握りしめる。

　宵子は、しっかりとした口調でその試しに答える。

「いいえ。冬の朔の日が、星がよく見えるのでございます」

　帝を前に、彰胤のほうが良いと言ってのけたも同然だった。でも後悔はない。宵子が惹かれたのは、この先もともにいたいと愛したのは、星のような彰胤だから。

「ははは っ」

　突然、笑い声が昼御座に響いた。明るく弾けるようなその声が、帝から発せられていると気付くのに時間がかかった。帝は一つ咳払いをしてから、それでも楽しそうな声音を隠さないまま、宵子に語りかける。

「すまない、からかいすぎてしまったな。でも、いいものが見られた」

「あの、主上……？」

「いや、そうだな。東宮女御は星にも詳しいと斎宮女御が言っておった。星を読むことは大事だ。尚侍には、この話はなかったことにと伝えておく」

やや早口で、形式的な口調で帝はそう言った。つまり、宵子が尚侍になる話はなくなったと。宵子はほっと胸を撫でおろした。

「東宮女御」

「はい」

「彰胤を頼む」

その声は帝としてではなく、弟を想う、ただの兄としてのものだった。宵子は、深い拝礼をもって返した。


桐壺へ帰ると、彰胤が待っていた。

「兄上に何か言われたかい」

「……尚侍のお話をお断りしてきました」

周りの女房たちには聞こえないように、檜扇で口元を隠しつつ小声で返した。彰胤は、大きなため息をついていた。

「はあ……俺があの話はなかったことに、と言ったのに、聞き入れられなかったのは、そういうことか」

「どういうことでございますか」

「姉上と同じだよ。兄上は、女御に会いたかったんだろうね」

「このような回りくどいことをなさらなくても」

「兄上は、真顔で冗談を言う人なんだ。今回も、あの人なりのちょっとしたいたずらなんだろう」

困った口調で言うけれど、顔はどこか楽しそうで、やっぱりこの兄弟は似ていると思う。

「月と星は、ともにあります」

「ああ、そうだね」

彰胤は宵子の言葉に嬉しそうに微笑み、檜扇に隠れて、宵子の額に口付けを落とした。じゃれつくような、彰胤の可愛らしい仕草がくすぐったくて、宵子の口元に思わず笑みが零れる。彰胤は少し首を傾げて、無言でお返しはないの、と問いかけてくる。宵子は、彰胤に体を寄せて、その頬にそっと口付けを送った。するとまた、彰胤が嬉しそうに笑う。

「ん、可愛い」

「口にしないでくださいませ。恥ずかしいです……！」

「ごめんね」

少しも悪いと思ってなさそうな声音で、彰胤が言う。離れたところから、女房たちがにこやかな視線を向けていることに気付き、宵子はますます恥ずかしくなって檜扇で顔を隠した。

＊

客星の凶兆を吹き飛ばす、いい知らせが宮中を駆け巡った。

斎宮女御、淑子の懐妊。

帝に待望の御子が生まれるとあって、宮中は祝いの雰囲気一色に染まった。普段は真面目な帝も、宴を開くことを検討しているという話も聞こえてきた。

「ねえ、命婦。斎宮女御様に何かお祝いの品をお贈りしてもご迷惑でないかしら」

「よろしいと思います。何にいたしましょうか」

「そうね、お菓子を気に入っていらしたから、お祝いのお菓子かしら。懐妊で好みが変わる人もいると聞いたことがあるけれど、どうなのかしら」

仲子は、うーんと腕を組んで考えている。あの人は確か、この人は、と知り合いの懐妊の時のことを独り言のように思い返しているようだ。

「人によるかと思いますので、食の好みなど、藤壺の女房たちに聞いてみてもよいかもしれませんね」

「もしも、お菓子を控えたほうが良ければ、目で見て楽しめるものにしましょう」

「綺麗な硯箱《すずりばこ》、などいかがでございましょう」

「いいと思うわ」

　仲子と楽しく相談を進めていて、何を贈るか、候補が絞り込めてきた。


　しかし、懐妊の知らせから一週間も経たないうちに、淑子の体調が急変したという話が飛び込んできた。熱があり、寝込んでいる状態だという。陰陽師の調べによって、呪詛されていると判明した。

　宮中に、戦慄が走る。

「そんな、斎宮女御様が呪詛に……」

「一体誰がそのようなことを」

「主上に反意ある者でしょうか」

「早く犯人を捕まえなければ、お命が危ないわ」

　心配の声も誰かを疑う声も、すべて噂話に包み込まれて、宮中に暗い影を落としていく。帝も気落ちしてしまっているという。藤壺で付きっきりで看病をしたいという帝の願いも、呪詛に巻き込まれることがあってはならないと、止められているらしい。

「心配だわ……」

宵子は、自分には何もできないもどかしさを抱えたまま、桐壺に座している。帝にお会いした時は、失礼に当たらないよう目は見ないようにしていた。もちろん、礼儀としては正しい。でもあの時、凶星を視ていれば、防げたかもしれない。

「いえ、それも傲慢かしら」

日付と方角が分かったところで、星詠みは秘密なのだから伝える方法がない。それに、今回は呪詛、方角はあってないようなもの。

総力をあげて犯人を捜しているという。今は淑子の体調の回復を祈ることしかできない。


二日後には、呪詛師が捕まった。

その事実に安堵したのも、つかの間。呪詛師がとんでもないことを言ったのだ。東宮に命じられて斎宮女御を呪詛した、と。

それは、宗征によって梨壺にいた彰胤と宵子にも伝えられた。

「何だと⁉」

「捕らえられた呪詛師がそのように自白したとのことでございます」

「嵌められたな……。主上の御子が男児であれば、東宮の地位が危ういから、というのが筋書きだろう」

「そんな！　東宮様が呪詛なんて、あり得ませんのに……！」

帝と若宮のために、お役目を担っている彰胤がそんなことをするはずがない。宵子は、思わず大きな声を上げてしまう。彰胤がそんな心ないことを言われるなんて。この人がどれほどの覚悟でここにいるか。宵子は悔しくて唇を噛む。

「ああ、ありがとう女御。だが、世間はその筋書きである程度は納得してしまうんだよ」

「もうすぐ、こちらにも調べがやってくるかと」

宗征が、外に注意を払いながらそう言った。確かに遠くから複数の足音がこちらに近付いてくるのが聞こえてくる。

「女御、桐壺に戻っていてくれ」

「ですが……っ」

「大丈夫。ここにいると、女御も巻き込まれてしまう」

彰胤は、宵子の手を握ってじっと見つめてきた。見つめ返すと凶星が二つ視えた。一つは以前、視た時のもの。もう一つ、新たに強く光り輝いている。

近付いてくる足音に急かされるように、宵子は早口で伝える。

「一つは、以前と同じ午の方角。そしてもう一つ、三日後に乾の方角でございます」

「ありがとう。さあ、行って」

宵子に凶星を視させて、罪悪感を薄めてから帰そうとした。分かっている。でも、ここでわがままを言って居座れば、彰胤の立場を余計に悪くしてしまうかもしれない。呪いと言われた朔の姫を、よく思わない者はまだたくさんいる。

「すぐ、お戻りになってくださいね」

「ああ」


宵子は桐壺へと戻ってきたが、すぐにしゃがみ込んでしまう。不安で押しつぶされてしまいそうだ。

仲子が、ぴったりと隣に座って寄り添ってくれる。

「大丈夫でございますよ。無実だということは、すぐに明らかになりますよ」

「でも、嘘の自白が仕組まれたことなら、調べをする側にも、東宮様が犯人であれば、都合がいいという者がいるかもしれないわ。もしそうなら、やっていないことでも……っ」

唇を噛みしめていないと、泣いてしまいそうだった。泣いても解決なんてしないのに。不安で仕方がない。彰胤が傍にいないということが心細くて、とても恐ろしい。

お役目のことも、出生の真実も知っている帝なら、信頼し合っている兄ならば、彰胤の無実を信じてくれる。でも、彰胤本人は帝と連絡を取ることはできないだろうし、宵子のほうからは橋渡しとなってくれる淑子が臥《ふ》せってしまっている。

「彰胤様……」

大丈夫、すぐに帰ってくる、と不安を抑えつけて一睡もせずに待っていた。

だが、彰胤は翌日になっても、梨壺に帰ってはこなかった。

＊

「東宮様」

梨壺へやってきたのは、二人の検非違使《けびいし》だ。検非違使とは都の警備や検察、罪人の裁きを担う者たちで、内裏の近くに検非違使庁が置かれている。

「呪詛の件に東宮様が関わっておられるとの証言により、任意ではございますが、ご同行願います」

「ああ、分かった」

彼らは疑いのある者から、あくまでも任意で話を聞く場を設ける正式な手順を踏んでいる。ここで断れば、無駄に怪しまれてしまうだろう。彰胤は、しかめっ面の宗征に大丈夫だと一つ頷いてから彼らの後に続いた。

彰胤が連れてこられたのは、温明殿《うんめいでん》だった。通常、内侍が職務にあたる場所だが、呪詛の事件で人が出払っていて、調べをするのにちょうどよい場所になっているようだ。ここは梨壺から見れば、午の方角だ。

てっきり検非違使たちが調べをすると思っていたが、彼らは温明殿の中へは入ろうとしない。見張りのように外で立ったまま、彰胤に中へ入るよう促した。

「ようやくお越しになられましたか」

温明殿にかかる御簾を持ち上げて中に入ると、得意顔の中納言が座っていた。彰胤は思わず苦笑いを浮かべた。厄介な人物がこの調べを担当しているらしい。

「俺は呪詛の指示などしていない。犯人ではない」

中納言は、彰胤の声は聞こえていないかのような反応をした。きちんとした調べをする気はないようだ。嵌められたとみて間違いない。これをどう切り抜けるか、彰胤は考えを巡らせる。

「中納言様、連れて参りました」

外にいる検非違使の一人が、そう声をかけた。

「うむ、入れ」

後ろ手に縄で縛られている男が、乱雑に殿舎の中に放られた。多少よろけはしたものの、男は不安定な体勢から倒れることなく直立している。無気力無表情な男だ。中納言がその男に問いかけた。

「お前に指示をしたのは、東宮様だな？」

男は無表情のまま、中納言の声すら聞こえていないような様子だ。痺れを切らした中納言が男の肩を揺らす。

「どうなんだ」

「はい、そうです」

彰胤は、その男の顔をじっと見た。知り合いではない。だが、どこかで見たような。

「ああ、お前、少し前は鷹飼をやっていたな。内大臣のお気に入りかい？」

彰胤の言葉に、無だった男の表情がわずかに動いた。この者は、わざと犯人と名乗り出て、彰胤に指示された、と自白するように言われているのだろう。おそらく内大臣が助けるから、処罰されることはない。

「は？」

中納言が驚いてその男を見た。なるほど、聞かされていないのか。それなら付け入る隙があるかもしれない。

「謀《はかりごと》の実行役だというのに、知らされていないのか。この男のほうが余程、内大臣の信頼が厚いと見える」

「い、一体、何をおっしゃっているのやら。おい、もう下がっていい」

中納言は、男を乱暴に温明殿の外に追い出した。

「中納言、何を焦っている」

「お黙りください。あなたには、斎宮女御様への呪詛の疑いがかかっているのです。呪詛などと大それたことをして、言い逃れできるとお思いか」

「俺は、やっていない。何度も言っている」

彰胤の主張は、やはり聞こえないふり。中納言は、したり顔で続けた。

「今回だけではございません。あの姫の呪いを使って、他の者を不幸にしてきたのでしょう。この私にも呪いを向けたのでしょう。でなければ、こんなに不幸が続くわけがない。あれにそんな使い方があったとは、知りませんでしたよ」

「………は？」

一文字に、彰胤の怒りがすべて込められている。宵子をまた呪いと言った。自分の不幸を宵子のせいにした。使い方、なんて尊厳を傷つけることを言った。ふざけるな。中納言を許す余地など、どこにもない。

中納言は、彰胤の鋭い声と視線に一瞬は黙ったものの、調べをする側という立場からか、余裕のある口調で続けた。

「もしも、東宮様がいなくなられても、あれはこちらで引き取るゆえ、ご安心を。舞姫で話題になり、興味を持つ者が多いと聞きます。どこか適当なところへ送り込みましょう」

「女御を物のように扱うな。お前はもう親でも何でもない」

「……調べの続きは、また明日にいたしましょう」

中納言は、主導権はこちらが握っているのだと言わんばかりに、会話を急に打ち切る。検非違使だけを残して、去っていった。


すっかり夜になったというのに、彰胤は未だに温明殿から出られずにいた。御簾の外側には、上下に開閉する二枚格子《こうし》があり、今は下の部分だけが閉まっている。上の部分も閉めると温明殿の中が真っ暗になるうえ、外から彰胤の姿が見えなくなるため、見張りの意味がなくなってしまう。だから、上だけが開いたまま御簾のみで遮られているようだ。

「なあ、東宮様をこんなところに留め置いていていいのか……？」

「任意での調べのはずだが、まるで犯人扱いだよな」

「でも、中納言様からの命令だし、従うしかないか」

「後で東宮様からお叱りを受けたりしないよな……」

検非違使の二人は潜めた声で話しているが、御簾の近くに寄って耳を澄ませば会話は聞き取れた。中納言に見張りを命じられているだけで、ともに嵌めようとは考えていないらしい。そもそも末端の検非違使と中納言とでは身分が違うし、東宮とではもっと差がある。彼らはたとえ彰胤が冬の宮と呼ばれていても、東宮の立場の者を嵌めるなどという考えにすら至らないだろう。

「さて、どうしたものか」

このままここにいれば、犯人にされてしまう。素直に任意の調べを受けたのが間違いだった。相手が中納言では真相などあってないようなものだ。

見張りの二人を一瞬でも引き剥がすことができれば、何とかなるかもしれない。彰胤は調べで使うらしい文鎮を手に取り、隙を見て御簾の隙間から外へ投げた。

「はっ、何の音だ」

「侵入者かもしれない。――東宮様はそこを動かれませんよう」

二人は音のした方向へ走っていく。彰胤はその隙に格子をまたいで、御簾の隙間から素早く抜け出した。しかし、温明殿の裏へまわったところで行く手に何者かが現れた。

「何っ」

例の無表情な男だった。逃げることを読まれていた。

次の瞬間には蹴りが飛んできた。躱《かわ》そうとしたが、待ち構えていた男の反応のほうが早く、彰胤は不意打ちに近い状態で横腹に一発食らってしまう。

「ぐっ……」

咄嗟に身を引いたものの、痛みで倒れ込んでしまう。検非違使たちが戻ってくる足音が聞こえてきた。動こうとするも、体が言うことを聞かない。

「おい、東宮様がいらっしゃらないぞ……！」

「は、早く中納言様に知らせないと」

彰胤の姿が見えないことに動揺した二人の慌てる声がする。無表情な男は、彰胤が動けないことを確認すると、温明殿の裏から顔を出して平坦な声で言った。

「中納言様の指示で、東宮様には一度お帰りいただいた。お前たちも戻れ」

検非違使たちがやっぱりそうだよな、一晩中なんておかしいからな、と言いながらこの場から去っていく。

彰胤は痛みのせいで声も上手く出ない。だが、何とか足に力を込めて立ち上がろうとする。じゃり、と地面を踏みしめる音を聞き、男が再び彰胤に視線を戻した。変わらず無表情で不気味なやつだ。

男はすぐに距離を詰めて蹴りを繰り出す。彰胤は蹴りを避け、後ろに下がった。蹴りを警戒していたら、鞭のような男の平手打ちでこめかみを強く打たれた。途端に視界がぐらつき、思わず片膝をつく。

「……くっ」

この男、荒事に慣れすぎている。彰胤が会得している守るための武術とは全く異なる、他を排するためのただの暴力だ。本来ならば検非違使に捕らえられる罪を山のように積み重ねているのだろう。

男は彰胤の肩を押して地面に転がし、俵を運ぶように抱えた。抵抗を試みるが、どこかへ連れていこうとする様子を見て、彰胤は気絶したふりをした。今ここで殺されるのではないなら、機会を待ったほうがいい。

彰胤は、文鎮と一緒に拾っておいた小さな木片で指の腹を切った。運ばれながら、床に血を垂らしていく。見つかって掃除をされてしまわないよう、小さく、小さく。

だいぶ運ばれて、自分のいる位置がよく分からなくなってしまった。降ろされた先では、縄で縛られそうになり、気絶のふりをやめて抵抗した。

「放せ！　無実の者へのこの仕打ち、恥ずかしくないのか」

「いつものことですから」

無表情にそう言うと、男は再び彰胤のこめかみを打った。立て続けに受けた衝撃によって、視界が一気に暗くなった。

そして次に目が覚めた時には、柱に体ごと縛りつけられていた。

「くっ、まずいな……」

＊

彰胤が調べに連れていかれた日から、身動きのとれない宵子たちに代わって、巴が真犯人の手掛かりがないかと、宮中を駆けまわっていた。

「主！　まずい会話を聞いた、のじゃ……！」

息を切らしながら、巴が桐壺に駆け込んできた。とりあえず、水を飲んで落ち着いて、と仲子が皿に水を注いで差し出した。

「ぷはっ。さっき、中納言、内大臣と呼び合っている二人組の会話を聞いたのじゃ。要注意と言っておった二人じゃろう？」

「ええ。聞かせてくれる？」

宵子がはやる気持ちを抑えつつそう言うと、巴はこの兄弟の会話を話し出した。

「何をしている、中納言。失敗続きで後がない」

「それは、あの姫の呪いのせいであってだな――」

「言葉遣い」

「は？」

「以前も指摘したが？」

内大臣が、持っている笏《しゃく》で中納言を指し、言葉遣いを指摘した。中納言が兄だが、位は弟の内大臣のほうが上。中納言は、恨めしそうな表情で口を真一文字に結んだ。

「摂関家の役に立つと息巻いていたから、中納言の出世を進言すると言ったが、成果がなければ無理な話だ」

「それは……」

「娘の入内を使った例の計画も失敗、そして娘も取られる始末」

「娘については厄介払いができたから、好都合だった……いや、好都合でした。舞姫で多少話題になっているので、どこか適当なところへ嫁がせようと思います」

中納言は不服そうにしつつも、敬語で返している。内大臣はわざとらしく、ため息をついた。

「そもそも、なぜ藤原家はあのような娘を手放したのか、理解できぬと囁かれている。今さら遅い。女二の宮様の養女であれば、易々と手は出せない」

「……申し訳ございません」

「藤侍従のほうがよほど効果的な手を打っている。一時的だが、東宮様を追い込んでいた。中納言も毒や呪詛師くらい用意してみせなさい」

中納言は、頭を下げてはいるが、その表情は険しく苛立っている。内大臣が声を潜めて中納言に告げた。決定的なその言葉を。

「今度こそ、東宮様を殺しなさい」

「はっ」

「昨日の夜、隙を作っておいたら、東宮様はこちらの読み通り逃げようとした。今はもう別の場所へ移動させている」

「調べは私がする予定であったのに、どうして勝手に移動などを」

内大臣が笏を中納言の喉元に突きつけた。中納言は思わずといった様子で一歩後ずさる。すぐに、はっとして、何事もなかったかのように後退した足を元の場所に戻した。

「できなければ、出世も居場所もないと思ったほうがいい。他人に任せることなく……ご自分の手でやり遂げてくださいね、兄上？」

内大臣は口元に戻した笏では隠しきれない、人を見下す笑みを残して、その場を去った。

中納言は、拳を強く握り、悔しさを堪えている。が、次第に昏《くら》い笑みがその顔に満ちていく。

「ちょうどいいではないか。東宮を亡き者に。元々そのつもりだったじゃないか。生まれを怪しむ噂があったはずだ。もっと広めて真実に押し上げ、それを苦に……という筋書きも。ああ、それでいい。早く出世しなければ。弟が兄の上に立つなど、あってはならない」

巴から聞かされた内容に、宵子は顔が青ざめた。彰胤の命が、中納言によってまた狙われている。仲子は、疑っているわけじゃないよ、と前置きをしてから巴に尋ねた。

「巴、どうやって、そんな重要な会話を聞けたの」

「言うたじゃろう、宮中のどこへでも行けるのじゃ。猫の体は便利でのう、あらゆる隙間を通って、怪しげな会話を探っておったのじゃ」

「すごいわ、巴」

宵子は巴を抱きかかえて撫で回した。褒められて嬉しそうな巴だったが、少し険しい表情をして続ける。

「じゃが、この会話を聞いてすぐに帰ってきたから、あやつの場所は分からぬのじゃ」

一刻を争う事態だと、宵子も仲子も分かっている。けれど、すぐに動ける状況ではなくなってしまっているのだ。

桐壺は今、見張られている。淑子のことがあり、危険であるから護衛を付ける、という名目で藤原家の者が桐壺の外に張りついている。猫の出入りまでは気を配っていないようで、巴は普通に入ってこられた。

「桐壺に何用だ」

外から見張りの声がした。それに答えるのは、少々機嫌の悪そうな宗征の声だった。

「女御様への菓子の差し入れだ。いつも通りのことをせねば、気が滅入ってしまうだろう」

「その菓子に問題はないのだろうな」

「疑うのなら、食べてみればよいかと」

少しの間があって、桐壺に宗征がやってきた。見張りも黙らせる菓子、さすがだ。

「女御様、遅くなり申し訳ございません」

宗征にも今回の件を調べてもらっていた。もちろん、菓子はここへ来るための口実。

巴から聞いたことを仲子がざっくりと話して聞かせた。

「温明殿にいるはずの東宮様がいらっしゃらない、というのはこちらでも掴みました。ですが、巴と同じく移動させられた場所は分かっておりません」

「そう、なのね」

彰胤の居場所が分からず、もどかしくてどうしても焦ってしまう。

「それから、自白した呪詛師が偽者であることが分かりました」

「偽者？」

宗征は険しい表情をしたまま、頷いて続けた。

「捕らえられたのは、東宮様を巻き込む嘘の自白をするための、呪術には一切精通していない者だそうです。本物は今も斎宮女御様とお腹の御子を呪っているということでございます。こちらも何とかせねば、お二人が危険です」

呪詛師に未だ呪詛を受け続けている淑子、移動させられて中納言に命を狙われている彰胤。どちらも、猶予がない危険な状況だ。宵子は手のひらをぐっと握りしめる。焦りで手のひらには汗が滲む。

まるで本当の姉妹のように接し、楽しい時間をくれた淑子。宵子を救い出し、愛し愛されることを教えてくれた彰胤。宵子にとって大事な二人。どちらかを見捨てる、なんて選択肢はあり得ない。だったら、やるべきことは自ずと見えてくる。

「二手に分かれましょう。学士殿と命婦は斎宮女御様をお助けに行って。わたしと巴で東宮様を見つけ出すわ。どこにいるか分からない東宮様を見つけるには、巴の力が必要になると思うの」

「む、鷹に変化するのか？」

巴がこてんと首を傾げて聞いてきた。体を伸ばして準備体操のようなことをしているけれど、宵子は一旦それを止める。

「いいえ、今は猫のままで大丈夫よ。鷹狩の時に、巴は離れたところからでもわたしのことを気配で見つけたでしょう？　その力で東宮様を見つけられないかしら」

「そういうことか。主ほど、はっきりと分かるわけではないがのう。何か手掛かりがあれば、気配を辿ることはできると思うのじゃ」

巴は、中納言と内大臣の会話を聞いてすぐに、宵子にいち早く知らせるために、桐壺に帰ってきた。巴とともに宮中を捜せば、手掛かりが掴めるかもしれない。宮中という限られた範囲の中で、人が一人、何の痕跡もなく消えるなんて、あり得ない。

「お待ちください！　女御様が出るのは危険でございます！」

仲子が何度も首を振って反対する。宗征も同じ意見のようで、険しい顔をしている。

「そうでございます。呪詛師と東宮様、それぞれ私と命婦の二人で手分けして見つけ出しますから」

宵子は首を振った。それではきっとだめなのだ。

「学士殿の目には、戌の方角に凶星が視えるわ。桐壺に入ってきた時に視えたの。けれど、命婦と一緒にいる時はそれが弱まる。二人でなら、大丈夫かもしれないのよ」

「戌の方角……殿舎でいうならば、麗景殿《れいけいでん》、常寧殿《じょうねいでん》、登華殿《とうかでん》あたりでしょうか。呪詛は対象に近いほど効果が増すとされます。その殿舎の庭や床下が、可能性が高いでしょう」

「ごめんなさい、危険なところに向かわせることになるわ」

凶星が視えているのに、そこへ行くように言わなければならないことは心苦しい。

宗征が、きょとんとした顔で言う。

「何をおっしゃいます。お役目を全うすると決めた時から、覚悟の上でございます」

仲子は、宵子の手を取っていつものようににっこりと笑った。

「女御様の星詠みのおかげで、向かうべき方向が定まっているのですから、心強いです。どんとお任せください」

「命婦には、凶星はございますか」

宗征にそう聞かれて、宵子はまじまじと仲子の目を視る。やはり、見間違いではない。

「いいえ、命婦には凶星は視えないわ」

「さすがの強運といったところだな、命婦」

「あたしがいれば、学士殿も安心ですね」

宗征がはいはい、と流しているのもいつも通りだ。

「二人には、呪詛師の対処に向かってもらう。だから、わたしと巴で東宮様を捜すわ」

仲子は、話に納得はしているものの、顔には心配の気持ちが前面に出ている。

「女御様、やはり危険ですし、別の者に……」

「東宮様を助けたいの！」

宵子の口から鋭い声が飛び出した。冷静にならなきゃ、自分のできることを考えなきゃ、そう思って必死に抑えていたけれど、本当は不安でたまらないし、怖くて仕方がない。彰胤がこのまま帰ってこなかったら？　もう会えなかったら？　もしそうなったら、宵子は生きていける気がしない。

「女御様……」

一瞬、驚いた仲子だったが、すぐに柔らかい表情になって、宵子を抱きしめた。大丈夫だと、安心させるように。不安だからと、子どもっぽく駄々をこねてしまったことが少し恥ずかしい。

「……巴が妖であると知っている人でなければ、一緒に行動はできないわ。それに、目を視れば凶星で仕掛けてくる人も判断できる。お願い、行かせて」

宵子は、改めて仲子に行かせてほしいと伝える。

宗征と仲子は難しい顔をしていたが、やがて納得したように頷いた。宵子の覚悟を認めてくれたようだ。妃としては、女房や臣下の心配を甘んじて受けるべきなのだろうけれど、この状況で宵子は居ても立ってもいられない。それをこの二人はよく分かっている。

「巴、必ず女御様を守れ」

「当然じゃ。任せておけ」

方向は決まったが問題が一つ残っている。外の見張りだ。

「女御様が外に出ようとすれば、止められてしまいますね」

仲子が外をちらちらと見ながらそう言った。宗征も眉間に皺を寄せながら呟く。

「それに、女御様に近しい女房のことは把握されているでしょうから、命婦も外に出るのが難しいかもしれません」

「そうね……」

二人の指摘に宵子は頷く。ただ、外の者たちも一切の死角なく見張っているわけではない。御簾越しに、じろじろと中を見ることは失礼にあたる。夜の室内では、燈台《とうだい》と呼ばれる油を入れた器に火を灯す。するとと室内のほうが明るくなって、外から御簾の内が見えやすくなってしまう。けれど今宵は十六夜《いざよい》の月、つまり外も明るい。

宵子は、声を潜めて仲子たちにある提案を話し出す。

「ねえ、考えがあるのだけれど――」

*

仲子と宗征は、日が沈んでから行動を開始した。宗征の目にある凶星の方向から、三つの殿舎が候補に挙がっていた。そのうちの一つ、梨壺からほど近い麗景殿については、宗征によってすでに異常なしと調べは済んでいた。残るは、常寧殿と登華殿の二つ。

仲子は、桐壺を抜け出す時に見張りの目を誤魔化すため、そして動きやすさのために、男装をしている。渡殿を進みながら、仲子は思わず不安を零した。

「大丈夫だと思ってはいますが、あの作戦で、監視の目を誤魔化しとおせるのでしょうか……」

「ああ。だが、今はこれしか方法がない。急ぐぞ」

足早に進み、宮中のほぼ中央に位置する常寧殿に辿り着いた。周囲に警戒しつつ、宗征が殿舎に近付く。殿舎にも周辺にも人の気配がない。しんと静まり返った宮中の夜そのものだ。

「ここではないようだ。登華殿に行くぞ」

「ええ、分かりました」

万が一、戦闘になる可能性も考えて、宗征は装飾の少ない野太刀《のだち》を持ってきている。仲子も弓を手に持っている。

「そういや、弓は可愛くないから、嫌なんじゃなかったのか」

「まあ、そうですけれど」

仲子は自分の姿を改めて見下ろす。肩に流れるはずの長い黒髪を隠して、狩り用の装束である狩衣を身に纏い、弓を手にしている。確かに可愛さとはかけ離れた姿をしている。でも、心は沈んでなどいない。

「可愛い人たちを守るためなら、あたしは可愛くなくて、構わないんです！」

仲子にとっての可愛い人たち。宵子、彰胤、宗征、巴、そして淑子とこれから生まれてくる御子。そして、宵子や彰胤が全力で守ろうとしているもの、すべて。それらを守るためなら、仲子自身が可愛くなくとも構わない。

「うん？」

強い決意を言葉にしたのに、宗征にはあまり伝わっていない様子。仲子は少し不満で、頬を膨らませる。

「だから、可愛いは横に置いておいて務めをしっかり果たす、ということです」

「そうではなくて、命婦はいつも可愛いが？」

「…………は？」

仲子は、思わず足を止めた。聞き間違い？　宗征は急に止まるな、急ぐぞ、と何事もなかったかのように急かしてくる。

「え、あの、今、何て」

「だから、急ぐと」

「その前！」

「命婦はいつも可愛いが」

聞き間違いではなかった。仲子は急かされるから歩みを進めつつも、頭は混乱していた。宗征はお世辞を言うような人ではない。危険を伴う場所へ行くから、場を和ませるため？　それこそ宗征がするとは思えない。

「何で、突然、そんなことを言うんですか」

結局、素直にそのまま聞いた。

「突然、というわけではない。命婦が可愛いというのは客観的事実だろう。わざわざ毎回言うことでもない」

「なん、え、ええ⁉　待ってください、そもそも『可愛い』は、主観的感情ですよ！」

そうなのか、と宗征はよく分かっていない反応をしている。真顔で大真面目に可愛いと言ってくるなんて、無自覚で罪な男だ。

宵子や淑子の前では、今のまま近くにいられたら、なんて言ったが、明確な関係になりたい、と思う日がないわけではない。自分だけを見てほしい、なんて思ってしまうこともある。でも、今は心の底から、傍にいられるだけで充分だと思った。

──だって、この人は、あたしのことを可愛いと思ってくれている。あたし以上に。

「おい、どうして、顔が緩むんだ。気を引き締めろ」

「誰のせいだと思っているんですか！」

「は？」

「でも、やる気満々ですよ。心配しないでください」

仲子と宗征は、いよいよ登華殿に到着した。

ここは、有力な帝の妃が住まう弘徽殿の北に位置する殿舎で、以前は帝の妃が住んでいたこともあったが、今世では誰にも使われていない。

今、登華殿の外には、さりげなく護衛が立っている。高貴な妃がいないはずの殿舎に護衛は必要ないはず。つまり中にいるのは——件《くだん》の呪詛師。呪詛は対象に近いほど効果が増すものだと聞いてはいたけれど、ここまで帝の妃ともあろう御方の近くに迫っているなんて、背筋が凍る。

「どうやら、正解のようだ」

「行きましょう」

仲子は、様子を窺うために身を隠していた柱から出ようとした。だが、宗征に制されてしまった。

「どうしてですか。すぐそこに、呪詛師がいるかもしれないのですよ」

「命婦には、凶星がないのだろう」

「はい」

「それは、おそらく私が命婦を守るからだ。下がっていろ」

また、驚かされて固まっている仲子を置いて、宗征は野太刀を抜いて護衛に斬りかかっていった。宮中で斬り合いは避けるべきこと、だからこそ、護衛もまさか斬られるなんて思ってもいないから油断をしている。

「な、なんだ、お前は！」

宗征は無言のまま、刀を振るっていく。こういう時に交渉をしないのは、そもそも話が通じるなら面倒なことにはなっていない、という宗征の持論から。まあ、仲子もおおむね同意だけれど、急に刀を持った人が現れたら、相手は混乱するだろう。気の毒に、と仲子は思う。

「襲撃だ！」

「落ち着け、相手は一人だ、うろたえるな！」

大混乱の護衛たちを宗征は太刀で制していく。こういう荒事のための太刀で、元々刃は付いておらず、触れても斬れることはない。ほぼ殴打で気絶させているのだが、傍から見れば、斬られているように見えて、残っている者の戦意が削がれていく。

七人ほどいた護衛は、あっという間に残り三人になった。このままいけば宗征のみで制圧するだろうが、下がっていろ、と言われて大人しくしている仲子ではない。

「——はいっ」

宗征の背後に回ろうとした一人を、弓で狙い撃ちする。眉間を狙ったから、当たった者は痛みに悶《もだ》えていた。矢には矢尻を付けていないから、刺さることはない。痣《あざ》くらいにはなるかもしれないけれど。仲子といることで、宗征の凶星が弱まるなら、きっと弓で助けになれるということだ。仲子は宗征に、にかっと笑ってみせる。

残りの二人を伸した後、宗征と仲子は登華殿の中へと慎重に足を踏み入れた。中は埃っぽくて、家具の一つもないがらんとした空間だった。

その中心に、妃の殿舎には場違いな男が一人。高価そうな真新しい装束を着ているが、どうもそれが身に合っていない。場所とも装束とも合っていない妙な男が、こちらを向いた。

「なんだなんだ、騒がしいじゃねえか……って誰だ、てめえら」

「あなたですね。斎宮女御様に呪詛をかけているのは」

「もうばれちまったのかよ。お貴族様の策ってのも、たいしたことねえなあ」

言葉遣いからして、通常ならば、宮中に出入りすることはあり得ない者だ。宗征は、すばやく呪詛師を縄で拘束した。男はへらへらと笑ったまま、ほとんど抵抗しようとしない。その表情には余裕すら感じる。

「どうして、そんな風に笑っているの」

「へへっ、どうしてだろうなあ」

「答えろ」

宗征が鋭い声で、問い詰める。呪詛師は、余裕の顔を崩さないまま答えた。

「まあ、言ったってもうどうしようもねえことだしなあ。教えてやるよ。呪具はすでに完成してんだよ。もう勝手に呪詛を撒き散らすようになってるんだよなあ」

「なっ」

「そんなことが」

仲子と宗征の反応を見ていい気になったのか、呪詛師はさらに続けた。

「狙いのやつが住むところの真下に置いたから効果も絶大。割れない限り、あの壺から呪詛は流れ続ける。もう誰にも止められねえ」

場所と形状、そして対処法を聞き出した仲子は、すっと表情を元に戻した。宗征も同じく。力を誇示したい人には、相手が望むような大袈裟な反応をしてみせると、勝手に話すのだ。情報を聞き出すすべは、二人とも心得ている。

ただ、呪具が完成しているとなると、一刻の猶予もない。藤壺に取り次いで、事情を説明してから対処をお願いしていたら、手遅れになるかもしれない。

「ここから藤壺か。いけるか、命婦」

「少し、外に降りますね」

仲子は登華殿の周りにある渡殿、それを囲む高欄《こうらん》を軽く乗り越えて、庭に出た。登華殿から見て、藤壺は坤《ひつじさる》（南西）の方向にある。遮る殿舎などの建物はないものの、かなり距離がある。

仲子は片膝を立てて、もう片方の足は地面と平行に伸ばして、ぎりぎりまで姿勢を低くした。

「おい、てめえ、何をして」

「黙れ」

宗征が短く言い放ち、呪詛師を黙らせる。仲子は、その低い姿勢のまま弓を構えた。意識を集中して、目的のものを探す。

「……あった」

藤壺の下にある壺のようなものを、仲子の目が捉えた。弓を引き絞って、そして離す。矢は真っすぐに壺へ向かい、藤壺の下から弾き出した。そして、続けざまにもう一射。まったく同じところに命中させて、衝撃で壺を割った。

「え？　は？　この距離を、弓矢で？　そんなこと、あるわけ」

唖然としている呪詛師の様子から、他の策はもうないと見ていい。宗征が珍しく微笑んで、仲子を褒めた。

「さすがだな、命婦」

「ありがとうございます。これで解決しましたね」

ああ、なんて可愛いと声に出しそうなところを何とか堪えて、仲子は普通の返答をした。壺は破壊したとはいえ、すぐに陰陽師に処置をお願いしなくてはならない。この男からも事情を聞き出さなければならない。

でも、目の前の脅威はなくなった。仲子と宗征は、ほっとして頷き合った。

＊

宵子と巴も、日が沈んでから動き出した。

仲子と同じように男装をしたらいいと考えたけれど、男装は振る舞いに慣れていないと難しいと止められてしまった。でも、何も変装をしないと、すぐにばれてしまう。だから、女房の恰好をしていくことにした。

襲は控えめにして少しでも動きやすいようにした。女房装束では、主君に礼儀を尽くすために、唐衣と裳を付けるから、いつもよりも豪奢な装いになる。最近では、清涼殿に行った時に着たくらいだろうか。

「大丈夫かしら……」

「女御様の顔を知っているのは、桐壺と梨壺の者を除けば、舞姫の時にいた者くらいです。そこへ出席していたお偉いさんたちは、客星と呪詛師のことがあって、自室に引き籠っている人ばかりでございます。鉢合わせするようなことは、まずございません」

仲子は、宵子たちの装束の準備を終えるとにっこりと笑った。

「大丈夫でございます。強運のあたしがいるんですから、上手くいきます」

「もしも危険だと感じたら、お逃げください」

宗征には念を押してそう言われた。宵子は心配してくれる人がいるという事実に、勇気をもらった。しっかりと頷いて二人を見つめる。

「二人とも、気を付けて」

仲子と宗征が桐壺を出て、少し時間を空けてから宵子と巴も抜け出した。

彰胤の行く先の手掛かりを見つけるため、まずは温明殿へと向かった。万が一声をかけられてもいいように、宵子は経箱《きょうばこ》を手に持っていた。斎宮女御への見舞いの品を届ける女房、ということにしている。

「巴、あまり猫らしくない動きはしないようにね」

「分かっておるのじゃ。でも急がねばならぬじゃろう」

「そうね」

温明殿の近くは人が多く行き来しているのか、足跡がたくさんあって手掛かりが見つからない。連れていかれる直前、彰胤の目に視えた凶星は二つ。午の方角は、日付からしてもこの温明殿のこと。

そうすると、もう一つの乾の方角に移動させられたと考えられる。梨壺から見て、乾の方角……そもそも梨壺は宮中の東側に位置しているから、乾の方向にはいくつも殿舎がある。

「でも、見つけなくては。巴、乾の方向へ進みながら捜すわ」

「分かったのじゃ」

宵子は経箱を慎重に運ぶふりをしつつ、渡殿を進む。巴は猫しか通れない隙間にも入って、捜してくれている。急に現れた猫に驚いた雑仕女に、声をかけたりもしてみた。

「ねえ、昨日の夜、この辺りで何か見ていないかしら。いつもと違うものとか」

「いいえ、特には何も」

「そう。ありがとう」

前を歩く巴がふいに立ち止まった。床を丹念に見ては急に駆け出して、また床を凝視している。

「どうしたの、巴」

「何かの跡じゃ。これは、血かのう」

「血⁉」

宵子は、しゃがみ込んで巴の示す箇所を注意深く見た。立ったままでは見落としてしまう、小さな小さな点。猫の目線でなければ気が付けない。

「ここから、かすかにあやつの気配を感じるのじゃ」

「本当なの⁉」

「血の跡が、この先に続いておる。じゃが、これがあやつの残したものか、内大臣側の罠か……」

「どちらにしても、この先に東宮様がいらっしゃるということよね。急ぐわ」

宵子は、ようやく見つけた手掛かりに足が早まる。もしも罠だったとしても、彰胤がこの先にいる。早く無事を確認したい。

巴が、先導するように数歩先を駆けている。

「強くなったのう」

「巴？　今何か言ったかしら。ごめんなさい、あまり聞こえなくて」

「何でもな――いや、前から大勢来るのじゃ」

巴は角を曲がったところで急停止した。宵子も駆け足をやめて女房のふりを再開する。前を見ると、姫とそれに追随する女房たちが渡殿を通るところだった。顔を伏せて、やり過ごしたい。

「あれ、あなたは……」

よく見れば、歩いてきたのは五節の舞の際に、他の姫を転ばせるよう父親から指示を受けたと告白した、安房守の四の姫だった。彼女は宵子の顔を知っている、東宮女御であることを知っている者の一人だ。

まさか、こんなところで出会うなんて。宵子は、咄嗟に口元に指を当てて、黙っていてほしいと示した。けれど四の姫付きの女房が、どうしてこんなところに女房が一人で？　と不審そうに呟いた。

東宮女御がここにいると知られてしまったら、抜け出したことがばれてしまう。宵子がどう切り抜けようかと、必死に考えを巡らせていると、四の姫がにこやかに話しかけてきた。

「あら、主君に急ぎで頼まれごとをされたのね。途中までともに行きましょうか」

四の姫の口調は、女房に話しかけるような気軽なものだった。宵子に気が付いていないわけではないだろうに、彼女はそのまま続ける。

「どこまで持っていくの？」

「あ、えっと、藤壺まで、見舞いの品を」

「ここから藤壺へ？　回り道ではなくて？」

四の姫の側仕えらしい女房がそう言って首を傾げる。確かに、藤壺へはもっと近い道がある。新たな言い訳を考えていると、四の姫がそれに答えた。

「不吉な方角を避けて通っているのね。今は悪い気を近付けてはならないもの。気配りのできる主君ね」

「あ、ありがとうございます」

機転の利く四の姫に、宵子は感心のため息をついた。彼女と並んで渡殿を進む。行く先から、役人が何度かやってきたが、四の姫に拝礼をしていて宵子に違和感を持つ者はいない。四の姫の隣を歩いていなければ、何度も歩みを止められていただろう。

「……東宮女御様」

四の姫が他の者には聞こえないよう、小声で話しかけてきた。

「詳しい事情は分かりませんが、借りはお返しできましたでしょうか」

「！　ええ、ありがとう」

舞姫の時に見逃した分の貸し、ということだろう。あの時は緊張と不安で頼りない印象だったけれど、きちんとした姫君だ。借りを返す、恩義を返す、という考えがいい意味で姫らしくない。落ち着いたら、もっと四の姫と話をしてみたい。

少し前を行く巴が、こっちじゃ、というように体の向きを変えた。宵子はここまで、と四の姫に礼を言って集団から離れた。小さく「ご武運を」と言った彼女に一つ頷いてから、巴を追いかけた。


血の跡を辿っていくと、襲芳舎《しほうしゃ》、通称、雷鳴壺《かみなりのつぼ》の近くで途切れていた。雷鳴壺は、藤壺の奥にある梅壺の、さらに奥に位置する殿舎である。雷鳴壺と呼ばれるのは庭に落雷を受けた木があるため。縁起がいいとは言えず、帝が住まう清涼殿から距離もあるので、ほとんど妃の殿舎として使われることのない場所だ。

殿舎の中から、かすかに人の話し声がする。耳を澄ませてみると、片方は彰胤の声だと分かった。宵子は巴と目を合わせて頷き合った。

「巴、準備して」

「分かったのじゃ」

宵子は、動きづらい唐衣と裳を外した。そして、巴を肩に乗せ、雷鳴壺へと続く渡殿を、足音を立てないようにゆっくり進む。この先に進むことに緊張しているし、怖い。けれど、それを全部のみ込んで宵子は前を向く。彰胤を必ず助けるのだから。


今宵は、晴れていて、十六夜の月がよく見える。

雷鳴壺の前まで来ると、月明かりによる影で、御簾の向こう側に人がいると中の者に知られてしまう。でも、それでいい。

「誰だ！」

こちらを警戒した鋭い声がした。同時に、御簾が内にいる者の手で弾き落とされた。手入れが行き届かず、外れやすくなっていたのだろう。そのせいで、殿舎の内と外を隔てるものはなくなり、宵子の姿が露わになる。

「なっ……！」

十六夜の月は、望月から少し欠けるものの、夜の闇の中では一等明るい存在。藍色の空には月を囲むように、眩い星々が輝いている。その不変の光たちを背負って、宵子は凛と立っている。身に纏うのは、紫の薄様《うすよう》の襲。外側から、紫、淡紫《うすむらさき》、さらに淡紫、白、白、そして単衣にも白を合わせる、上品で高貴な色合わせだ。

ふいに、夜風が宵子の髪を攫うようになびかせた。空へ帰る天女を思わせる、絵巻物の一部のような美しい情景。

その美しさの中に、ひときわ異彩を放つのが、肩に乗って羽を大きく広げた鷹の姿。巴が変化したその鷹は、鋭いくちばしが月光に照らされ、獲物を射抜くような目で正面を見据えている。一見、上品な装束には似つかわしくないように思える。けれど、それが美しさを損なうどころか、合わさって唯一無二となっている。

月明かりに照らされ、宵子は毅然とした表情で、雷鳴壺の中を見つめる。

「……なんて、美しい」

そう呟く彰胤の姿を見つけた。思わず、宵子の顔がほころんだ。ああ、無事で良かった。間に合って良かった。

宵子の姿に驚きの声を上げたまま硬直していた、もう一人の人物——中納言がはっと正気に戻った。途端に声を荒らげる。

「どうしてここにいる⁉ 桐壺から出たなんて報告はなかった！」

宵子はそれには耳を貸さず、巴を雷鳴壺の中に放った。狭い殿舎の中を巴は器用に飛び回る。

「うわっ、来るなっ。何だ、この鷹は！」

縦横無尽に飛び回りながら、巴はその鋭い爪で彰胤が縛られている縄を切った。彰胤に縄をかけるとは、なんてひどいことを。宵子はふつふつと沸いてくる怒りを感じる。巴が中納言の頭上で気を引いている間に、彰胤はすぐに立ち上がり、宵子の隣に駆け寄った。

「女御、ごめんね、心配をかけて」

「いえ、ご無事で何よりでございます」

宵子は、彰胤の頰に手を当てる。今、目の前に彰胤がいる。それを手のひらに伝わる体温でようやく実感する。もう会えなかったらどうしよう、なんて考えもしたから、安心して泣きそうだった。宵子の肩に戻ってきた巴も満足そうにしている。

「なぜだ！」

けれど、中納言の怒声で安心はかき消されてしまう。彰胤が解放され、中納言は歯ぎしりをしていた。宵子を指さして怒鳴るように問いただした。

「なぜだ！　どうやって監視を掻い潜った！」

自分が宵子ごときに出し抜かれたことが気に食わない、という心境が滲み出ていた。巴がもう一度飛びかかろうとしたのを片手で止めて、宵子は努めて冷静に答えた。

「灯りを極力消して、中を見えづらくし、代わりの者に桐壺にいてもらっただけです」

「近しい女房は把握していた。女房が代わりになるなど不可能だ」

宗征の予想通り、やはり女房のことは把握されていた。だからこそ、この作戦が成功したともいえる。

「茅と苗――雑仕女にわたしと命婦の装束を着てもらったのです」

「雑仕女を、殿舎の中に入れただと⁉　あり得ん」

桐壺を抜け出す前に、仲子には宵子『たち』、つまり茅と苗を含めた三人の装束の準備をしてもらった。

女御やその女房がいなくなると目立つ。けれど、雑仕女の姿が数時間見えなくても、宮中のどこか別の場所を掃除しているのだろう、と思うだけ。

そして、中納言のような高位の貴族は、そもそも雑仕女という存在を意識したことがなく、そんな者を殿舎に招き入れるという発想もない。

「後で、その二人には礼を渡さなくてはね」

「はい。普段では着られない装束を着られるだけで充分楽しいと、本人たちは言っていましたが」

「そのおかげで俺も助かったのだし、ちゃんとしないと」

「何がいいか、聞いておきますね」

宵子と彰胤が、当然のように雑仕女を対等に扱う会話をしていることに、中納言は信じられないものを見る目をしていた。

「そのような者のせいで、この私に不幸が……許せん。いや、そもそもお前のせいで、すべてその呪いのせいだ。こうなれば二人まとめて殺すまで」

中納言がぶつぶつと言って、傍らに置いてあった太刀を手に取った。ゆらりと重心の定まらない不安定な歩みで、こちらに向かってくる。

「女御、下がって」

彰胤が前に出て、宵子は彰胤の背中に隠された。巴も宵子を守るように彰胤と並んで中納言を威嚇している。

宵子は、装束の中に隠し持っていたそれを彰胤に手渡した。

「学士殿から、使う場面があるかもしれないから、と預かってきました」

「さすが宗征、準備がいいな」

刃が付いていない、護身用の太刀。慣れた手付きで彰胤は太刀を構えた。対する中納言の持つ太刀は、おそらく刃が付いている通常のものだ。しかも殺すつもりで向かってくる。そんな相手に、彰胤は笑みを浮かべて対峙している。

「大丈夫だよ、女御。心配しないで」

彰胤は、不安に駆られる宵子を安心させるように、そっと頭を撫でた。そして、ばさばさと羽ばたきで威嚇している巴にも声をかけた。

「巴、女御のことを頼んだよ」

「もちろんじゃ！」

唐突に振り下ろされた中納言の刃を、刀身を真横に構えて受け止める。勢いを流して、弾き返した。再び中納言が彰胤を狙うも、彰胤は体を軽く捻って躱す。今度は宵子へ向けられそうになった切っ先を、太刀をぶつけて制する。

刀が合わさるたび、がりがりと金属が削れる音がする。削れているのは、おそらく彰胤の持つ刀のほう。宵子は落ち着かない気持ちのまま、見ていることしかできない。

「おいっ、何を突っ立っている、朔の姫のくせに」

「……っ」

藤原家にいた時のように、中納言——父が宵子を罵る声に、宵子の体が動かなくなった。怖い。この一瞬でかつての離れに戻ってしまったかのような錯覚に陥る。自分はここに存在していない。誰にも見つけられない、新月のような……

「早く東宮を殺せ。そうすれば認めてやる。母屋に置いてやる。さっさとしろ！」

彰胤に刀を振るいながら、父は語気を強めてそう言った。あの時と同じ言葉で、宵子を道具のように使おうとしている。藤原家で無視され続けた日々が一気によみがえる。呼吸が、浅くなる。恐ろしい。だって、父に認められなければ、わたしには、どこにも居場所が——

「宵子」

「主」

彰胤は刃を受け流しながら、巴は宵子の前で守る体勢を取りながら、優しい声音で名前を呼んだ。

「大丈夫だよ」

「大丈夫じゃ」

その声のおかげで、宵子は息をすることができた。宵子の居場所はちゃんとここに、彰胤の隣にあると、真っすぐに信じられる。何も怖いことはない。愛しい人の大丈夫、という言葉が宵子に勇気をくれる。

宵子は、中納言に対して、真正面から言ってのけた。

「わたしは、東宮女御よ。そんなことするはずがないわ。あなたの思い通りになると、思わないで！」

宵子が面と向かって反抗するなんて、思ってもいなかったのだろう。中納言は呆気に取られていた。その一瞬を、彰胤は見逃さない。刀身を振るい、中納言の刀を弾き飛ばした。からん、と甲高い音を立てて、中納言の刀が殿舎の端まで飛ばされていった。

中納言は刀を弾いた彰胤ではなく、宵子を睨んだ。

「くそっ、この呪いめが……！」

彰胤はすぐに太刀の切っ先を中納言に向けた。その視線は、すべてを凍らせるように冷え切っている。

「二度と、呪いなどと口にするな。女御は呪いなどではない」

悔しさと焦りの混ざった表情の中納言は、放置されていた木片を取ると、まだ彰胤の命を狙おうとする。

「これ以上、内大臣に、見下されてなるものか……！」

ふいに巴が、中納言と彰胤の間に滑り込んだ。彰胤の盾になるつもりかと焦ったが、次の瞬間には、空中で一回転をしていた。

「そいっ！」

靄のようなものが広がり、ぼんやりと一人の男性の姿が映し出される。姿現しだ。宵子は誰だかよく分からなかったけれど、中納言は震えあがっていた。

「な、内大臣、なぜここに」

彰胤が、靄を切り裂くようにして、刀を振り下ろした。

「ひっ」

中納言の眉間に当たらないぎりぎりのところで、止めた。突然現れた内大臣と、そこから迫りくる刀の二つの恐怖に、中納言は立ったまま気を失ってしまった。

「ふんっ、うさぎの時の仕返しじゃ！」

「うさぎ？」

「こっちの話なの、じゃ……」

巴は、勢いよく中納言に噛みついたが、気が抜けたのか鷹の姿から猫になって、床に伸びてしまった。

「やっぱりこれは疲れるのじゃ……」

「ありがとう、巴」

宵子は巴を抱きかかえて、ぎゅっと抱きしめた。この小さくて温かい妖に何度も救われた。

「女御、俺も労《ねぎら》ってくれると嬉しいんだけど」

彰胤が冗談めかして、少し甘えたようにそう言った。宵子は彰胤に思いっきり抱きついた。背中に回した手で、その背中を撫でる。すると、お返しのように、彰胤の手が宵子の頭を何度も何度も優しく撫でる。ようやく、本当に安心して彰胤の体温を感じられる。もう二度と離れたくない。

「女御、本当にありがとう。助けに来てくれて。必ず君を守ると誓ったのに、俺が守られてしまったよ」

「いいえ。わたしを中納言から守ってくださいました」

「俺の妻は、頼もしいし、優しいな」

「……でも、もう離れないでくださいませ。東宮様を失ってしまうかと、すごく、怖かったのですから」

宵子が素直にそう言えば、彰胤はわずかに目を見開いてから、ごめんねと呟いた。謝らせたかったわけではない、と訂正しようとしたが、それより早く、痛いほど強く抱きしめられた。きっと怖かったのは彰胤も同じ。しばらくの間、二人はお互いの存在を強く感じていた。


ひとまず、中納言は彰胤が縄で縛り上げて、目を覚ましても逃げられないようにした。夜の最中、かなり大きな音を立てていたから、騒ぎに気付いて目を覚ましてしまった人がいないかと心配になる。宵子はそっと雷鳴壺から外の様子を窺う。すると、他の殿舎に続く庭のところに、人影が見えた。

宵子は、さっと身を隠したが、向こうも宵子の姿に気が付いただろう。どうしようかと考えていると、聞き覚えのある声が聞こえてきた。

「女御様――！」

「え、命婦？」

さっきの人影は仲子だったらしい。装束が土で汚れてしまっているが、怪我はしていないようで、ほっとした。

「東宮様は！」

「ご無事よ。犯人も、捕らえたわ」

「良かったです。こちらも呪詛師を捕らえ、呪詛の道具は壊したので、斎宮女御様のご容態はもう安心でございます」

雷鳴壺と庭を挟んだ向かいにある登華殿に、呪詛師は潜んでいたらしい。思っていたよりも近くに宗征と仲子もいたことが分かり、何だか拍子抜けして笑ってしまった。

「おや、向こうに宗征と命婦がいるね」

「はい。皆で帰りましょうか」

「そうだね」

巴とともに不安ながら進んだ道のりを、帰りは穏やかな気持ちで彰胤と歩いている。巴も、仲子も、宗征も一緒に。紛れもなく、ここが宵子の居場所だ。

＊

後日、呪詛師は陰陽寮に引き渡し、そちらで対処してもらうことになった。淑子の体調は回復に向かっているとのこと。中納言については、雷鳴壺にて縛られているところを発見されて、そこから意味不明な発言を繰り返しているという話を聞いた。

「十六夜の月の夜、宵子が鷹を操って襲いに来た、とあちこちで吹聴しているらしい。

でもあの日、宵子は桐壺から一歩も出ていないことになっているだろう?」

「はい、茅と苗がいてくれましたから」

身代わり作戦は、監視にばれることもなく見事にやり通した。茅と苗は、もちろん代わりになっていたことは言わないし、あの時会った四の姫も何も言わないでくれている。監視も出ていないと証言する。

だから、表向きの事実として、宵子は桐壺から出ていないのだ。

「中納言の言うことは誰も信じていない。どんどん不信を買っていて、しかも内大臣がその場にいた、とも発言したから大騒ぎらしくてね」

巴のあの行動がさらに拍車をかけているらしい。

「内大臣は、なんと……?」

「中納言を完全に切り捨てたみたいだ。斎宮女御様へ呪詛師を仕向けたのは中納言で、その呪詛返しに遭って、妄言を吐いている、とね。おそらく流罪だろう。宮中に戻ってくることは、まずない」

中納言がすべての謀をやったことになり失脚する。計画とその悪意を知っていて加担し、自分の出世のために彰胤を殺そうとした。知らずに加担させられていたのとは、訳が違う。憐れに思うけれど、許す気には到底ならない。

「そうそう、俺の生まれの噂を故意に広げていたのも中納言らしくて、これも妄言のうちだと思われているらしい」

「それは、良かったです。これで、すべて終わったのでございますね」

宵子は、父親の流罪に対して心が重く感じつつも、片が付いたことに安堵した。けれど、彰胤は、うーんと微妙な顔をしている。

「今回、内大臣は自分が関わった証拠を一切残さず、無傷なんだよね」

「それは……」

今回の呪詛の件は解決したものの、摂関家の若宮を東宮にする思惑は、途切れてはいない。今後も狙われることがあるかもしれないということ。

「まあ、元々お役目は長いものと覚悟はしているからね」

「これからも、星詠みでお支えしていきます」

渡殿を歩いてくる足音がした。一番軽くて楽しそうなのは、きっと巴のものだろう。

「まあまあ、東宮様が無事にお戻りになり、呪詛の件もひとまず解決したことですし、ささやかな宴といきましょう」

「宴じゃ宴じゃ」

仲子と巴が、仲良く息の合った調子で梨壺にやってきた。仲子は、たくさんの菓子が詰まった重箱を抱えている。その後ろから、宗征がさらに段を重ねた重箱を持ってきた。

「たくさんご用意いたしましたので、今日は思う存分、食べてください」

宗征が少し自慢げにそう言った。あっという間に菓子が目の前を埋め尽くした。一気に場が華やぐ。いつの間にか酒も用意されていて宴の準備は万端なようだ。

「ああ。皆、今回は大変なこともあったがよくやってくれたね。この先も、お役目のため、よろしく頼むよ」

彰胤の言葉に、宵子も、仲子も宗征も巴も、大きく頷いた。それを合図に、わいわいと宴が始まった。

「女御様、舞姫の舞を見せていただけませんか。あたしも見たいのです」

「おい、命婦、女御様に宴の肴に舞を所望するなど、無礼だろう」

仲子のお願いを宗征が一蹴した。しゅんとしている仲子に、宵子はにっこりと話しかける。

「見せるって約束したものね。命婦、手拍子をお願いできるかしら」

「はい！　もちろんです」

仲子が嬉しそうに手拍子を始める。宵子は、宗征と彰胤にも促してから檜扇を広げた。ゆっくりとした拍子に合わせて、弘子から教わった舞を披露する。今、身につけているのは舞姫用のものより軽いため、身軽に舞えて楽しくなってくる。

「わあ、お美しいです、女御様！　これをあたしが独り占めできていることが嬉しいです」

「私たちも見ているのだが？」

「いいんです。あたしがお願いして、あたしのために舞ってくださっているのですから、あたしの独り占めですー」

宗征の指摘にもへこたれず、仲子はにんまりとご機嫌だった。彰胤が、まあ今回はそういうことにしとこう、と呟いているのが宵子には聞こえた。普段は彰胤の独り占め、という言葉の外側が聞こえてきたような気がして、宵子はそっと顔を赤らめる。

舞を終えて礼をしたら、大きな拍手に包まれた。観客は三人と一匹だけだけれど、五節の舞よりも、どこか達成感があり、何より楽しかった。

「うむ、主の舞が素晴らしくて、より菓子が進むのじゃ」

「巴、その菓子での交渉は忘れていないだろうな」

「むっ」

宗征が、巴に何やら詰め寄っている。仲子が、内緒話のようにして説明をしてくれた。

「巴の姿現しを見せてもらうのと引き換えに、学士殿が粉熟を山盛り用意したんですよ」

仲子が指さす皿を見れば、確かに山盛りの粉熟があり、巴はその前に陣取っている。しっかりとその交渉の材料である菓子を食べた巴は、逃げられないと諦めたらしい。

頬張っていた粉熟を飲み込むと、ぐっと体に力を込めた。

「一瞬じゃ、よく見ておけ」

「分かった」

緊張しているような、わくわくしているような顔で、宗征が頷いた。

「そいっ！」

巴はその場で一回転し、靄のようなものが広がり始める。靄にぼんやりと人の姿が映し出される。現れたのは。

「学士殿です！　わあ、すごい」

仲子は映し出された宗征に、楽しそうにはしゃいでいる。一方、宗征は驚いて固まってしまった。

「なんと……」

すぐに靄は消えていき、巴が床に伸びている。

「これで、満足かのう」

「ああ、本当にすごいな。今度は東宮様を見せてくれないか」

「これは疲れると言うたであろう！　もう今日はしないのじゃ」

巴はぷいっと顔を背けて、宗征のそこを何とかという言葉を聞き流している。

「おーい、本物の俺がここにいるけどー？」

「はっ、申し訳ございません！」

彰胤のとぼけたような言い方も、それに対して真剣に謝っている宗征もおかしくて、宵子は、思わず噴き出してしまった。

「ふふっ」

四人と一匹で、美味しい菓子を食べて、声を上げて笑った。つい先日まで危険な状況の中に身を置いていたというのに。いや、だからこそ、こうしていられる時間をとても愛おしく思えるのだ。

＊

夜は、桐壺にて宵子と彰胤の二人だけの星見酒をすることになった。婚姻の日の夜と同じような状況で、けれど二人の関係性はあの頃とは違っている。

彰胤は宵子が仕立てた桜襲の着物を身に纏い、宵子は彰胤から贈られた髪飾りを付けている。着飾った姿を見せたいのは、それを贈ってくれた相手だ。宵子と彰胤は互いの姿を見て微笑み合う。空に輝く星々が二人を優しく照らしている。

「宵子、何を考えているのかな？」

「星が綺麗だと、思っておりました」

婚姻の夜と同じように星が酒の表面に映り、きらきらと輝く様子を見つめて、宵子は答えた。

「他には？」

笑みを浮かべながら、先を促された。星の美しさを見ていたのは本当。でも、他のことを考えていたと、彰胤にはお見通しらしい。

「婚姻の儀の夜のことを思い出しておりました。あの頃は取引上での妻で、しかも亥の子餅や源氏物語にまつわることで、失言ばかりして落ち着きませんでした」

「亥の子餅で、源氏物語を話題に出した時は、かなり驚いたよ。嬉しかったけどね」

彰胤はいたずらっ子の顔でそう言った。

「そのようなご様子には、見えませんでした」

「頑張って隠していたんだよ。宵子にそういう意図がなかったことは分かっていたから、喜んだりしたら、かっこ悪いし」

その言い方は、あの時点で彰胤は少なからず宵子のことを想ってくれていた、ということになる。そんなに前から？　つい気になってしまい、宵子は無粋と思いつつも彰胤に尋ねてみる。

「あの、彰胤様は、いつからわたしに……その」

「惚れていたかって？」

言い淀んでいたことを真っすぐに言われて、照れつつも宵子はこくんと頷く。

「んー、宵子はいつから？　教えてくれたら、俺も言うよ」

「えっ、ええっと……」

彰胤が、ぐっと距離を縮めてきて宵子の返答を待っている。言い出したのは、宵子のほう。恥ずかしさを堪えて口を開いた。

「その、わたしは、いつの間にか彰胤様を好きになっておりました。はっきりと気付いたのは、斎宮女御様とお話をした時です。……でも今思えば、もっと前から、わたしは彰胤様に惹かれていました」

彰胤は一瞬、驚いた顔をして、でもすぐに嬉しそうな満面の笑みを浮かべた。そう、その眩しい笑顔が、愛おしくて仕方がない。

宵子の髪を掬い取って、彰胤はそっと口付けを落とした。その所作の一つ一つから深い愛情が伝わってくる。そのまま少し見上げるように彰胤はさっきの問いに答える。

「俺は、たぶん、最初からだよ」

「最初、でございますか」

「星の降る夜に、初めて宵子を見た時、なんて美しいのだろうって思った。惚れたのは、中納言の命令を振り切って、俺に逃げろと言ってくれた目を見た時かな。出生の話をした時にはもう、地獄に引きずり込んででも一生離さないと決めた」

本当に、出会った最初のことを言われて、宵子は少しばかり混乱する。そんなに前から想ってもらえていたなんて。一生離さない、と言った彰胤の目には揺らがない想いが見えた。こんなにも、この人に深く想ってもらえることが何よりも嬉しい。

彰胤の手のひらが宵子の頬に触れ、そっと引き寄せる。宵子はそれに身を委ねた。目を閉じるのと同時に、甘やかな口付けを交わす。

「宵子、俺の隣で、この先の未来もみてくれるかい」

「はい。どこまでも、わたしは彰胤様のお傍におります」

ゆらめく盃の水面には、上り始めた月と輝く星が、寄り添うように映り込んでいた。

◉定価:770円(10%税込)　◉イラスト:きのこ姫　ISBN:978-4-434-35629-2

朱華国後宮恋奇譚
偽りの女帝は男装少女を寵愛する
綾瀬ありる
Presented by Ariru Ayase
過去の陰謀が渦巻く、
中華後宮ファンタジー
「俺の子を産め」
男装して後宮に潜入したら
偽りの皇帝に溺愛されました
治癒の力を持つ一族に生まれ、
『病身の女帝のため』と弟を殺された翠蘭は、
彼の仇を討つため男装して弟の名を名乗り、
男女逆転した後宮である男後宮に潜入を果たす。
しかしその先で、現在の女帝・美帆こと憂炎は
訳あって女性のふりをしている男性であること、
誰かが女帝の名を騙っていたことを知る翠蘭。
真実を探るための隠れ蓑として『女帝のお気に入り』となるが、
憂炎は陰日向なく翠蘭に優しく接してきて——

この作品に対する皆様のご意見・ご感想をお待ちしております。

おハガキ・お手紙は以下の宛先にお送りください。

【宛先】

〒150-6019 東京都渋谷区恵比寿 4-20-3 恵比寿ｶﾞｰﾃﾞﾝﾌﾟﾚｲｽﾀﾜｰ 19F
（株）アルファポリス　書籍感想係

メールフォームでのご意見・ご感想は右のＱＲコードから、
あるいは以下のワードで検索をかけてください。

アルファポリス　書籍の感想　検索

ご感想はこちらから

アルファポリス文庫

後宮《こうきゅう》の星《ほし》詠《よ》み妃《ひ》
平安《へいあん》の呪《のろ》われた姫《ひめ》と宿命《しゅくめい》の東宮《とうぐう》

鈴木しぐれ（すずき しぐれ）

2025年 4 月 25日初版発行

編　集ー中村朝子・大木 瞳
編集長ー倉持真理
発行者ー梶本雄介
発行所ー株式会社アルファポリス
〒150-6019 東京都渋谷区恵比寿4-20-3 恵比寿ｶﾞｰﾃﾞﾝﾌﾟﾚｲｽﾀﾜｰ19F
TEL 03-6277-1601（営業）　03-6277-1602（編集）
URL https://www.alphapolis.co.jp/
発売元ー株式会社星雲社（共同出版社・流通責任出版社）
〒112-0005 東京都文京区水道1-3-30
TEL 03-3868-3275
装丁イラストー久賀フーナ
装丁デザインーNARTI;S（原口恵理）
印刷ー中央精版印刷株式会社

価格はカバーに表示されてあります。

落丁乱丁の場合はアルファポリスまでご連絡ください。

送料は小社負担でお取り替えします。


ISBN978-4-434-35631-5 C0193